TOUTE LA BEAUTÉ DU MONDE

Longtemps journaliste, spécialiste de cinéma, Marc Esposito a été directeur de *Première* et fondateur de *Studio*. *Toute la beauté du monde* est son premier roman.

MARC ESPOSITO

Toute la beauté du monde

Chantal D'Arleville
12 Sibley Drive
01730 Bedford, MA

ÉDITIONS ANNE CARRIÈRE

1

Soudain, je n'ai vu qu'elle. Des yeux clairs, une bouche immense, les cheveux très courts, bruns.

J'ai su que ma vie, maintenant, c'était elle.

Elle se frayait un chemin parmi la foule, à l'autre bout du magasin, l'air soucieux. Elle était grande, sûrement pas loin du mètre quatre-vingts. J'ai avancé vers elle.

Je flottais dans un état étrange, sous le choc, comme ceux qui revoient leur vie en un éclair avant de basculer dans le trou noir. Sauf que je n'étais pas en train de mourir, au contraire je naissais. Ce n'était pas ma vie passée qui défilait en accéléré, mais ma vie future. Ma future vie avec elle.

Cette sensation était si précise, ce visage appartenait à mon destin avec une telle évidence qu'une pensée angoissante m'a traversé l'esprit. Et si ce sentiment provenait d'une vie antérieure ? Et si, dans une autre existence, nous avions été Roméo et Juliette, Tristan et Yseult, Gable et Lombard ?

Dès qu'elle a posé son regard sur moi, j'ai pu écarter cette hypothèse. Si nous nous étions déjà aimés, elle aussi aurait été troublée. Or non. Je ne lui ai fait aucun effet.

Son frère nous a présentés, elle a eu l'air un peu gênée, je lui ai dit « bonsoir, je suis heureux de vous connaître », jamais personne n'avait prononcé cette phrase convenue avec autant de sincérité, elle m'a répondu avec un sourire à peine forcé, pas trop :

– Moi aussi.

Je ne pouvais pas rêver mieux, comme premiers mots.

Dans mon cœur, on tirait le feu d'artifice de l'an 2000, mais ça ne se voyait pas – je suis du genre réservé. Pendant qu'elle félicitait son frère, je me contentais de la regarder discrètement, aussi intimidé qu'un nobliau de douze ans devant sa promise, au Moyen Âge : il n'a pas le choix, ça ne sert à rien de discuter, il va passer le reste de sa vie avec elle, que ça lui plaise ou non.

Plus je découvrais ma dulcinée, plus je me disais que j'avais une chance énorme. Colossale. L'aubaine du millénaire. Quelle émotion prodigieuse, de se retrouver pour la première fois en face de quelqu'un dont tout vous charme. Tout. Sa bouche, ses lèvres, rouges sans rouge, ses yeux bleu-gris, sa silhouette comme une liane, ses joues creusées, sa voix, étonnamment grave, avec quelque chose de guilleret derrière, malgré elle, qui m'enchantait.

Elle paraissait trente-cinq ans, peut-être plus, même si elle faisait un peu moins à cause de ses cheveux courts. Avec cette coupe de garçonnet, que je devinais récente, son visage semblait nu, sa beauté en devenait presque gênante. J'ai pensé que c'était bon signe pour moi, de faire sa connaissance au moment où elle étrennait une nouvelle tête.

J'étais terrassé. Pas terrassé d'amour. Terrassé par elle, par sa façon d'être. Terrassé qu'elle existe, qu'elle me plaise à ce point.

2

Avant cette soirée, je ne l'avais jamais rencontrée, mais je savais qui elle était. Son frère, Roland, m'avait raconté son histoire, trois semaines plus tôt.

J'étais passé lui dire bonjour à son magasin de disques. Comme d'habitude, on avait bu un verre au bar d'à côté.

Nous avions lié connaissance seulement quelques mois auparavant, quand je m'étais installé dans mon appartement d'Arles, à deux rues de sa boutique. Nos rapports étaient superficiels, on parlait musique, sport ou cinéma devant un pastis, on ne se faisait pas de confidences. Si j'avais croisé son petit frère, Lucien, qui travaillait avec lui à la boutique, j'ignorais qu'il avait aussi une sœur aînée.

Ce matin-là, Roland était sombre, il avait envie de parler de ce qui le minait, et c'était probablement plus facile avec quelqu'un qui ne connaissait pas Tina.

Oui, elle s'appelle Tina.

Son mari était mort d'un infarctus l'été précédent, à 44 ans, et elle ne s'en remettait pas. Roland venait de l'accompagner en clinique pour une nouvelle cure de sommeil. Depuis huit mois, elle ne faisait que pleurer. La présence de ses deux fils avivait son chagrin, elle culpabilisait d'être incapable de s'occuper d'eux, de leur montrer qu'ils ne suffisaient pas à lui redonner le goût de vivre. Face à l'urgence, ils avaient tous déménagé pour se regrouper dans un appartement du centre-ville, les deux frères, la sœur et ses deux enfants, ça n'avait rien changé.

Roland était désemparé, il redoutait le pire. Moi, pour dire quelque chose, j'avais suggéré :

– Elle devrait peut-être partir quelque temps, voyager…

J'aimais tellement changer de décor, prendre l'avion, tailler la route, j'avais tendance à oublier que tout le monde n'était pas comme moi et qu'on pouvait trimbaler son malheur dans ses bagages. Pourtant, dans ce cas précis, ce n'était pas forcément une mauvaise idée, qu'elle parte loin, qu'elle se retrouve dans un endroit où plus rien ne lui rappellerait son mari. Ni la langue qu'elle entendrait parler, ni les rues, ni les voitures, ni les forêts, ni la tête des gens, ni les couleurs du ciel. Rien.

Roland avait écarté cette suggestion sans hésiter. Une femme dans son état ne pouvait être livrée à elle-même, loin des siens. Il préférait espérer qu'à sa sortie de clinique, elle aurait enfin la force de travailler à la boutique avec lui. Je lui ai fait remarquer qu'un job réclamait plus d'énergie et d'équilibre qu'un voyage, il n'a pas relevé.

Huit jours après, il a téléphoné chez moi.

– Tina est sortie de clinique avant-hier. J'ai repensé à ton idée… Je peux venir ?

Le temps de préparer les glaçons, il débarquait dans mon salon. Il avait besoin d'en savoir davantage. Et d'abord où elle partirait, si elle partait. Il savait que je m'étais baladé un peu partout, il venait me voir comme on consulte un spécialiste, c'était touchant.

Pendant que je sortais le pastis, il a cru utile de me préciser qu'il ne fallait pas se lancer dans la grande aventure, car sa sœur n'avait quasiment jamais voyagé – l'Espagne et l'Italie en voiture avec le mari et les enfants, rien du tout. Elle n'avait pris l'avion que deux ou trois fois dans sa vie, pour « descendre » à Paris. Les Français du Midi se foutent de la géographie : pour eux, le sud est en haut, Paris est en bas.

À mes yeux, cette inexpérience du voyage était une chance : elle allait découvrir un plaisir, des émotions, qu'elle n'avait jamais partagés avec son mari.

J'ai ouvert l'atlas à la carte du monde, et j'ai commencé ma consultation. Dès que je vois une carte, plein de fenêtres s'ouvrent dans ma tête, je peux parler des heures.

Pour tout voyageur à la recherche du dépaysement, les deux tiers de la planète constituaient des destinations possibles. Pour une femme seule en quête de sérénité, il ne restait plus guère que certains pays d'Asie. En Afrique ou en Amérique du Sud, une Européenne solitaire avait peu de chances de pouvoir être tranquille ne serait-ce qu'une heure, à moins de se cloîtrer dans sa chambre d'hôtel.

J'ai cherché la carte de l'Asie, j'ai pointé du doigt l'île de Bali, minuscule, à la pointe de Java. Si sa sœur était sensible aux splendeurs de la nature, inutile de chercher ailleurs. Il lui suffirait de louer une mobylette (il a fait une mimique sceptique) et elle se retrouverait dans un paradis terrestre : rizières, forêts, volcans, falaises, plages, tous les paysages de l'Asie étaient réunis sur cette île plus petite que la Corse.

Roland n'était pas emballé. C'était trop loin, et puis il voyait Bali comme un coin à la mode pour babas de luxe, genre Goa ou Saint-Tropez. J'ai mis un quart d'heure à le persuader de dépasser ce cliché trompeur. Je connaissais l'île par cœur, nous y avions une maison de vacances où je passais un mois par an depuis mon enfance, mon seul ami vivait là-bas, j'avais toutes les connexions pour organiser à cette pauvre Tina un séjour idéal.

Quand il est reparti, j'aurais parié qu'il n'en parlerait jamais à l'intéressée. Il craignait qu'elle juge l'idée nulle, qu'elle soit blessée qu'il y ait seulement songé. « Et les enfants ? »

La semaine suivante, un samedi matin, il a sonné à ma porte. Tina était d'accord pour partir. Il voulait tout organiser au plus vite, qu'elle ait les billets dans les mains avant de changer d'avis. Je lui ai servi un café, il m'a raconté comment ça s'était passé. Il était fier de lui.

Comme prévu, elle avait d'abord dit : « Et les enfants ? » Il ne s'était pas démonté, il l'avait mise en face de l'impérieuse nécessité de sortir de son impasse, de réagir, d'une façon ou d'une autre. Les enfants ne constituaient pas un problème insurmontable : ils avaient quatorze et seize ans, et leurs oncles habitaient déjà avec eux. Elle allait si mal, elle passait si peu de temps avec ses fils depuis huit mois, elle avait bien été obligée d'admettre que son absence ne changerait pas grand-chose à leur vie – sinon qu'ils ne la verraient plus pleurer tous les jours.

À court d'arguments, elle avait fini par dire oui comme une enfant malade qui prend les médicaments qu'on lui donne. Après tout, si elle broyait du noir encore plus foncé là-bas qu'ici, elle pouvait rentrer à tout moment.

Le oui arraché, il avait encore fallu l'annoncer aux garçons. Elle avait versé toutes les larmes de son corps. Les gosses n'avaient pas caché leur scepticisme. Comment pouvait-elle espérer aller mieux, loin d'eux ?

Le lundi, le voyage était booké. Elle partait le samedi suivant, avec un retour *open*. J'ai accompagné Roland à l'agence où j'avais commandé les billets. Il m'avait dit de faire au mieux sans m'occuper des prix, je n'avais pas abusé. J'avais seulement réservé deux hôtels pour sa première semaine – après, elle verrait. À l'arrivée, deux nuits dans un palace de la côte sud, des terrasses-jardins accrochées à une falaise, face à l'océan Indien. Ensuite, un hôtel tout simple, en ville, à deux pas de la plage, dans le coin le plus sympa de Legian. Il fallait qu'elle voie de la vie, et en cette saison des pluies dédaignée des touristes, Legian était une ville joyeuse et bon enfant.

Pour l'aider à choisir ses promenades, j'avais glissé dans la pochette de l'agence une carte de Bali sur laquelle j'avais surligné au Stabilo les routes et les temples qui méritaient le détour, et un mot avec le téléphone de mon ami là-bas.

En sortant de l'agence, Roland m'a dit « À demain ». « Demain », c'était le cocktail d'inauguration de son nouveau magasin. J'avais reçu le carton d'invitation depuis dix jours.

– Je te présenterai Tina. Tu vas voir, elle est très belle.

J'ai souri. Comme Roland n'était pas l'Apollon du Belvédère, j'imaginais bêtement que sa sœur ne pouvait pas être la Vénus de Milo. Je n'avais pas besoin de ça pour que la perspective de la rencontrer soit intrigante. Son histoire m'avait touché, je venais de l'envoyer à l'autre bout de la Terre, dans le coin le plus cher à mon cœur, alors forcément, j'étais curieux de voir la tête qu'elle avait. Pas plus que ça. Ce coup-là, je ne l'ai pas vu venir.

3

Le lendemain, je me suis présenté à l'adresse indiquée sur le carton. Cent personnes papotaient déjà, un verre à la main. Une ballade de Scorpions musiquait le brouhaha.

D'une boutique à l'autre, l'espace avait triplé. Ici, en plus des disques et des cassettes, on trouvait aussi des films et des livres de musique, des partitions, des photos, des instruments. J'ai traîné un moment au premier étage, au milieu des cuivres et des guitares. Même si je ne sais jouer de rien, une rangée de pianos ouverts, prêts à s'envoler, ça me fait rêver.

J'allais redescendre quand j'ai croisé Roland. Il se rongeait les ongles plus frénétiquement que jamais. Après l'avoir félicité, je l'ai un peu chambré sur son choix de Scorpions comme musique d'ambiance. Pas vexé, il m'a répondu que pour rien au monde il n'aurait choisi une autre musique pour démarrer cette soirée : Scorpions était, depuis leur adolescence, leur groupe-fétiche, à Tina et lui. En prononçant son prénom, il s'est souvenu :

– Il faut que je te la présente ! Viens, elle est en bas.

C'est donc sur un slow de Scorpions que je l'ai rencontrée. Depuis, j'aime Scorpions.

On a descendu l'escalier, quelques marches, et je l'ai vue, en bas, à vingt mètres de nous – à ce moment-là, j'ignorais encore qu'elle était la Tina que nous cherchions. Quand Roland l'a repérée à son tour, il m'a entraîné dans sa direction, mais il y avait du monde, je l'ai perdue de vue, et il ne m'est pas venu à l'esprit que cette femme dont la vision fulgurante venait de me bouleverser pouvait être sa sœur puisque, sous l'effet de mon flash inouï, j'avais oublié son existence.

En la voyant sourire à Roland, j'ai compris. Tous les morceaux du puzzle s'assemblaient d'un coup devant mes yeux. Je n'en revenais pas.

Elle était toute habillée de noir, jean, veste, tee-shirt, tennis. Je me suis demandé si c'était à cause de son deuil, sans parvenir à le deviner. Elle était sublime comme ça, blackissime et dépouillée, mais avec des talons aiguilles, un fourreau lamé rouge, les paillettes et les bijoux qui vont avec, elle ne devait pas être repoussante non plus.

Roland lui a dit mon nom, elle a prononcé son «moi aussi» historique, et elle m'a remercié de m'être occupé de son voyage. J'ai répondu deux banalités, ce n'était rien, j'espérais que ça lui plairait, elle a enchaîné en félicitant Roland pour la boutique, je l'écoutais en essayant de ne pas la contempler comme la Madone.

Ses dernières larmes remontaient à quelques heures. Elle était trop mince, ses épaules saillaient sous sa veste, elle fumait avec fébrilité, le mal-être qui s'échappait d'elle était poignant. Pourtant, il m'a tout de suite été facile de l'imaginer éblouissante et radieuse, telle qu'elle devait être «avant», telle qu'elle serait bientôt, quand elle serait sortie de son tunnel, quand elle serait avec moi. Malgré ses cernes, malgré son rictus au coin des lèvres qui témoignait de la permanence de son chagrin, il émanait de son visage une impression de force, de solidité, qui m'a rassuré. Là, elle était à terre, mais l'arbitre n'avait pas encore compté jusqu'à 10, elle avait le temps de se relever, elle allait se relever.

Très vite, j'ai pensé à regarder ses mains – les mains, c'est ma passion. Je savais que les siennes seraient divines.

Elle a monté la cigarette à ses lèvres, et j'ai vu sa main droite, ses longs doigts, l'index et le majeur, magnifiques, qui serraient la cigarette, les articulations de ses phalanges, délicates, ses ongles, à s'agenouiller devant. Je suis un maniaque des ongles. Il y a des affaires que je n'ai pas faites pour ne pas avoir à serrer une main aux ongles bombés, des femmes délicieuses que j'ai ignorées, des commerçants sympathiques que j'ai évités, à cause d'ongles trop étroits ou trop longs. Les siens relevaient de la perfection absolue. Longs et rectangulaires, pas du tout pointus, coupés court bien sûr, juste un demi-millimètre de blanc.

Des mains pareilles, je n'avais jamais rien vu de plus admirable. J'y retrouvais toute la beauté, toute la bonté, toute l'humanité qui se dégageaient de sa personne tout entière.

Un ado est venu l'interrompre pour l'entraîner à l'étage. Elle s'est excusée avec une mimique que j'ai adorée, qui voulait dire «pardon, vous savez ce que c'est, ce sont eux qui commandent», je lui ai souhaité bon voyage, elle m'a dit «merci» et elle s'est éclipsée, en tenant son fils par la main. Elle avait des jambes immenses, toutes minces, elle se déplaçait à grands pas, la foule s'écartait à son passage comme la mer Rouge devant Moïse.

J'ai respiré. Puisque je savais qui elle était et qu'il me serait facile de la retrouver, j'étais soulagé que ce soit fini, qu'elle ne soit plus là, en face de moi. Ça n'avait duré que deux minutes. Pour une première rencontre, c'était assez.

J'étais d'autant plus perturbé que j'ignorais quasiment tout des pulsions de l'amour. J'avais parfois eu l'illusion, surtout dans mes jeunes années, d'éprouver des embryons de sentiments amoureux, mais aucun ne s'était développé avec ampleur, le grand amour n'avait pas fait partie de mon programme, je m'y étais habitué, je n'en rêvais pas. À 47 ans, j'étais célibataire, sans enfant, et je n'avais jamais failli être autre chose.

Ce soir-là, en rentrant chez moi, je baignais dans une euphorie déraisonnable. Je ne regrettais pas d'être tombé sur un cas de figure qui ne me permettait aucun espoir d'embrasement rapide et simultané, je ne pensais pas aux tourments qu'elle endurait par amour pour un autre, ni à ceux qui étaient censés m'attendre. J'avais rencontré ma princesse de légende, je n'allais pas m'étonner qu'il ne soit pas facile de l'embarquer sur mon cheval blanc.

Sa façon de vivre la perte de son mari en faisait à mes yeux une héroïne exceptionnelle, puisque capable d'un amour rarissime. Une femme de rêve, pour de vrai. Je ne souffrais pas qu'elle m'ait regardé avec autant d'intérêt que si j'étais un vélo – pourquoi m'aurait-elle regardé autrement ?

Aucune pensée ne pouvait calmer mon allégresse, j'étais fou de joie, et ce n'était pas une façon de parler. Fou de joie qu'elle soit entrée dans ma vie, fou de joie de savoir qu'elle n'en sortirait plus.

4

Le jour de son départ, à la minute où son 757 était censé s'envoler, j'étais assis chez moi, les yeux fermés. J'imaginais le bruit strident des moteurs, l'avion qui s'ébranle, roule, roule, de plus en plus vite, elle, agrippée aux accoudoirs, tendue, et puis le meilleur, cette poussée dans le dos, énorme, l'avion qui s'arrache, décolle, s'envole. Elle n'avait jamais pris l'avion pour un vol aussi long, elle ne pouvait qu'être angoissée de se retrouver là, toute seule. Je me demandais si elle regarderait le film, si elle dormirait un peu ou beaucoup, si elle écouterait de la musique, et laquelle – avait-elle emporté un walkman, des CD, des cassettes ?

Surtout, j'espérais qu'au petit matin, le ciel serait bleu. Si possible avec un tapis de nuages blancs sous l'avion, que le soleil levant ferait scintiller comme de la neige. Certains se sont mis à croire en Dieu pour moins que ça.

Je lui avais pris le voyage le plus court possible, Marignane-Roissy, Roissy-Denpasar direct. Dix-huit heures d'avion. Ça lui ferait un choc quand elle en sortirait, en plein après-midi, pour plonger dans cette chaleur ouatée dont elle ignorait tout, puisqu'elle n'était jamais descendue plus bas que Rome ou Madrid. J'aurais adoré voir sa tête à ce moment-là.

J'en étais malade de ne pas l'avoir suivie, mais je

ne pouvais décemment pas m'imposer dès son arrivée. J'avais prévu de patienter deux semaines avant de la rejoindre, malgré ma crainte qu'elle soit déjà repartie – ce qui signifierait que mon idée n'aurait pas marché, qu'elle n'aurait pas aimé être là-bas, qu'elle rentrerait aussi mal qu'avant.

Pour veiller sur elle et être tenu au courant de l'évolution de sa situation, j'avais mis au point avec Michel, mon ami qui vit à Bali, une organisation discrète. Je pouvais me fier à lui pour ne pas prendre cette mission à la légère.

Michel avait cinquante ans, c'était un petit homme trapu, avec une tête de brute et les yeux de Paul Newman. J'avais fait sa connaissance dès son installation à Kuta, à la fin des années 70. Depuis, on se voyait au rythme de mes séjours dans l'île, deux ou trois fois par an. Comme nos maisons étaient séparées par trois heures de route, je dormais toujours chez lui quand j'y dînais.

Depuis huit ans, Michel était devenu Michel-et-Catherine. Une brunette mignonne et délurée, qui avait vingt ans de moins que lui, s'était installée dans sa vie. Pour elle, il avait mis fin à une vie plutôt débauchée et ils avaient eu une petite fille, Lou, six ans, dont j'étais le parrain.

Michel s'était arrangé avec le patron du premier hôtel de Tina pour que Wayan, son homme de confiance, remplace incognito l'un des chauffeurs de l'hôtel. Wayan devait donc aller chercher Tina à l'aéroport avec la Chevrolet de Michel, la déposer à son hôtel, et lui proposer ses services quand elle voudrait faire un tour en ville.

Le soir même, Michel m'a appelé. Il m'a passé Wayan, qui m'a raconté sa demi-heure de route avec elle. J'ai réclamé tous les détails.

Elle était sortie la première des salles de débarquement, car elle n'avait enregistré aucun bagage, son unique sac était assez petit pour être conservé en cabine. Rien que ça, j'étais radieux : comme moi, elle était une adepte du *Fly light* – voyager léger.

Ils avaient taillé la route au soleil couchant – Bali est juste sous l'équateur, il fait nuit à six heures, toute l'année. Wayan n'avait pas cherché à bavarder, Tina était trop absorbée par le spectacle qui se déroulait derrière les vitres : la circulation délirante dans Denpasar, la jungle, les villages, l'océan. Il lui avait seulement proposé d'écouter de la musique, elle avait été épatée par les rangements de CD, bien planqués, dans les portes et les accoudoirs. Elle avait choisi un disque de Scorpions – j'avais bien fait d'insister pour que Michel en achète quelques-uns. J'imaginais son étonnement de retrouver sa musique fétiche à quinze mille kilomètres de chez elle. Elle se rendrait compte bientôt que ce n'était pas si surprenant : Scorpions était un groupe adulé dans toute l'Asie, elle allait les entendre partout.

Wayan était certain qu'elle avait apprécié cette balade, à quarante à l'heure dans l'auto-palace, comme un tapis roulant au milieu de la jungle. À un moment, elle avait ouvert la vitre, malgré la clime, et elle avait laissé son bras tendu hors de la fenêtre pour offrir sa peau nue à la tiédeur du vent. Au sommet d'une colline, elle avait souri en découvrant la mer qui s'étalait devant eux, tout ce bleu à perte de vue, qui commençait à rosir sous le soleil couchant. J'avais calculé qu'elle avait dû arriver à temps sur sa terrasse pour le voir disparaître au bout de l'océan. Là, elle s'était sûrement sentie plus seule que jamais. Sans son amour, toute cette beauté, cette harmonie seraient d'abord une douleur.

Le troisième jour, quand Wayan l'a conduite à son nouvel hôtel, le *Stella*, Michel et Catherine lui ont donné rendez-vous à un carrefour, en ville. Ils étaient trop impatients de savoir à quoi ressemblait Tina pour attendre que je la leur présente. Assis sur leur moto, ils l'ont regardée passer, dans leur Chevrolet. Ils ne me l'ont pas dit, c'était gentil de leur part, mais je savais bien qu'ils l'avaient trouvée trop belle pour moi. Elle était trop belle pour tous les hommes du monde.

Wayan a bakchiché tout le personnel du *Stella* pour être informé de ses allées et venues. Ainsi, nous savions précisément de quoi étaient faites ses journées, et son programme était d'une banalité rassurante. Dès sept heures, elle prenait son petit-déjeuner sur son balcon, face à la mer. Vers dix heures, elle descendait à la plage. Trois heures plus tard, elle rentrait à son hôtel, et en ressortait avant le coucher du soleil, pour siroter un lait aux fruits sur une terrasse, en contemplant le soleil qui s'enfonçait derrière l'horizon. À six heures, quand la nuit tombait, elle allait se promener et dîner en ville. À huit heures et demie, elle était de retour dans sa chambre. Vers minuit, elle descendait à la plage, et se promenait un quart d'heure au bord de l'eau, en regardant les étoiles. Dans sa chambre, elle devait passer du temps à écrire à ses enfants, car tous les matins, elle déposait une grosse lettre dans la boîte postale de l'hôtel. En revanche, elle leur téléphonait peu. Deux fois seulement, les dix premiers jours.

Cet emploi du temps anodin était éloquent, parce qu'il n'était pas si différent de celui qu'elle aurait adopté si elle n'avait pas eu ce chagrin sur les épaules, si elle avait été une vacancière comme tant d'autres, partie pour se déstresser. Il montrait surtout qu'elle allait mieux là-bas qu'ici : elle se prenait en charge, elle avait des habitudes, elle sortait, elle se mêlait à l'agitation du monde. En si peu de temps, on ne pouvait pas espérer mieux.

Après quelques jours, elle avait même loué un vélo, pour gagner une plage peu fréquentée, loin de son hôtel. C'est ce vélo qui m'a décidé à la rejoindre plus tôt que prévu. J'ai fait mon sac et j'ai filé à Marignane.

Le lendemain matin, je survolais l'océan Indien, mais le bleu était au-dessus de l'avion : une mer de cumulo-nimbus cachait la Terre. C'est seulement à ce moment-là, quand on glisse entre le blanc et le bleu, qu'on est sûr d'être arrivé dans le ciel. Là, j'y étais, et ça m'enivrait encore plus que d'habitude : pour la première fois, je volais vers elle.

Dorénavant, il y aurait deux sortes de vols, dans ma vie. Ceux qui me rapprocheraient d'elle et ceux qui m'éloigneraient d'elle. Exceptionnellement, j'étais enchanté de commencer par le meilleur.

J'ai atterri à la même heure qu'elle douze jours plus tôt. Michel et Catherine étaient venus me chercher. En route, ils m'ont raconté ce que Tina avait fait pendant que je traversais le monde à sa rencontre. Je sentais Michel embarrassé. Wayan l'avait emmenée à Tanah-Lot, un temple au bout d'une jetée battue par les flots, à vingt kilomètres de Legian – les temples de Bali, hindouistes, sont des parcs où sont dispersés monuments, autels et bassins. Elle était restée deux heures à pleurer sous la pluie, face à l'océan en furie. Wayan n'avait pas osé la déranger. À la fermeture du temple, un moine était venu lui parler et l'avait reconduite jusqu'à la Chevrolet. Il avait dû trouver les mots puisque, dans la voiture, elle ne pleurait plus.

J'avais le bourdon, du coup.

Je ne l'avais vue que deux minutes dans un cocktail, je ne pensais pas à mon avenir avec elle, seul le présent m'importait, et dans ce présent, elle était malheureuse. Je savais bien que je n'étais pas son prince charmant, qu'elle ne sortirait pas de sa dépression en tombant amoureuse de moi. Il fallait d'abord qu'elle brise le filtre qui obscurcissait sa vision du monde. Je rêvais de pouvoir l'y aider, de tout mon amour, de toutes mes forces. Mon urgence, ce n'était pas de m'en faire aimer, c'était qu'elle passe enfin une journée sans pleurer.

5

Maintenant, il fallait agir. Provoquer une rencontre. Rien que d'y penser, j'avais une boule dans l'estomac, car de toute façon je serais obligé de mentir. Je n'allais pas lui sauter dessus et lui raconter direct qu'elle avait dynamité ma vie !

Le lendemain de mon arrivée, Michel m'a emmené chez le vieux Nagib louer une moto. À l'autre bout de Legian, Tina m'attendait sur sa plage. On était le 25, 2 plus 5 égale 7, 7, c'est mon chiffre, il ne pouvait rien m'arriver.

Ce 7 avait joué un rôle décisif dans l'avancement de mon départ : quand j'avais réalisé qu'il n'y aurait pas de jours à 7 avant le 7 du mois suivant, je n'avais plus hésité. Je ne pouvais que respecter ce porte-bonheur : ma première rencontre avec Tina avait eu lieu le 7 mars 1995 – non seulement j'avais eu droit à un beau 7 tout rond, mais en additionnant tous les chiffres de cette date bénie, 7, 3, 1, 9, 9, 5, on arrivait à 34, soit 3 plus 4 : 7. Je n'étais pas près de changer de chouchou.

La ville commençait à s'animer. Je suis passé par Jalan Pantaï, la Croisette de Kuta. Le ciel était bleu fluo. Quelques surfeurs attendaient les premières vagues, le soleil était bas, encore. Trop de pensées se bousculaient dans ma tête, j'avais du mal à conduire et regarder le paysage en même temps. Je me suis assis sur un banc, pour admirer la mer et les surfeurs. Depuis mon enfance, je ne me lassais pas de ce spectacle, j'aimais l'euphorie qui s'en dégageait, qui se répandait en moi.

Si on examinait la situation avec lucidité, j'avais tant de raisons d'être joyeux que j'aurais dû faire des claquettes sur le banc façon Gene Kelly. Non seulement j'étais de nouveau sur mon île tant aimée – d'habitude, rien que ça me donnait envie de remercier le ciel – mais là, en plus, j'allais à la rencontre de la femme de ma vie. Elle, ici ! Avec moi ! Pour un cadeau pareil, je pardonnais au destin les saloperies qu'il m'avait faites, je l'excusais d'avance pour celles qu'il s'apprêtait à me faire, l'addition aurait le droit d'être salée, je promettais de ne pas crier au scandale.

En même temps, je me disais que j'avais vécu la moitié, voire les deux tiers de ma vie sans avoir jamais été fou d'amour, sans avoir connu ces joies d'être à deux pour de vrai, de faire des enfants, de s'aimer en les voyant grandir, tout le toutim, alors, même si ça ne m'avait pas manqué – je suis bon public avec ma vie – rayon amour, j'avais du retard, il était juste que mon tour vienne aussi.

J'ai enfourché mon destrier, j'ai roulé vers ma princesse, en pensant aux mille détails que j'allais apprendre sur elle, rien qu'en la regardant vivre deux heures sur une plage. Serait-elle du genre à se baigner souvent et longtemps ? Ou irait-elle dans l'eau juste pour se rafraîchir ? Allait-elle lire, dormir, écouter de la musique, s'enduire de crème à bronzer ? Comment se comporterait-elle avec les marchands ambulants qui défileraient pour lui proposer du maïs grillé, des ananas, des bibelots, des montres, des livres, des bijoux ?

Assuré que j'allais tout aimer d'elle, j'étais impatient de découvrir sa personnalité, sa façon d'être, ce qui l'amusait ou l'ennuyait, si elle était du matin ou du soir, Poissons ou Verseau, lente ou rapide, champagne ou vodka, froide ou câline, tout. Mon exaltation m'affolait. J'avais croisé cette femme à peine deux minutes, elle risquait de mourir d'amour pour un autre homme, et je nous voyais déjà en tourtereaux ! Même la perspective que j'étais branque, qu'elle ne m'aimerait jamais et que je deviendrais une épave à cause d'elle, ne me dérangeait pas. Car, quoi qu'il m'arrive, bon ou mauvais, elle était devenue le centre de ma vie, mon moteur, mon pilier. À partir de là, j'étais heureux de mon sort, d'avance.

Quand j'ai aperçu la pancarte du *Rose Bar*, les rouages de mon cerveau se sont bloqués net. Sa plage commençait là. Je me suis laissé glisser au ralenti, en scrutant les corps allongés sur le sable.

Je l'ai vue tout de suite, loin. Elle marchait vers l'océan, d'un pas rapide. Elle portait un maillot une pièce noir, tout simple. Je me suis garé le long du trottoir pour la regarder. Elle est entrée dans l'eau franchement, à grandes enjambées, elle a plongé, disparu sous une vague, puis réapparu, en nageant la brasse, joliment, sans une éclaboussure. Elle aimait l'eau, bonne nouvelle : je suis né sous un signe d'eau, j'adore me baigner, nager, plonger. Il me tardait de glisser avec elle au milieu des flots bleus.

Je me suis rendu compte que j'étais incapable de dire comment elle était faite. Je l'avais vue marcher, en maillot de bain, pendant dix ou vingt secondes, et je ne savais pas si ses fesses étaient rondes, si ses hanches étaient larges, ses mollets fins ou musclés, sa poitrine lourde ou menue. Je n'avais rien regardé, j'étais trop ému, trop content de la voir, trop content qu'elle existe. Ça changeait toute ma vie, ma perception du monde, j'étais un homme nouveau, vierge, une page blanche.

Elle a nagé vers le large en plongeant sous les vagues, jambes jointes, comme une sirène. Elle ne s'est arrêtée qu'à cent mètres du bord, là où les rouleaux se forment avant de déferler. Des vagues trop petites pour des surfeurs sérieux, mais qui montent quand même à un ou deux mètres. À part les gosses du coin, peu de baigneurs se risquaient jusque-là. Je ne croyais pas ce que je voyais. Tina, au large, attendait sa vague. Moi aussi, j'aimais ce jeu, depuis que j'étais môme. On choisit une vague qui se forme juste à la bonne distance, et on plonge avec elle quand elle se casse en deux. Si on la prend bien, elle vous entraîne à sa crête comme une fusée, c'est grisant. Si on la prend mal, elle vous roule dans tous les sens avec une violence inouïe, vous vous sentez disloqué, vous ne pouvez pas remonter à la surface avant qu'elle ait fini de déferler, vous croyez votre dernière heure venue.

J'ai vu arriver la bonne vague, elle ne l'a pas ratée. Elle a foncé droit sur la plage, les bras tendus devant elle, en surnageant au-dessus de l'écume. J'étais horrifié de la voir prendre des risques pareils, comme si elle se moquait d'être engloutie à jamais par l'océan. La course finie, elle s'est relevée, l'eau lui arrivait au genou, elle est repartie vers le large pour recommencer, et puis elle est sortie. Elle a marché jusqu'à un sarong marine et blanc, étalé près du sable mouillé.

Cette fois, j'ai pensé à la regarder. Elle était longue, fine, presque maigre. Même de loin, elle était belle.

Elle s'est allongée sur le dos, sans baisser le haut de son maillot comme huit femmes sur dix autour d'elle. Je n'étais pas mécontent que la femme de ma vie ne soit pas du genre à montrer ses seins à toute la plage. J'aurais détesté les découvrir ainsi, tellement trop tôt.

Deux minutes plus tard, elle s'est redressée, elle

a passé un tee-shirt gris, elle a étalé de la crème sur ses jambes, elle a sorti de son sac des écouteurs de walkman qu'elle a enfoncés dans ses oreilles, elle a farfouillé dans le sac pour actionner le walkman, elle a allumé une cigarette, et elle s'est allongée sur le ventre. À chacun de ses gestes, j'étais emballé, fasciné. Je m'étais installé au fond de la plage, à cent mètres d'elle, aucun détail ne m'échappait.

Au bout d'un quart d'heure, elle est retournée se baigner, elle s'est encore fait deux vagues. Elle a répété le même rituel pendant trois heures. Quinze minutes au soleil, dix dans l'eau, son rythme m'allait bien.

Pour déjeuner, elle a arrêté une marchande de maïs grillé. À la suivante, elle a acheté un ananas. Pendant que la femme le lui préparait, elles ont parlé, Tina souriait. Elle a mangé l'ananas entier, tranche après tranche, assise en tailleur, en regardant la mer, ses écouteurs dans les oreilles. Je voyais son pied qui battait la mesure.

Tous les signes qui me parvenaient étaient enthousiasmants. Elle avait faim, elle aimait le soleil, elle aimait l'eau, elle écoutait de la musique, elle parlait aux gens, elle souriait. Elle était vivante.

Vers une heure, elle a sorti un pantalon noir du sac à dos qui lui servait d'oreiller, et elle s'est levée pour l'enfiler. Elle avait dû l'acheter ici, il était ample et léger, avec le vent il bougeait comme une jupe. Elle a secoué le sarong pour ôter le sable, elle l'a plié et jeté sur son épaule, comme une Indienne, et elle a avancé vers la route, vers son vélo. Vers moi.

Dans mon plan de simplet, j'étais à cinq minutes de l'entrée en scène. J'ai marché vers ma moto, pas fier. Je m'étais garé loin des vélos, pour avancer à sa rencontre.

6

Assis sur la moto, à deux cents mètres d'elle, je l'ai regardée détacher l'antivol, elle a commencé à pédaler, j'ai avancé vers elle lentement, l'air détaché, en balayant du regard les terrasses des restos et la plage, comme si je cherchais quelqu'un. Si je ne voulais pas démarrer par un mensonge, il me suffirait de lui dire «Bonjour, je vous cherchais». Mon plan s'arrêtait à «Bonjour». Après, j'avais seulement prévu d'improviser.

J'étais parti de loin, j'ai eu le temps de la voir approcher, elle avait ses lunettes de soleil, je ne savais pas où elle regardait, on s'est croisés, j'ai tourné la tête vers elle, avec un sourire niais, l'air surpris, genre : «Vous ici ?!»

Elle est passée sans me voir. Je suis resté avec mon sourire figé, dans le vide. Faux départ.

Le destin était un meilleur scénariste que moi : en la faisant regarder ailleurs, il m'a obligé à changer ma méthode de faux-cul, à cesser de jouer l'étonné de la voir ici alors que personne n'était mieux placé que moi pour savoir qu'elle y était. J'ai fait demi-tour, je suis revenu dans son dos, je l'ai doublée, et en arrivant à sa hauteur, je me suis tourné vers elle, en lançant, fort, un «Bonjour !» primesautier, pas celui que j'aurais voulu.

Elle s'est tournée vers moi, elle a pensé «Qu'est-ce qu'il veut, lui ?» – deux secondes, pas plus – et puis elle m'a reconnu.

– Oh! Bonjour!
– Vous allez bien?
D'entrée, c'était du Shakespeare.

On s'est rangés le long du trottoir. Je suis resté sur la moto, elle est restée sur son vélo.
– Je suis heureux de vous voir, j'ai bredouillé. J'espérais… Vous avez l'air en forme…
C'était une litote. Elle était renversante, j'en perdais mes moyens, j'étais tout juste à 3 % de mes capacités, elle ne pouvait pas le savoir, j'enrageais qu'elle puisse penser que j'étais à mon max, là, sur cette moto jaune, pétrifié par cette passion qui était en train de m'engloutir et que j'étais obligé de lui cacher. Quand elle m'a répondu, j'ai vu son visage, ses yeux, sa voix sourire en même temps.
– Oui, ça va… J'aime beaucoup, ici… La mer, les gens, l'ambiance… Vous avez eu une bonne idée…
Je frôlais le malaise, j'avais peur qu'elle s'en aperçoive. Elle m'a encore remercié pour le choix des hôtels, j'ai murmuré «tant mieux, tant mieux». Elle était presque enjouée, on aurait pu croire que c'était moi qui avais perdu l'amour de ma vie la nuit précédente. Alors que je l'avais trouvé, qu'il était devant mes yeux.
– Et vous? Roland m'a dit que vous avez depuis longtemps une maison, ici…
Elle avait retenu un détail à mon sujet que son frère avait dû mentionner voilà trois semaines! Si je n'avais pas été tétanisé comme un idiot du village, je lui aurais fait un petit numéro de claquettes. J'ai pu seulement répondre d'une voix blanche que je logeais chez des amis, car notre maison était sur la côte est, à trois heures de route.
Je n'avais pas prévu de me retrouver dans cette situation de jeune fille rougissante. J'ai annulé fissa mon projet de l'inviter à boire un verre, elle aurait

dit oui, mais j'ai préféré être le moins lourd possible, j'ai joué le mec embêté d'être pressé, il valait mieux mentir que m'enliser.

– Excusez-moi, je dois y aller... Je serais ravi si...

Je n'avais pas le droit de la quitter sans même oser lui proposer un rendez-vous, j'ai sauté sur la première idée qui est passée.

– Il y a un dîner chez mes amis, ce soir. Vous voulez venir ? On ne sera pas nombreux...

La demande l'a prise au dépourvu, elle a eu un temps d'hésitation, j'ai devancé sa réponse.

– Si vous voulez, je vous appelle à votre hôtel vers sept heures. Vous verrez bien, selon votre humeur. Surtout, ne vous gênez pas avec moi.

– D'accord.

Ça m'a frappé, ce «d'accord». J'ai adoré.

– Alors, à tout à l'heure. Bon après-midi.

Elle m'a encore souri, je lui ai fait un petit geste d'au revoir auquel elle n'a pas répondu, je me suis éloigné aussi discrètement que possible, mais cette 125 faisait un bruit d'avion, j'étais grotesque sur ce jouet, je sentais son regard dans mon dos, je ne respirais plus, j'ai tourné dans la première rue, j'ai accéléré à fond. Je voulais m'éloigner, vite, pour m'arrêter plus loin, reprendre mes esprits, fumer une cigarette, sans courir le risque de retomber sur elle, puisque j'étais censé avoir quelque chose d'urgent à faire. J'ai foncé droit devant moi, Legian somnolait sous le soleil de la sieste. En deux minutes, je roulais en pleine campagne, au milieu des rizières. Je me suis arrêté près d'un troupeau de buffles, en haut d'une colline, j'ai fumé en regardant les brins de riz onduler sous le vent. Il n'avait pas plu depuis quatre jours, c'était rare en mars, le vert commençait à jaunir.

J'ai fait le bilan. Je n'avais pas été brillant. Elle me surnommait peut-être déjà «Mongolito».

Le décalage entre mes élans intérieurs et la réserve que j'étais contraint d'observer m'avait paralysé, tant je me sentais faux. J'avais encore le cœur qui cognait comme un sourd. Je ne voyais qu'un point positif : au moins, je ne l'avais pas importunée. Pas de quoi pavoiser.

C'était son sourire qui m'avait scotché comme ça. Lors de notre première rencontre, elle ne l'avait qu'esquissé, pour me saluer. Là, elle avait déployé le chef-d'œuvre, et j'avais vacillé sous l'impact. En deux minutes, j'en avais découvert plusieurs variantes, du petit en coin jusqu'au quartier d'orange, bouche entrouverte. Il me manquait seulement les deux ou trois plus éclatants, que j'imaginais déjà, la banane géante ou l'arc-en-ciel, réservés aux grandes occasions. À côté de ceux-là, même l'éclat de rire de Julia Roberts aurait l'air d'un rictus de détresse. J'avais adoré quand elle m'avait remercié, sa gentillesse était sincère, j'avais ressenti au plus profond de moi-même la chaleur de toutes ces minuscules ondes positives, envoyées par elle, exprès pour moi. Je rêvais déjà du dîner.

Je l'avais inventé, ce dîner. Cette invitation m'avait évité de lui imposer d'emblée un tête à tête. La Tina dont son frère m'avait parlé, la Tina que je devinais, ne pouvait pas avoir envie de se retrouver seule avec un homme qu'elle connaissait à peine. Sans compter que, dans une telle circonstance, j'avais peur que mon trouble soit impossible à dissimuler.

Était-ce déjà ce qu'on appelle l'amour ? Si j'en croyais les récits de mes proches, les films que j'avais vus, les livres que j'avais lus, l'amour était irrationnel, tous en parlaient comme d'une sorte de pulsion mystérieuse dont ils avaient du mal à disséquer les composantes. Il semblait possible d'aimer quelqu'un sans être emballé par toute sa personne, on pouvait trouver un homme lâche ou brutal, une femme menteuse ou vénale, et les aimer quand même. Mon cas me semblait différent : ma passion, mon admiration n'étaient en rien irrationnelles, cette femme était, objectivement, hors du commun.

Il n'y a pas lieu de s'étonner qu'il existe, après tant de siècles d'évolution, quelques spécimens humains miraculeusement réussis. Qui sait s'il n'y en a pas quelques dizaines ou quelques milliers, des deux sexes, disséminés dans le vaste monde ? D'ailleurs, le premier homme que Tina avait choisi ne s'y était pas trompé, il avait fait comme moi, il lui avait sans hésiter voué sa vie. Il l'avait si bien cachée, pendant vingt ans, que nous étions finalement peu nombreux à l'avoir rencontrée, mais j'étais certain que tous ceux, hommes et femmes, qui avaient croisé sa route avaient été frappés par l'évidence de sa haute qualité. Ni sainte, ni surdouée, ni parfaite, bien sûr, rien d'inhumain, juste une femme magnifique. Si par bonheur elle venait ce soir, j'étais sûr qu'elle ferait la même impression à Michel, Catherine et aux amis qu'on allait inviter. Mon pronostic sur sa présence au dîner s'inversait toutes les trente secondes.

7

À mon retour en ville, le ciel était noir. Michel était assis devant sa boutique. L'enseigne de néon, *The Real Blue*, clignotait déjà. Wayan et les vendeurs faisaient la sieste à l'intérieur, sur des nattes. À cette heure-ci, les clients étaient rares.

Toute la boutique était bleue et on n'y vendait que du jean bleu. Des fringues, mais aussi des draps, des fauteuils, des nappes, des rideaux, des vases, des statues, des bouteilles, une chaîne hifi, un lit, tout en jean. Il y avait même, depuis toujours, une paire de skis en jean! Michel avait créé cette première affaire dès son arrivée à Kuta, elle lui avait porté chance, il ne l'avait jamais quittée. Depuis, il en avait acheté deux autres, qu'il avait confiées en gérance à des Indonésiens. Il ne retournait plus en France depuis longtemps.

Il a commencé à me parler, de loin, avant même que je descende de moto.

– Tu as passé la journée avec elle, dis-moi!

– Non… On a parlé deux minutes, je la quitte à l'instant.

– Vous n'êtes même pas allés boire un coup?

– Je ne l'ai pas senti.

– Si tu démarres comme ça…

Je me suis assis près de lui, dans un fauteuil en jean. Il m'a allumé une cigarette. Maintenant, il faisait presque frais. L'orage a enfin éclaté. Après un roulement de tonnerre interminable, comme si le ciel se déchirait en deux de Londres à Sidney, on a eu droit au déluge. J'adorais retrouver cette pluie équatoriale, chaude et épaisse, qui ne dessine aucun trait dans l'espace. Michel attendait l'accalmie pour me questionner, je l'ai devancé.

– Je lui ai dit qu'il y avait un dîner chez vous ce soir. Je l'ai invitée.

Je lui aurais annoncé que Jagger et Dylan venaient chanter dans son jardin, il aurait été moins content.

– Je vais lui faire un dîner de folie !

– C'est pas encore sûr. Je l'appelle à sept heures.

– Tu crois qu'elle aime les trucs piquants ?

– J'en sais rien.

– Si c'est la femme de ta vie, tu peux deviner ça.

– Elle adore le piquant.

Il s'est levé pour téléphoner la nouvelle à Catherine.

Elle nous a rejoints au marché. Michel, cuisinier hors pair, nous lançait dix idées à la minute, le moindre choix provoquait d'interminables discussions, chacun de nous spéculant différemment sur les futurs goûts de Tina. Catherine voulait qu'il se limite au raisonnable, lui était prêt à prendre tous les risques, à lui mijoter du serpent aux piments du démon, du mérou à la crème d'ananas, des folies que seuls quelques palais aventuriers pouvaient apprécier à leur juste valeur. On est rentrés avec de quoi faire un festin pour trente personnes.

À sept heures cinq, j'ai appelé Tina. Notre premier coup de téléphone. Pour l'inviter à dîner ! J'étais tendu.

Dès que j'ai prononcé mon nom, elle m'a coupé, j'ai adoré sa voix, elle s'est excusée de ne pas avoir repensé à mon invitation, j'étais parti pour essuyer mon premier refus, je ne lui ai pas laissé le temps de dire non, je lui ai parlé de Catherine et Lou, de la cuisine de Michel, de la beauté de leur maison, de la vue sur les montagnes. Je l'ai sentie amusée par l'accumulation des arguments, elle a fini par prononcer le mot que j'espérais :

– D'accord.

À neuf heures, je faisais les cent pas devant son hôtel. J'étais venu la chercher avec la jeep de Catherine. Notre premier rendez-vous. Notre premier dîner. À Bali ! J'aurais été prêt à patienter cinq ans avant de mériter un tel cadeau.

Elle est apparue au bout du chemin, dans l'obscurité, sa longue silhouette a avancé vers moi, elle est passée sous le lampadaire. Jean noir, tee-shirt noir, tennis noires. Ses cheveux brillaient. J'étais déjà en surrégime.

Elle s'est excusée d'être en retard, elle ne l'était pas. Nous ne portions de montre ni l'un ni l'autre. J'y ai vu un bon signe de plus – excellent, même.

Je lui ai ouvert la porte, elle a grimpé dans la jeep avec légèreté, comme si elle pesait douze kilos. J'ai démarré. Elle s'est tournée vers moi, j'ai cessé de regarder la route.

– J'ai eu les garçons au téléphone. Roland n'en revenait pas qu'on se soit rencontrés.

– J'imagine…

Je dis toujours « J'imagine » quand je ne sais pas quoi dire. C'est nul.

– Il vous embrasse.

– Vous l'embrasserez aussi, la prochaine fois. Et son affaire, ça marche bien ?

– Oui, il est content. Il dit que tous ses concurrents sont au bord du suicide !

– Je l'entends d'ici.

Après Mongolito à moto, c'était Mongolito en auto, mais je m'en foutais : elle semblait à l'aise avec moi.

Le fond de l'air était tiède. On a plongé dans le centre-ville. À cette heure, dans les rues de Legian et Kuta – les deux communes, mitoyennes, se confondent en une seule agglomération – la circulation était effroyable, des milliers de mobylettes surgissaient de partout. Je la sentais sur le qui-vive, je roulais lentement.

– Vous voulez que je vous fasse la fiche des gens que vous allez rencontrer ?

Elle m'a regardé, sans comprendre. J'ai dû préciser.

– La fiche de renseignements. À moins que vous ne préfériez ne rien savoir…

– Non. Je préfère savoir.

Je lui ai fait le portrait succinct des sept personnes qui dîneraient avec nous. Elle m'a écouté en souriant, sans poser de questions. On est sortis de la ville. Michel et Catherine habitaient à quinze kilomètres, sur une colline entre rizières et forêts. À la radio, un slow indonésien a démarré. J'aurais embrassé le D.J. d'avoir mis cette chanson, la première fois où je conduisais Tina dans Kuta. Le refrain donnait envie de pleurer de bonheur. J'ai vu son pied qui battait la mesure. Elle s'est tournée vers moi :

– Je n'arrête pas d'entendre cette chanson. Vous savez ce que c'est ? J'aimerais bien acheter le disque…

C'était trop beau, ça m'a mis en confiance, ma première vanne, minuscule, est partie, sans que je l'ai calculée. Elle n'était pas terrible.

– C'est facile. Vous allez chez un disquaire et vous la chantez. Elle est très connue…

– Bonne idée !

Elle a dit ça pour rire. Elle ne le ferait jamais.

– Je connais seulement le nom des chanteurs, c'est un couple : Ikko et Dumbang. Catherine vous montrera, elle a des disques d'eux.

On longeait la mer. Le vent faisait bouger ses cheveux, elle avait l'air d'avoir seize ans.

– Et vous? Vous ne m'avez pas fait votre fiche...

– C'est difficile, de faire sa propre fiche...

J'ai regardé la route, espérant m'en tirer en douce, elle attendait, toujours tournée vers moi. Je ne voulais pas me faire prier, je me suis lancé, terrifié : après mes cinq phrases, elle aurait une opinion sur moi. Je jouais ma vie.

– Je ne suis installé en France que depuis huit mois, j'ai toujours vécu en Thaïlande...

Elle m'a coupé, étonnée.

– Et... vous êtes Français?

– Oui. Mon père était exploitant forestier, il a vécu presque toute sa vie en Asie, en gardant la nationalité française. Et moi aussi.

– Et vous faites quoi?

– Comme lui. Le bois, c'est une passion héréditaire. Mes parents sont morts il y a longtemps, j'ai deux sœurs et un frère, on a repris l'exploitation. Depuis cinq ans, je travaille surtout à l'étranger : je cherche des forêts à vendre, des artisans pour fabriquer nos produits, des clients en Europe pour les distribuer. Je voyage, j'aime ça.

À la fin de ma conférence, elle a hoché la tête avec une mimique adorable, comme pour saluer ma chance. La pensée qu'elle pourrait me haïr d'être vivant alors que son mari était mort m'a traversé le cerveau, telle une flèche enflammée. Je me serais baffé. Entraîné par ses questions, j'avais raconté ma vie. Un peu plus, et je lui sortais les photos de famille et nos catalogues avec les tarifs et les bons de commande !

Tout à coup, un enfant a giclé devant mes roues, elle a crié, j'ai pilé. Le gosse est venu s'excuser en riant, j'ai fait semblant de le gronder, je lui ai demandé son nom.

– Nyoman.

Tina a trouvé que c'était joli. En me garant devant la maison, je lui ai raconté qu'à Bali, chez les gens du peuple, il n'y a que quatre prénoms, tous mixtes, fixés par l'ordre de naissance : le premier s'appelle toujours Wayan, le deuxième Made, le troisième Nyoman, et le quatrième Ketut. Et quand on en a d'autres, ça recommence : Wayan, Made, Nyoman, Ketut...

– Et vous, vous avez des enfants ?

Je n'ai pas aimé sa tête quand elle a entendu mon non. Comme si elle avait pensé : « Ça ne m'étonne pas, il te manque quelque chose. »

Elle est descendue de la jeep, j'ai ouvert la porte en fer qui donnait sur le jardin, je l'ai laissée passer. Pour la première fois, j'ai regardé ses fesses. Malgré sa minceur, elle en avait.

8

On a grimpé l'escalier tortueux enseveli sous les arbres, on entendait la musique qui venait de la maison : un truc techno doux, peut-être Ace of Base, Catherine aimait ça.

On a débouché sur la terrasse, les autres invités étaient déjà là. Michel est venu à notre rencontre, suivi par Luigi et Jeannot. Je ne les avais pas vus depuis longtemps, on s'est embrassés, je les ai présentés à Tina, ils lui ont serré la main, intimidés.

Grâce à mes fiches, elle les connaissait un peu. Elle savait que Jeannot possédait le meilleur resto français de Kuta, que Luigi était peintre, qu'il avait émigré de Florence à Ubud, la ville des artistes balinais, pour l'amour de Sonya, grande artiste locale. Avec leurs familles, ils constituaient le cercle proche de Michel, et ils avaient fini par devenir aussi des potes à moi, au fil des soirées. Les deux étaient des mecs tout-terrain, qui savaient vivre. J'étais tranquille, ils n'allaient pas parler foot pendant une heure ni raconter des blagues au dessert.

Je suis resté un instant avec eux pendant que Michel entraînait Tina vers la table basse. J'ai entendu Catherine commencer son numéro.

– Bonjour, je suis Catherine, la femme de Michel. C'est étonnant, hein ?

– Il n'y a que toi que ça étonne, ma chérie ! a répliqué Michel.

Tina s'est assise à côté de Catherine, qui lui a

présenté les trois autres : Sonya, Made, la femme de Jeannot, et Nyoman, le frère de Made.

Ils avaient tous autour de cinquante ans, Tina et Catherine avaient l'air de deux gamines. Catherine, surtout, était radieuse, comme une enfant toujours entourée d'adultes qui voit enfin arriver une copine de son âge. Quand j'ai rejoint la table, elle l'entraînait déjà dans la chambre de Lou, pour lui montrer la merveille en son sommeil.

Je n'aimais pas savoir Catherine seule avec Tina. Je craignais qu'elle parle de moi, qu'elle se croit obligée de trousser un petit couplet gentil, « pour m'aider ». Elle était du genre à toujours en faire trop. Elles ont mis vingt minutes avant de redescendre, Catherine avait dû lui faire visiter la maison. Tina avait le sourire. C'était l'essentiel.

Michel a servi l'apéritif. Comme lui, Tina a choisi un verre de blanc. J'en ai été si surpris, j'ai pris la même chose – alors que d'habitude, à cette heure, je suis plutôt pastis ou vodka. Catherine a commencé à rouler un joint en lançant à Tina :

– Tu ne connais personne, je vais te faire la fiche de tout le monde. C'est pas reluisant, je te préviens !

Tina m'a regardé en coin, j'étais ravi de cette complicité inattendue. Catherine a taillé un costard à chaque membre de l'assemblée. Ses portraits à coups de phrases télégraphiques étaient bien plus indiscrets que les miens, tout le monde riait, sauf Tina, qui se contentait de sourire, sans se forcer. Quand Catherine a raconté, comme je l'avais fait, que nous surnommions Jeannot et Made « Richard et Liz » à cause de leurs rapports volcaniques, elle a mentionné sans vergogne l'autre point commun qui leur valait ce surnom, et que j'avais tu : ils picolaient sec tous les deux. J'espérais que Tina avait repéré, et apprécié, mon omission volontaire.

Catherine s'est occupée de mon cas en dernier, toujours en s'adressant à Tina. Elle m'a concocté une fiche trop gentille pour être honnête, qui faisait tache derrière les caricatures dévastatrices qui l'avaient précédée, j'étais d'autant plus gêné – ça l'amusait, la hyène.

– Franck Vialat. Célibataire endurci soi-disant, en réalité adolescent attardé. Le seul non-poivrot de la table. Homme des bois et pigeon-voyageur. Enfin... plus voyageur que pigeon, hein !

La soirée était lancée. Le joint tournait depuis un moment, Catherine l'avait tendu à Tina comme s'il était évident qu'elle en fumait dix par jour depuis vingt ans, Tina avait tiré prudemment une seule taffe. Comme partout, certains fumaient, d'autres non. Moi j'étais du genre occasionnel régulier, je fumais lorsque des pétards tournaient, mais je n'avais jamais de quoi les faire moi-même, je voyageais trop, il n'était pas question que je passe une douane même avec un demi-gramme d'herbe. Michel, lui, n'y touchait plus depuis longtemps. Il avait tout arrêté d'un coup, les poudres, les joints, les clopes. C'est là qu'il avait pris les vingt kilos que Catherine aimait tant lui reprocher.

Nous sommes rapidement passés à table. À la façon dont elle était dressée, à la présence des deux jeunes filles que Michel avait engagées pour l'aider, la bande avait compris qu'il allait sortir le grand jeu, comme ça n'arrivait qu'une ou deux fois par an. Quand il est apparu, deux plateaux au bout des bras, encadré par les deux filles aussi chargées que lui, ils ont tous hurlé comme des gosses. Michel a soulevé les couvercles, en annonçant les plats, sans chichis : salade de champignons, curry de mérou, poivrons farcis, nouilles au coco, crevettes piquantes. C'étaient les entrées. Il s'est tourné vers Tina, cuillère en main.

– Vous préférez piquant ou pas piquant ?

Elle a répondu avec un sourire gourmand qui m'a tué.

– Piquant.

– Vous m'auriez dit le contraire, ça nous aurait fait de la peine !

Pendant le dîner, Tina n'a pas prononcé cinq phrases, mais tous s'adressaient à elle, la prenaient à témoin, elle était la star du dîner. Catherine avait dû se faire un plaisir de leur raconter sa tragédie avant qu'on arrive, ils voulaient la mettre à l'aise, lui plaire, l'amuser. Même Made, qui se méfiait des Westerns – c'est le nom que donnent les Indonésiens aux étrangers venus de l'Ouest, et par extension aux Blancs – l'avait à la bonne : celle-là ne chercherait pas à lui piquer son homme.

Michel et moi, on écoutait, on observait les réactions de Tina. Avec deux tchatcheurs de compétition comme Catherine et Jeannot, il était facile de rester planqué. Je m'en voulais un peu d'être exagérément inexistant, mais elle était assise à côté de moi, sa main gauche, avec son alliance, son seul bijou, frôlait la mienne, je la voyais boire, manger, sourire, j'étais le roi de la piste. Je préférais paraître insignifiant que me reprocher d'avoir trop parlé, comme ça m'arrive parfois, selon l'herbe et le vin.

Je l'ai quand même fait sourire, une fois. On parlait des couples mixtes Westerns-Balinaises. Jeannot expliquait sa théorie à Tina :

– Le pire des Siciliens est moins macho que le plus cool des Indonésiens. Alors, forcément, pour les filles d'ici, on est des libérateurs, elles nous bichonnent !

Quand on savait le martyre qu'il endurait à cause de la jalousie de Made, c'était drôle, et Tina, qui avait tout pigé, souriait comme si elle était de la bande depuis toujours. Jeannot, sous le charme, ne parlait que pour elle, au risque de se faire arracher les yeux par son ogresse.

– Alors que les femmes western avec un mec d'ici, ça ne marche jamais. Pour elles, c'est le retour au Moyen Âge. Au début, elles croient qu'elles vont le changer. Elles déchantent vite, les pauvres !

– Même la pluie n'efface pas les rayures du zèbre, j'ai dit.

C'est là qu'elle m'a regardé en souriant. Avec une légère surprise dans le sourcil – à peine perceptible, mais je l'ai vue. Si elle était étonnée que je sorte une phrase pareille, qui n'était tout de même pas un trait de génie fulgurant, autant dire qu'elle me prenait pour un nigaud. J'étais gêné, je croyais ce dicton connu, je n'avais pas voulu faire mon intéressant comme si je l'avais inventé. Ça ne m'a pas encouragé à monter sur la table pour chanter une chanson.

Michel avait réussi un dîner de haute volée. Tina s'était régalée, le couvrant de compliments, comme une femme habituée à recevoir, qui savait le travail et le talent que représentait un tel festin. À la fin, nous sommes retournés sur les coussins, pour le café. La nuit était douce. La lune semblait suspendue entre les nuages. Michel a sorti la vodka, Catherine et Sonya ont roulé des pétards, Tina a fumé tout ce qui passait, elle était assise en tailleur en face de moi, elle avait l'air détendue.

La musique s'est arrêtée, Catherine s'est levée, Tina l'a suivie.

– Franck m'a dit que tu avais des disques de... Ikko et...

J'ai sursauté en l'entendant dire mon prénom, pour la première fois. Elle s'est tournée vers moi pour la suite, mais Catherine avait compris.

– J'ai pas «des» disques d'Ikko et Dumbang, j'ai tous les disques d'Ikko et Dumbang !

Elle a entraîné Tina dans le salon. Notre chanson a démarré. À leur retour, j'ai demandé à Tina :

– Vous la lui avez chantée, pour qu'elle la trouve ?

– Exactement !

– On aurait cru le disque ! s'est exclamée Catherine.

Cette fois, Tina a éclaté de rire. Un petit cri haut perché, joyeux. Un quart de seconde, le temps d'une photo, j'ai vu son vrai visage, et c'était un visage de comédie. La mort de son mari constituait sûrement le premier drame de sa vie, elle ne parvenait pas à le surmonter parce qu'elle paniquait de se retrouver en terrain inconnu.

J'attendais qu'elle laisse échapper un signe de lassitude pour lui proposer de la raccompagner, il ne venait pas, et je n'étais pas pressé. On était bien, sur cette terrasse.

Le chat de la maison nous a rejoints sur les coussins. Après nous avoir tous reniflés, il s'est couché sur les cuisses de Tina. Elle l'a caressé doucement, comme quelqu'un qui a l'habitude des chats. Je suis très chats aussi, j'ai failli m'emballer sur ce point commun de plus, je me suis rappelé à temps qu'aimer les chats, c'est courant, heureusement.

Vers une heure du matin, Calvin Russell bluesait en boucle, Jeannot et Luigi jouaient au back-gammon, les trois Balinais chuchotaient à l'écart, on finissait le dernier verre. Tina, depuis un moment, ne quittait pas du regard les montagnes, au loin. La lune découpait leurs cimes sur les nuages tourmentés.

Catherine a osé interrompre sa rêverie.

– Tu t'es baladée un peu, déjà ?

Tina est revenue parmi nous en un quart de seconde.

– Je suis allée voir le temple de Tanah-Lot... Seule avec un chauffeur, ce n'était pas très...

J'ai posé ma question avant qu'elle ait trouvé le mot.

— Vous savez conduire une mobylette ?

— Oui !

Ce oui amusé avait laissé échapper le fond de sa pensée : « Tu me prends pour une conne ? » Elle était belle à hurler.

— Vous devriez en louer une… L'intérieur de l'île est somptueux. Vous roulez dix minutes et vous êtes dans un autre monde, au milieu des rizières, des forêts…

— Quand je vois comment ils conduisent, j'hésite.

— Il faut que tu te lances, a dit Catherine. Dès que tu sors de Legian, il n'y a plus personne.

C'est moi qui me suis lancé, sans réfléchir.

— On pourrait se faire une grande balade, tous les quatre, pour faire découvrir l'île à Tina…

Tina a eu un sourire poli, Michel et Catherine, pris de court, se sont regardés. Mon sort était entre leurs mains.

— Pour que ça vaille la peine, il faut trois quatre jours, a dit Michel. Moi je ne peux pas, mais allez-y, tous les trois.

— Et Lou ? s'est inquiétée Catherine.

— Je la garde. Tu crois pas que tu vas me prendre ma moto et ma fille !

Catherine est restée une seconde interloquée : Michel ne prêtait jamais sa moto, une Norton Commando des années 60, qu'il utilisait tous les jours. Au lieu de s'étonner, elle s'est tournée, excitée, vers Tina.

— À moto, ce serait géant. Ça te dit ?

— Je ne sais pas…

Tina était embarrassée, mais Catherine en rêvait déjà. Pour la moto et la liberté sans le mari et l'enfant, pour prolonger sa complicité avec sa nouvelle copine, suivre au plus près mon histoire avec elle et y jouer un rôle. Elle a expliqué à Tina qu'elle serait comme une reine à l'arrière de la Norton, qu'elle conduirait prudemment, que ce serait inoubliable. Tina ne pouvait plus dire non. Pour justifier notre insistance, et parce que j'étais fou de joie qu'elle vienne, je me suis un peu lâché, l'herbe et la vodka aidant.

— Vous allez découvrir l'un des plus beaux endroits du monde… Surtout à moto, c'est fabuleux, on a l'impression de faire partie de la nature, on est dedans, on la traverse… On sent le vent, le soleil, la fraîcheur, l'odeur des bois, le parfum des fleurs… En cette saison, avec les pluies, les forêts sont d'un vert profond, tout scintille sous le soleil…

Je me suis interrompu, ils me regardaient tous les trois avec un sourire amusé.

9

Je l'ai raccompagnée en jeep. Elle regardait le ciel, la tête renversée. On ne s'était pas dit un mot depuis le départ, sans que ce soit gênant.

Elle a changé de position, pour allumer une cigarette. Elle a voulu m'en proposer une, je fumais déjà. Elle a aspiré sa première bouffée comme si elle n'avait pas fumé depuis huit jours, elle a étiré ses jambes.

– Je vais dormir comme un bébé...

Bêtement, j'ai laissé échapper un petit rire.

– Qu'est-ce qu'il y a de drôle ?

– «Dormir comme un bébé». Ça m'a fait penser à la blague.

– Quelle blague ?

Merde. Elle ne la connaissait pas. Et j'avais envie de tout, un soir pareil, par cette douceur exquise, le long des flots rugissants, sauf de briser cet instant de grâce en lui racontant une blague, même excellente.

– Oh non, je croyais que vous la connaissiez... Je suis nul, pour les histoires.

– Maintenant, vous êtes obligé.

Là j'ai vu qu'elle était un peu ivre. Elle m'avait parlé comme une femme à qui on n'a jamais rien refusé. Ça ne faisait qu'augmenter son charme.

Je me suis exécuté. Au fur et à mesure, elle écoutait tellement bien, j'ai pris confiance, j'ai mis le ton, pour que la blague soit meilleure.

– C'est l'histoire d'un mec ruiné. Il avait tout, et il a tout perdu. Les huissiers lui ont tout pris, sa femme s'est barrée avec celui qui l'a mis sur la paille, ses gosses ne veulent plus le prendre au téléphone, plus personne ne l'appelle. Sauf un pote, un seul, le vrai.

– Salut, ça va ?

– Ça va.

– Le moral aussi ? C'est pas trop dur ?

– Non, ça va, je t'assure. Je dors comme un bébé.

Son sourire s'est encore agrandi, ses yeux semblaient constellés de paillettes d'ivresse. J'adorais ça, finalement, lui raconter une blague. Elle attendait la chute, amusée d'avance.

– Je ne te crois pas ?! Tu dors comme un bébé ?!

– Comme un bébé, j'te dis ! Une heure je dors, deux heures je pleure, une heure je dors, deux heures je pleure !

Elle a éclaté de rire. Et cette fois, ça a duré, duré, cinq secondes, au moins. Une cascade de gaieté. J'aurais préféré la faire rire pour la première fois avec une saillie plus personnelle, mais on ne choisit rien, tout nous échappe.

J'étais bouleversé par l'incroyable bonté qui se dégageait de tout son être quand elle riait. Le rire est le plus fidèle reflet de l'âme, il faut ce relâchement de tout contrôle pour que la vérité d'une personnalité s'échappe, se révèle. J'y pensais à chaque fois que je tombais sur un document où l'on voyait rire Mao, Nixon ou Mitterrand : un boulet de charbon me sautait à la figure. Elle, son éclat de rire, c'était une robe de mariée, immaculée.

Nous sommes entrés dans Kuta, elle souriait toujours. Je lui ai demandé si elle voulait des journaux français, pour lire avant de dormir. Elle m'a dit oui avec un air surpris, je l'ai emmenée trois rues plus loin dans un bar de nuit tenu par un Belge, qui vendait des journaux westerns. Elle a choisi trois magazines, elle a payé, et nous sommes remontés dans la jeep. Pendant que nous roulions vers son hôtel, elle regardait autour de nous, les rues, les gens, les bars, curieuse de l'animation qui y régnait encore. J'ai eu envie de l'inviter à boire une dernière vodka, je me suis abstenu, elle aurait refusé.

Je suis arrivé trop vite devant son hôtel, elle est descendue tout de suite, sans m'embrasser ni me serrer la main.

– Merci beaucoup… Vos amis sont très sympathiques, j'ai passé une excellente soirée…

– Je suis heureux que ça vous ait plu…

– À après-demain, alors…

J'étais tellement occupé à goûter chaque instant, j'en avais oublié ce détail : après-demain, on partait ensemble !

– Ça va être une belle balade, vous verrez…

– Oh ça, je suis sûre ! Mais la moto, la jungle… Je ne suis pas miss Indiana Jones !

Cette fois, c'est moi qui ai ri.

– Si Catherine vient, vous pouvez être tranquille : il n'y a aucun danger. Une coccinelle, elle hurle !

Elle a souri, on s'est souhaité bonne nuit, elle est entrée dans la cour de l'hôtel. Elle tenait ses journaux roulés en tube. Dans une B.D., on m'aurait dessiné autour de la tête des étoiles de toutes les couleurs, des cupidons malicieux et des petits oiseaux sifflotants.

En rentrant chez Michel, j'avais envie de zigzaguer sur la route, de plonger avec la jeep dans l'océan. Je me suis retenu, c'était pas ma bagnole. Quand je suis arrivé, il n'y avait plus de musique, les invités étaient partis.

Je traversais la terrasse à pas de loup quand la voix forte de Catherine m'a fait sursauter :

– Qu'est-ce qu'on dit ?

Elle était allongée sur le canapé devant la table basse, la tête posée sur les genoux de Michel qui somnolait, assis. Je me suis approché, je l'ai embrassée sur le front en lâchant le « merci » qu'elle attendait.

– J'espère quand même que ce n'est pas une corvée, ma chérie ! a lancé Michel.

– Je suis bonne copine, mais y'a des limites !

J'ai allumé une cigarette, on a parlé de Tina. Quand je leur avais raconté mon histoire, ils avaient pensé que j'idéalisais ma bien-aimée, que j'exagérais sa beauté, sa vertu, sa rareté, sa détresse. Après cette soirée avec elle, ils étaient d'accord avec moi : elle était différente. Eux qui d'habitude étaient du genre à ricaner sur l'amour éternel et à imaginer des dérapages adultères même aux couples les plus épris, comme s'ils étaient les seuls à s'aimer pour de bon, voilà qu'ils étaient persuadés que Tina était inaccessible, qu'il lui faudrait une éternité pour se remettre de ce deuil – si elle s'en remettait – et qu'elle ne pourrait jamais aimer un autre homme !

Je n'en étais pas là. Je ne me posais pas la question de savoir si elle m'aimerait un jour – peut-être parce que ça me paraissait évident, depuis notre première rencontre. En programmant ce séjour d'une semaine ici, je m'étais dit que si je passais trois fois une heure ou une demi-heure avec elle, je pourrais m'estimer veinard. Et voilà qu'après ce dîner miraculeux, nous allions passer plusieurs jours ensemble, dans le plus beau coin de la Terre. Qu'est-ce que je pouvais demander de plus à la vie ?

Catherine ne croyait pas à mon enthousiasme, elle pensait que je leur cachais ma douleur de n'être pas aimé et mon inquiétude de ne l'être jamais, elle me livrait ses avis sur un ton compatissant qui m'horripilait :

– On a un peu parlé, quand on a visité la maison.

Elle est en morceaux, la pauvre. Avant qu'elle pense à roucouler, tu vas verser des larmes de sang…

Je l'ai coupée.

– Non, pas du tout.

– En général, quand tu aimes quelqu'un qui ne t'aime pas, tu dégustes, c'est la règle.

– Là, c'est différent. Elle NE PEUT PAS aimer, ni moi ni personne. Quand elle en sera capable, on verra.

– Tu as raison, m'a dit Michel. De toute façon, les femmes ont besoin de temps, avant d'aimer. Regarde Catherine. Moi j'ai été fou d'elle tout de suite, alors qu'elle, il a fallu qu'elle me connaisse mieux, qu'elle se rende compte que j'étais un homme d'exception pour que le désir et l'amour la submergent enfin, inexorables…

– Tu parles !

Ce genre d'ironie n'amusait pas Catherine. Elle n'était pas certaine que Michel l'aimait autant qu'elle l'aimait, et s'en plaignait souvent. Une femme jeune et jolie comme elle pour ce gros papy pantouflard, il aurait dû être à ses pieds, lui offrir des fleurs tous les jours. C'était presque le contraire. Pour reprendre une expression qu'il utilisait parfois pour la faire enrager, elle était dans sa main. Il n'en abusait pas.

Je me suis endormi en pensant à Tina, comme tous les soirs depuis trois semaines, et jusqu'à mon dernier soir. Elle était peut-être en train de lire ses journaux français. À moins qu'à cause du vin, de l'herbe et des tranquillisants qu'elle prenait sûrement, elle se soit endormie très vite. Elle les aurait demain pour lire au petit déjeuner, encore mieux. Voilà un rôle qui me plaisait, en attendant davantage : parsemer son chemin de menus plaisirs qu'elle n'aurait pas eus si elle ne m'avait pas rencontré. Je n'espérais pas qu'elle soit un jour dans ma main, je savais que ce serait toujours moi qui serais dans la sienne, et ça me convenait parfaitement. Je ne rêvais pas d'être aimé d'elle, je rêvais d'avoir le droit de l'aimer.

10

Michel avait fait briquer la Norton, elle était nickel. À côté de ce bijou, ma 125 jaune avait l'air d'un tas de boue. Il m'avait poussé à louer une grosse Harley confortable mais je voulais que Tina puisse conduire, si l'envie la prenait. Avec une 125, l'étape juste au-dessus de la mobylette, elle serait peut-être tentée. Avec un monstre de deux cents kilos, elle aurait été condamnée à rester passagère.

Je tournais en rond dans la cour du *Stella Hotel* depuis dix bonnes minutes. Au lieu de faire prévenir Tina que nous étions arrivés, Catherine était montée frapper à la porte de sa chambre. Résultat : je commençais à flipper, à me demander s'il n'y avait pas un problème, si la balade n'allait pas être annulée. J'étais à deux doigts d'appeler quand elles ont débouché, par l'escalier.

Tina était habillée comme l'autre soir, tout en noir. Avec ses petits cheveux en désordre et ses lunettes de soleil, noires aussi, on aurait dit une rock-star incognito, genre Annie Lennox en belle. La mélancolie qui assombrissait son éclat accentuait sa singularité, elle pouvait se promener à Bali, Paris ou New York, c'était une femme qu'on remarquait.

À cause de ses lunettes, je n'ai pas vu son premier regard sur moi, qui m'en aurait tant appris. Peut-être valait-il mieux que je ne le voie pas. Elle n'était plus aussi détendue que l'autre soir. En voyant Catherine débouler dans sa chambre, elle avait dû se dire qu'elle nous connaissait trop peu, qu'elle n'avait pas envie de jouer à *Easy Rider* avec nous. Mais la machine était lancée, elle n'avait pas eu la force de l'arrêter.

Elle m'a salué d'un «bonjour» timide, avant de tourner autour de la Norton, en félicitant Catherine. Le noir et les chromes étincelaient, son visage s'y reflétait, multiplié, sur toute la moto. Elle a grimpé sans effort – pourtant le siège était haut, Michel l'avait fait surélever pour Catherine. Sur ce tabouret de bar, Tina la surplombait de toute une tête. Elle n'avait pas d'autre bagage que son sac à dos, elle avait laissé le reste de ses affaires à l'hôtel.

Catherine lui a tendu des écouteurs.

– Quand tu veux changer de musique, tu me tapes sur l'épaule. D'accord?

Tina a acquiescé. Si elle avait su le temps et les palabres qu'il nous avait fallu avant de nous mettre d'accord sur cette première musique! Finalement, mes poulains, les Blues Brothers, l'avaient emporté. C'était l'idéal: ça démarrait lourd, avec Belushi dans *She caught the Katy*, et après, ça montait, ça montait, d'une chanson à l'autre, jusqu'au tempo frénétique d'*Everybody needs somebody to love*.

Catherine, elle, voulait Ikko et Dumbang, qui faisaient déjà partie de notre histoire à tous les trois, mais j'avais résisté énergiquement: leurs plus belles chansons étaient les plus tristes, à la fin de la balade Tina serait en sanglots! Selon Catherine, je n'avais pas à m'en mêler puisque, seul sur ma moto, je ne pourrais pas écouter les mêmes disques qu'elles. L'argument était risible. Le destin m'avait désigné pour faire découvrir à Tina les beautés de mon île, personne n'était mieux placé que moi pour choisir cette musique si déterminante, qui la conduirait vers une humeur plutôt qu'une autre, qui susciterait des états d'âme, des pensées, c'était délicat, son voyage pouvait s'en trouver gâché. Ma conviction était restée inébranlable : il fallait une musique pêchue, surtout pas émouvante. Les paysages merveilleux dans lesquels nous allions plonger l'étaient suffisamment, pas besoin de violons mélos par-dessus. Je n'avais obtenu gain de cause qu'en avouant à Catherine que moi aussi, j'avais le CD des Blues Brothers. Elle ne pouvait pas me priver du plaisir de démarrer ce voyage en écoutant la même musique que Tina.

Belushi, donc, chantait.

Nous sommes sortis de la ville en longeant la plage, elles devant moi. Les vagues explosaient dans le soleil blanc, il était trop tôt pour les surfeurs, l'océan s'amusait tout seul. Je voyais le profil de Tina, qui regardait la mer. Sur le cale-pied, son talon battait la mesure en rythme avec les saxes. On avait toute la route pour nous, je suis monté à leur hauteur, Catherine n'avait pas menti : Tina était comme une reine, sur cette moto.

Je ne rêvais pas de prendre la place de Catherine. Avec Tina assise derrière moi, j'aurais conduit crispé, c'était un contact trop intime, pire que de danser un slow. Même en roulant façon papy, nos corps se seraient écrasés l'un contre l'autre à chaque coup de frein, j'aurais été mort de honte, non merci. Je préférais mon côté bodyguard, seul sur sa moto pourrie, prêt à intervenir si la star et sa copine avaient un pépin.

J'avais préparé un itinéraire de rêve à travers les montagnes de l'ouest de façon à rejoindre Ubud en début d'après-midi, pour déjeuner. L'île est petite, les distances sont courtes. Même sans dépasser le cinquante à l'heure, on la traverse du sud au nord en trois heures.

Je connaissais Bali par cœur. Depuis que mon père avait acheté notre maison d'Ujung, voilà plus de trente ans, j'avais exploré l'île dans ses moindres recoins. Toutes les routes, tous les chemins m'étaient familiers, je savais où se nichaient les plus belles forêts, les plus belles vallées, à quelle heure et dans quel sens il valait mieux les traverser. Ces raids étaient toujours solitaires. Une seule fois, j'avais emmené une copine derrière moi, pendant deux jours. Un mauvais souvenir. Elle n'avait pas été plus émue que si nous avions roulé sur l'autoroute Paris-Bruxelles, cette indifférence au grandiose m'avait exaspéré, je n'avais pas renouvelé l'expérience. De toute façon, j'aimais être seul. J'avais vécu entouré d'une famille nombreuse et omniprésente, dont j'avais eu la charge trop tôt, ces échappées sur les routes de Bali avaient longtemps constitué mes rares moments de paix.

Mon trajet avait un seul inconvénient : on commençait par le plus beau. Mais je voulais que Tina soit le plus tôt possible assurée qu'elle avait bien fait de venir, que je ne l'avais pas baratinée, qu'elle n'avait en effet jamais vu ça, cette harmonie, cette luxuriance, cette splendeur inviolée.

La route qui traverse l'île du sud au nord par Selamadeg et Pupuan est un miracle de la nature. Tina regardait partout, charmée. Si sa mélancolie ne la quittait jamais, la courbe de ses lèvres, sans sourire, témoignait de son ravissement, et même, on aurait pu croire, à une infime raideur près, de sa sérénité.

Nous étions plongés dans un état contemplatif très particulier : en mouvement. À moto, l'objet de notre contemplation n'est jamais le même, surtout sur ces routes qui serpentent à flanc de montagne. La lumière, les paysages, les sensations changeaient à chaque virage, on surplombait des forêts primitives où les arbres se mêlaient en un chaos d'avant Adam et Ève, et la minute d'après, on découvrait des rizières en escaliers aux formes ingénieuses, qui glorifiaient l'intelligence de l'homme, son sens esthétique, son respect de la nature.

Grâce à la musique, nous n'entendions pas le bruit des motos. C'était le but. J'aurais préféré – elle aussi ? – traverser ces paysages en écoutant les murmures des rivières et des forêts, mais c'était impossible. Parfois, j'enviais les cyclistes qui glissaient en silence au cœur des vallons.

J'aurais aimé être relié au cerveau de Tina, connaître ses pensées, savoir si son plaisir d'être ici, qui était fort, j'en étais déjà convaincu, estompait, ne serait-ce que quelques secondes de temps en temps, son chagrin d'y être sans lui. Ou, au contraire, si sa solitude, face à tant de beauté, ravivait ce chagrin.

Après une heure de route, on a pris de l'essence dans un poste préhistorique, en pleine montagne. Juste un baril et un tuyau, qu'un môme amorçait en aspirant. Catherine a proposé à Tina de choisir un nouveau disque. Sans hésiter, elle a répondu de remettre les Blues Brothers. J'ai failli l'embrasser sur les deux joues. Moi aussi, quand je démarrais une journée de route avec une musique bien choisie, j'avais du mal à en changer. Catherine s'est exécutée sans discuter.

Plus loin, comme l'exigeait la saison, un orage copieux nous est tombé dessus, on s'est abrités dans la forêt. Seules quelques gouttes se frayaient un chemin dans le dédale de branches et de feuilles qui nous recouvrait. On a écouté le crépitement de la pluie, tranquilles, en se partageant les fruits que j'avais emportés. Même Catherine ne craignait pas qu'un tigre nous saute à la gorge.

Du départ à l'arrivée, Tina n'a pas prononcé dix mots. À chaque halte, elle ôtait ses lunettes, son regard balayait lentement tous ces verts qui se mélangeaient au bleu du ciel, elle semblait scruter chaque détail, son émotion nous imposait le silence. J'aimais croire que tout son être bouillonnait, telle une Belle au Bois dormant qui se réveille, après huit mois de sommeil. Quand elle revenait parmi nous, je la sentais impatiente de remonter en selle, de tailler la route.

Après la pluie, la nature semblait attirée par le ciel, comme si les arbres, l'herbe et les fleurs poussaient à toute vitesse sous nos yeux en une somptueuse fête édénique. Les collines verdoyantes scintillaient jusqu'au fond de l'horizon, les nuages se reflétaient dans l'eau qui inondait les rizières, même les forêts les plus impénétrables paraissaient hospitalières. Tina avait l'air si bien dans sa bulle que, parfois, j'étais gêné de rouler derrière elle et de la regarder, par la force des choses. Alors, je les doublais, et j'ouvrais la route un moment, l'œil dans le rétro. J'aimais nettement moins.

Notre hôtel se trouvait à six kilomètres d'Ubud, en pleine nature. Une planche de bois clouée sur un arbre indiquait le chemin. Une main malhabile y avait peint *Kupu Kupu Barong Hotel*. On ne pouvait pas deviner que cette pancarte pourrie menait à un palace de légende. Je ne suis pas un fou des palaces, mais celui-là, avec elle, était obligatoire. On a roulé jusqu'au parking planqué dans une clairière. Bonne nouvelle : il était désert. Le gardien nous a accueillis comme les Rois mages.

11

Nous n'étions pas mécontents d'être arrivés – surtout moi, j'avais les reins en copeaux. On a descendu l'étroit escalier de pierres qui s'enfonçait dans la jungle. Aucun bâtiment en vue, aucun toit, devant nous il n'y avait que du vert, des feuilles, des arbres. Peu à peu, on a entendu une mélodie indonésienne, très douce.

Quand on a débouché sur la terrasse du restaurant, j'ai vu passer une belle émotion dans les yeux des filles. On s'est approchés de la rembarde, les trois de front, pour contempler la plus jolie vallée de la Terre.

Sur le versant opposé, tout proche, à peine trente mètres en face de nous, des rizières aux tracés poétiques s'agrippaient à la colline. Les épis vert tendre que les rayons du soleil teintaient de reflets dorés s'inclinaient sous le vent. Quinze mètres plus bas, au fond du vallon, une rivière serpentait, s'élargissait, devenait torrent. Deux pêcheurs, sur la berge, posaient des filets. Des dizaines d'oiseaux planaient d'un versant à l'autre en chantant. Il y a mille ans, ça devait être pareil. L'hôtel était bien caché, les bungalows étaient loin les uns des autres, encastrés dans les rochers, enfouis sous les arbres.

Le restaurant était vide, on s'est assis à une table contre la balustrade, la vallée sous nos yeux. Depuis cinq minutes qu'on était là, personne n'avait parlé. Elles ont fini par se retourner vers moi, avec une mimique épatée.

– Ça va, je leur ai dit, vous avez bien passé le test.

– Quel test ? a demandé Catherine.

– C'est une histoire que mon père m'a racontée, la première fois que nous sommes venus ici, tous les deux, j'avais quinze ans... Il avait découvert cet endroit avec un ami, dans sa jeunesse, quand c'était une buvette en bois. Ils étaient restés bouche bée face à toute cette beauté, et ils avaient décidé, comme un serment, que toute personne qui parlerait en arrivant ici ne méritait pas d'être connue.

– On l'a échappé belle ! a dit Catherine.

– Quelques années plus tard, mon père est revenu ici, seul avec ma future mère, avant de l'épouser. Mais elle, elle a simplement jeté un œil en arrivant, elle a commandé un thé, et elle s'est mise à parler, à parler...

Elles ont ri en même temps. Tina s'est étonnée :

– Pourtant, il l'a épousée...

– Oui. Il m'a dit qu'il préférait qu'elle s'intéresse à lui plutôt qu'au décor.

– Ça se tient ! s'est exclamée Catherine.

Tina n'a rien dit. J'en ai déduit qu'elle n'était pas d'accord avec cette conclusion. Du coup, je ne savais plus si je l'étais.

Après le déjeuner, on a rempli nos fiches d'hôtel, et on a suivi le groom dans l'ascenseur vitré qui descendait dans la verdure, à flanc de coteau. Quand il a ouvert la porte du premier bungalow, j'ai eu peur d'avoir placé la barre trop haut en choisissant cet hôtel. Une terrasse surplombait la vallée, tous les meubles étaient de superbes antiquités locales, il n'y avait pas une faute de goût, aucune dorure, la chambre était magnifique, et donc un peu *too much*, vu que nous n'étions pas en voyage de noces. Le lit, calé entre trois baies vitrées sur une mezzanine, semblait suspendu au-dessus de la vallée, la salle de bains, creusée dans la roche, était à ciel ouvert, sous les arbres et les fleurs.

Comme personne n'osait prendre cette chambre de peur d'accaparer la plus belle, j'ai pris l'initiative de la laisser à Tina. Elle nous a souhaité bonne sieste, la douleur de la quitter m'a pris de court, mon sourire est resté coincé.

Malgré ma fatigue, je n'ai même pas réussi à somnoler. Tina me manquait. Après ces six heures près d'elle, j'étais accro. Je ne pouvais utiliser le temps qui me séparait de notre prochaine rencontre qu'à l'attendre.

Le soir, nous nous sommes promenés dans Ubud. La plupart des peintres et sculpteurs de Bali, et beaucoup venus du monde entier, sont établis dans ce gros village encerclé par les rizières. Une échoppe sur deux est une galerie d'art. Tina a tout regardé avec curiosité, sans paraître jamais tentée d'acheter quoi que ce soit. La seule pièce à avoir retenu son attention a été un bœuf en bois, grandeur nature, d'un réalisme étonnant : l'expression, l'attitude, la couleur, gris marron comme s'il s'était roulé dans la boue.

On a dîné au *Café Lotus*, en plein air. Les tables entouraient un long bassin recouvert de fleurs de lotus. La façade rouge du Temple Royal, joliment éclairée, fermait le rectangle, au bout du bassin. Au bord de l'eau, il faisait presque frais. Catherine a tenu la conversation toute seule. Elle avait dîné ici avec Michel, au tout début de leur relation, elle a raconté leur histoire à Tina, ses réticences initiales, son enthousiasme de jeune mariée. Depuis qu'ils vivaient ensemble, c'était la première nuit qu'elle s'apprêtait à passer sans lui, ça l'angoissait. Tina l'écoutait, attendrie par le mélange de romantisme et de cynisme qui était la marque de Catherine.

Tina m'intimidait toujours. En parlant aussi peu qu'elle, je les laissais installer une complicité de filles qui, sans jamais m'exclure, me cantonnait au rôle de témoin discret. J'avais beau me dire qu'elle avait l'air bien avec nous et que c'était l'essentiel, je n'étais pas content de moi.

J'ai fini par prendre conscience que je n'étais pas encore entré dans son cerveau. J'étais là, elle me voyait, si Catherine lui avait demandé comment elle me trouvait, elle aurait peut-être répondu « sympathique », mais si j'avais quitté la table une demi-heure, elle ne se serait pas inquiétée. Dans sa tête, je n'existais pas. Catherine l'amusait, la touchait, moi je ne lui faisais rien. Notre relation n'évoluait pas. Elle n'était pas plus gentille, pas plus familière que lors de notre premier quart d'heure ensemble, dans la jeep.

Au retour, quand l'ascenseur s'est arrêté au niveau du bungalow de Tina, Catherine lui a demandé de l'accompagner dans sa chambre pour le dernier pétard. Par politesse, elles m'ont proposé de me joindre à elles, j'ai décliné, la mort dans l'âme. Elles avaient envie de se retrouver entre filles, elles ne se diraient pas les mêmes choses si j'étais là.

Je suis descendu à pied jusqu'à ma chambre, par le sentier qui surplombait la vallée. J'étais morose. Il était à peine onze heures. Si le dernier pétard faisait des petits, et il en fait toujours, elles pouvaient tchatcher jusqu'à l'aube et se réveiller à trois heures de l'après-midi.

Mon bungalow était le plus bas des trois, à peine quelques mètres au-dessus de la rivière. De ma terrasse, je ne voyais aucune autre chambre, j'étais comme Tarzan dans la jungle. Je n'ai pas allumé la lumière, je me suis allongé sur un matelas, et j'ai écouté la forêt, les yeux fermés, en me concentrant sur l'instant présent, sur les signes de vie qui m'entouraient. Quand une branche pliait sous le poids d'un singe, je distinguais son craquement. J'entendais tout, je sentais tout, la fraîcheur qui montait de la rivière, l'odeur de la pluie sur un bouleau, le clapotis du torrent sur le rocher, la brise légèrement salée qui venait du sud.

Un battement d'ailes m'a fait sursauter. Tina est revenue prendre toute la place dans ma tête.

Je me suis endormi vers deux heures, réveillé à sept. Le téléphone n'a sonné qu'à midi. Catherine m'a annoncé qu'elles avaient parlé jusqu'à trois heures du matin.

– J'aurai plein d'histoires à te raconter !

Et elle a raccroché.

12

Nous sommes partis en balade sans que Catherine ait pu me raconter quoi que ce soit. Nous sommes arrivés à Penelokan à deux heures, soit, normalement, beaucoup trop tard pour apprécier l'un des plus impressionnants panoramas de Bali : le lac Batur encadré par les monts Batur et Abang, deux volcans de deux mille mètres. D'habitude, après dix heures, surtout en cette saison, la brume les cachait. Ce jour-là, les dieux étaient avec Tina, le soleil brillait, un collier de nuages blancs encerclait le mont Abang à mi-hauteur, le sommet jaillissait de la ouate pour transpercer l'azur éclatant. Les deux colosses se reflétaient dans le lac, au fond de la vallée.

Catherine a voulu que chacun essaie les lunettes de soleil des autres, pour nous démontrer que le paysage était plus beau dans les siennes. Elle ne risquait pas de me convaincre : elles étaient jaunes – même le ciel paraissait doré ! Celles de Tina, au contraire, avaient des verres gris trop foncés qui assombrissaient tout, le site semblait plus austère qu'il n'était. Comme elle avait l'air d'apprécier les miennes, à peine teintées, j'aurais aimé lui proposer de les garder, mais c'était trop.

Avant de repartir, je lui ai demandé si elle avait envie de conduire la 125.

– Si ce n'est pas trop compliqué, je veux bien.

Elle était ravie. Je lui ai expliqué comment passer

les vitesses, elle s'est lancée, sans crainte. Cent mètres plus loin, elle a fait demi-tour pour revenir vers nous, le sourire jusqu'aux oreilles. Moi, de la voir sur ma moto, j'étais plus heureux que si j'avais redonné la vue à une aveugle. Catherine, elle, n'était pas contente du tout : elle préférait faire équipe avec Tina qu'avec moi.

Je me suis assis au guidon de la Norton, Tina a sorti son discman et elle s'est mis le premier album de Tracy Chapman. Avec cette musique et ses lunettes grises, si elle ne s'arrêtait pas pour sangloter, elle était vraiment en béton armé. Je lui ai proposé de rouler en tête, à l'allure qui lui convenait. Elle ne dépassait jamais le cinquante à l'heure, elle pouvait sans danger continuer à admirer le paysage. J'avais laissé Catherine choisir notre musique, c'était la moindre des choses, résultat on se baladait avec des slows-mélos de R.E.M. dans les tympans. *Everybody hurts!* Elle l'avait fait exprès, à coup sûr.

Après Kintamani, en pleine grimpette, on s'est retrouvés face à une bande de singes qui faisaient un sitting au milieu de la route. Tina a ralenti pour les contourner, trois petits l'ont suivie en bondissant, la bande à leurs basques. Un bébé a sauté sur la 125 et s'est assis derrière Tina, en la tenant par la taille, comme s'il imitait Catherine et moi, sur l'autre moto. Tina a continué à rouler, tout en caressant les doigts velus qui agrippaient ses hanches. Un mastar qui la suivait a attrapé le petit par le bras, et l'a fait tomber. Tina s'est retournée pour lui faire un signe de la main. Le bébé l'a regardée s'éloigner, j'aurais juré qu'il était triste.

Quand nous nous sommes arrêtés, un peu plus tard, pour visiter Gunung Kawi, Tina était toujours sous le charme. Avant d'attaquer l'escalier de pierre qui descendait sur le site, Catherine nous a laissés seuls : elle était venue avec Michel, ils avaient cru mourir quand il leur avait fallu remonter les 230 marches annoncées par la pancarte.

– Dans mon souvenir, il y en avait cinq mille !

Poliment, j'ai proposé à Tina d'éviter la balade si elle n'y tenait pas plus que ça.

– Non, allons-y. Vous l'avez trop bien vendu.

Il était si rare qu'elle s'adresse à moi – surtout pour me parler d'un truc que j'avais dit, qu'elle avait donc écouté et retenu ! – tous mes poils se sont hérissés. J'étais comme un fan face à son idole. Souriant, bêta. Même si elle n'avait pas l'esprit à ça, elle allait finir par s'apercevoir de mon émoi, à coup sûr. Et là, je serais mal.

Lors d'une halte, je lui avais en effet «vendu» Gunung Kawi. Blotti au fond d'un vallon en pleine forêt, ce site très ancien est aussi le plus mystérieux de Bali. La légende raconte que le roi Anak Wungsu, à la fin du premier millénaire, avait fui les ors de son palais pour venir y finir ses jours, seul, dans l'ascétisme, la contemplation de la nature et l'adoration des dieux.

Dès nos premiers pas, j'ai su que cette visite à Gunung Kawi resterait l'un des plus beaux souvenirs de ma vie.

On était synchrones.

Elle ne le savait pas, n'y pensait pas, mais je voyais bien qu'on posait nos regards aux mêmes endroits, qu'on réagissait de la même façon, en même temps, aux mêmes choses.

L'escalier était assez large pour qu'on descende côte à côte. Après une cinquantaine de marches, on a croisé un couple de Westerns qui remontaient, écarlates. On s'est retenus de leur éclater de rire au nez. Tina m'a dit :

– J'ai bien peur qu'on soit comme eux, tout à l'heure…

— Vous peut-être. Moi je serai pire.

Elle a souri. Ce sourire, qu'un témoin objectif aurait qualifié de «gentil» ou «complice», m'a fait le même effet qu'un bisou. J'étais gravement atteint, pas de doute.

Au fil des marches, la jungle s'était refermée sur nous. À mi-chemin, elle s'est ouverte d'un coup, pour révéler une trouée idyllique, des rizières miniatures de deux mètres carrés, autour d'un ruisseau. Un oiseau bleu, d'un bleu inouï, avec une longue queue, entre le perroquet et le faisan, s'est envolé devant nous. En un éclair, il a disparu dans la forêt. Tina s'est tournée vers moi, ébahie.

Dans la nature, c'est le ciel qui a pris tout le bleu. Généreux, il s'en sert pour colorier les eaux des mers et des lacs, mais presque rien n'est bleu sur la Terre, à part deux cailloux, trois fleurettes et les yeux de ma belle. Pourtant, cet oiseau-là, on n'avait pas rêvé, était bleu, un vrai bleu comme celui du drapeau français. Je n'en avais jamais vu un pareil avant, je n'en ai plus vu après.

J'ai dit à Tina que nous avions peut-être débusqué l'oiseau du roi Anak Wungsu, vieux de mille ans, dernier spécimen d'une espèce disparue. À moins que ce ne soit Anak Wungsu lui-même, réincarné, qui continuait de goûter le calme enchanteur de sa retraite en ruines. Elle m'a fait remarquer que l'un n'excluait pas l'autre.

On n'a plus rien dit jusqu'en bas. En descendant ce sentier qui semblait lui aussi millénaire, on avait l'impression de ressentir le même frisson que les premiers chercheurs qui avaient déniché ce trésor, en plongeant dans la jungle.

On a débouché sur le site, il n'y avait personne. Gunung Kawi, désert comme ça, avait un côté brut, découvert la veille, saisissant. La forêt recouvrait presque entièrement la clairière, vingt mètres au-dessus de nous. Nous étions hors du monde, hors du temps. L'émotion de Tina était palpable. J'ai préféré m'éloigner.

On s'est promenés chacun de notre côté. Quand nos chemins se croisaient, on se souriait. Elle s'arrêtait devant chaque statue, chaque monument, elle scrutait la jungle autour de nous, elle écoutait les cris des oiseaux et des singes qui grouillaient, invisibles.

Elle est restée longtemps immobile face à une colonne de pierre. Elle me tournait le dos, et elle était loin, mais j'étais sûr qu'elle pleurait. Quand elle s'est retournée, elle a eu un geste réflexe pour essuyer ses yeux, du bout de l'index, j'étais bouleversé. Un groupe de touristes japonais a débarqué. Elle est venue vers moi, pour me donner le signal du départ.

On a démarré l'escalade trop vite, je l'ai senti tout de suite, sans oser le dire, car je ne voulais pas avoir l'air du vieillard souffreteux incapable de suivre son rythme. L'escalier serpentait dans la jungle, on ne voyait jamais très loin devant nous, dix quinze marches, rarement plus. À chaque virage, un nouveau tronçon se révélait, on avait l'impression d'être dans un film de Buster Keaton, que ça ne finirait jamais.

Au tiers du calvaire, j'avais cent ans. Je l'ai regardée en coin, elle n'était pas flambante non plus. Elle fumait autant que moi, elle était en train de le payer. Nous nous sommes assis sur les marches, pour souffler. Plus bas, devant nous, la rivière s'affolait entre les rochers, sous un pont de pierres. Elle a sorti une bouteille d'eau de son sac, me l'a proposée, je l'ai laissée boire la première, l'eau a coulé au coin de sa bouche, elle m'a passé la bouteille en essuyant du bout des doigts les commissures de ses lèvres, j'ai bu, tous ces gestes, ces moments partagés, étaient comme des pétales de bonheur qui pleuvaient dans ma tête. Elle allait finir par s'en rendre compte, sûr.

On a repris l'ascension avant d'avoir suffisamment récupéré. Cinquante marches plus loin, on était de nouveau dans le même état lamentable, on mettait dix secondes par marche. Je sentais l'envie de rire qui montait.

Dans un virage, on a croisé un couple qui descendait. Ils nous ont salués avec compassion en se retenant de rire, comme nous tout à l'heure. Tina et moi on s'est regardés, elle était rouge brique, je devais être vermillon, et là, on a été pris d'un fou rire historique. On a cru qu'on ne pourrait jamais s'arrêter, qu'on avait échappé à l'escalier sans fin pour tomber dans le fou rire sans fin.

Le fou rire ne la défigurait pas, son immense bouche s'ouvrait au maximum, lui dévorait le visage, elle avait le fou rire puissant, libéré, irrésistible. On avait beau éviter de se regarder pour ne pas prolonger les spasmes, il y avait toujours un moment où, irrésistiblement, nos regards se croisaient, et le fou rire repartait de plus belle. Ça nous tordait le ventre, elle me disait « non, non », mais je n'y pouvais rien, je riais, je riais, comme elle. C'est terrible, le fou rire, le bien que ça fait dans la tête, et le mal que ça finit par faire dans le corps, comme si tout plaisir comportait forcément son addition à payer, même celui-là.

Ça a duré cinq minutes, dix minutes, deux heures vingt, je ne sais pas. On est repartis à l'assaut en riant toujours, une marche toutes les vingt secondes. Catherine avait raison : il y en avait bien cinq mille, peut-être plus.

Quand on l'a aperçue, assise en haut de l'escalier, il nous restait une quarantaine de marches à franchir, deux étages. On n'a pas pu aller plus loin. On s'est assis et on a laissé le fou rire mourir tout seul.

Catherine nous a rejoints en courant. Elle a voulu connaître la raison de notre hilarité, mais on riait trop pour expliquer quoi que ce soit. Et qu'aurions-nous expliqué ?

13

Le soir, nous sommes retournés dans les jardins du Temple Royal d'Ubud pour assister à un *legong*, des ballets balinais traditionnels. Tina en avait envie, Catherine et moi n'avions pas eu le cœur de l'en dissuader. Je n'en avais pas vu depuis vingt ans, à cause du souvenir d'ennuis trop profonds. Mais ce soir-là, assis à côté d'elle, son plaisir était si évident, les danseuses, les costumes, les lumières, la musique m'ont envoûté, le parfum sucré des lotus me chatouillant le nez au moindre courant d'air, je planais. De temps en temps, Tina jetait un œil sur Catherine qui dormait, puis m'adressait un sourire navré.

Après le spectacle, nous sommes rentrés dîner aux chandelles, sur le balcon de la chambre de Catherine. Il ne manquait qu'un croissant à la lune pour être ronde, toute la vallée baignait dans une lumière bleutée. La jungle vivait sa vie autour de nous. Même Catherine, happée par l'atmosphère, parlait peu. Après avoir mangé son dessert, elle s'est isolée dans la chambre pour mettre de la musique, me laissant seul avec ma douce, face aux rizières qui ondulaient sous la brise nocturne. Tina a allongé ses jambes sur une chaise, la tête en arrière, pour regarder le ciel.

– Ici, on a l'impression que les étoiles sont plus brillantes… Comme si on était plus près du ciel…

J'étais aussi ému que si elle m'avait fait une déclaration d'amour. Elle s'est tournée vers moi pour continuer.

– Toute cette beauté, ça fait du bien… Je ne m'attendais pas à une émotion pareille… C'est grâce à vous.

– Je ne suis qu'un maillon de la chaîne. Si on remonte plus loin, c'est grâce à Tim Buckley que vous êtes ici. Puisque c'est grâce à lui que j'ai connu votre frère.

Je lui ai raconté ma rencontre avec Roland. Je cherchais un disque de Tim Buckley qu'il n'avait pas, il me l'avait commandé, on avait sympathisé.

– Je l'ai là, cet album. Vous voulez l'écouter ?

Elle m'a suivi dans la chambre. Catherine fumait au milieu des CD éparpillés. En deux secondes, j'ai repéré la jaquette de *Greetings from L.A.* Tina s'est assise par terre, adossée au canapé, face à la vallée. J'ai mis le disque dans le lecteur, j'ai sauté directement à ma préférée, *Sweet surrender*, et je suis venu m'asseoir près d'elles. L'intro de guitare a déchiré le silence, lancinante, la voix de Tim est arrivée, épanouie, douloureuse, Tina dodelinait de la tête, les yeux fermés. L'entrée des violons a fait monter l'émotion d'un cran. J'ai retenu mon souffle.

À la fin des 6'40, elle a ouvert ses yeux vers moi. Tim avait dû l'emmener dans des recoins chargés, elle semblait bouleversée. Je m'en voulais. Même sans comprendre un mot d'anglais, c'est une chanson qui fout le bourdon, et moi, tout à ma joie de la lui faire découvrir, je l'avais oublié. *Night Hawkin* a démarré, elle s'est levée pour regarder le boîtier que j'avais laissé sur la chaîne. Elle a sorti le livret, elle a parcouru le texte de *Sweet surrender*, elle a levé son regard vers moi, elle était toujours grave.

– On peut la réécouter ?

Elle a lu les paroles pendant que Tim chantait.

À deux heures, je suis parti avec elle. Nous avons rejoint nos bungalows par le chemin au-dessus de la rivière. La lune éclairait la vallée comme une poursuite de théâtre. La forêt, à notre passage, frissonnait, s'agitait.

– Il me tarde de revenir avec les enfants, elle m'a dit.

J'ai encore souri comme un benêt. J'en avais assez d'être paralysé à chaque fois qu'elle ouvrait la bouche. J'avais envie de lui avouer ce qui me mettait dans cet état, mais il ne fallait pas que je craque, je le savais.

J'ai craqué.

Nous marchions en silence. Pour une fois, il me semblait pesant, chaque seconde durait une heure.

– Je veux vous dire quelque chose…

Je me suis interrompu aussitôt, effrayé par mes propres mots. «Je veux»! Impossible de faire pire. Elle attendait la suite. Elle ne pouvait imaginer où je voulais en venir, elle n'était pas du tout sur ses gardes, je sentais que j'étais en train de commettre une boulette grosse comme le mont Agung, que j'allais tomber très mal, hélas je ne pouvais plus reculer, j'ai continué, en balbutiant. Je devais laisser des blancs de cinq secondes entre chaque mot.

– La première fois que je vous ai vue… c'était juste avant que Roland nous présente… Je ne savais pas encore qui vous étiez, pourtant… en avançant vers vous, j'ai eu… je ne sais pas comment dire… une sensation étrange…

Elle me regardait, intriguée. J'ai cherché trop longtemps comment lui expliquer ça, je voyais bien qu'elle était à dix milliards d'années-lumière de ma planète, elle se fermait, passait sur la défensive – trop tard, je n'avais plus le choix, je me suis lancé, en essayant de rester léger, sans savoir si j'y parvenais.

– Je n'avais pas encore entendu le son de votre voix… pourtant, à la seconde même où je vous ai vue… j'ai su, oui su, comme une évidence… que mon destin, c'était vous.

Elle m'a coupé. Sèchement.

– Ça ne va pas?! Qu'est-ce qui vous prend?

Elle a pressé le pas vers son bungalow, j'ai accéléré aussi, pour demeurer à sa hauteur.

– Je suis désolé, si je vous ai blessée. Je sais que vous êtes loin de tout ça… Mais je ne pouvais plus faire semblant… Quand vous êtes là, ça me rend heureux comme je ne savais même pas que ça pouvait exister. Simplement être à vos côtés, vous écouter, partager ces heures… En vous le cachant, j'avais l'impression de mentir, de tricher…

Elle m'a regardé comme si elle allait me gifler, et elle m'a ressorti ce ton pète-sec qui me glaçait le sang.

– Vous auriez mieux fait de vous taire. Vous avez tout gâché.

Elle est entrée dans son bungalow sans se retourner, la porte s'est refermée. J'étais dans le même état que si Holyfield m'avait collé un uppercut au menton suivi d'un crochet au foie. J'aurais aimé faire reculer le temps de deux trois minutes, ou me réveiller et que ce soit un cauchemar, mais non, j'avais craqué pour de vrai, j'étais au tapis, l'arbitre avait compté dix depuis longtemps.

Je n'ai pas beaucoup dormi, cette nuit-là. Je me souvenais trop bien des mots que j'avais prononcés, et chacun d'eux, avec le recul, me semblait maladroit ou inopportun. Même sans jamais prononcer le mot «amour», je ne pouvais pas me cacher que je lui avais fait une déclaration d'amour. Cet aveu déplacé constituait une erreur objective, cependant je me refusais à le considérer comme une faute. Il n'était pas indigne de ne plus supporter le calcul, la dissimulation dans lesquels je pataugeais depuis le début. Cette erreur, il fallait que je la fasse.

D'ailleurs, cet épisode désastreux, capital vu de ma fenêtre, était pour elle sans importance. Elle ne s'était pas endormie en pensant à moi.

Son prochain regard me terrifiait d'avance.

14

Le lendemain matin, quand je suis arrivé sur le parking, Tina et Catherine étaient prêtes à partir. J'ai lancé un «bonjour» collectif, elle m'a lâché un petit «bonjour» de rien du tout, sans un regard. Exactement ce qu'il fallait pour que je comprenne qu'elle me tenait rigueur de mon dérapage de la veille, sans que Catherine puisse deviner quoi que ce soit.

– J'étais en train de raconter à Tina ma nuit d'horreur…

Elle n'avait pas pu trouver le sommeil à cause d'un bruit dans sa chambre, un bruit de «chose vivante», un rat qui grattait, un serpent qui glissait sur le plancher, Freddy 18 qui griffait la porte avec ses ongles d'acier, tout était possible, elle avait trop peur pour allumer, elle s'était enroulée dans les draps de la tête aux pieds. Elle racontait bien, Tina riait. Je n'ai pas osé lui proposer la 125.

Au sommet d'une côte, je roulais derrière elles, Catherine a hurlé, Tina s'est dressée sur les cale-pieds, je les ai rattrapées. Un bleu limpide s'étalait jusqu'à l'horizon. Ici, ce n'était plus l'océan Indien, mais la mer de Bali. Entre nous et ce bleu, la montagne descendait en pente douce, jusqu'à la ville, en bas, Singaraja.

On a déjeuné à Lovina Beach, dans un calme absolu. La mer était immobile, un soleil de feu brûlait le sable noir, l'unique palmier de la plage ne frémissait même pas. Les filles se sont baignées avant de passer à table. J'ai préféré les laisser seules. Me baigner près de Tina, tous les deux en maillot, revenait à lui faire partager avec moi, de force, une certaine intimité. Après ma déclaration de la veille, ça ne pouvait pas lui plaire, ni même lui être indifférent. Je suis resté habillé, j'ai bu un verre à notre table en les regardant, caché derrière mes lunettes de soleil.

Pendant le repas, comme toute la matinée, Tina ne m'a adressé ni un mot ni un regard. Je l'ai mieux supporté que prévu. Elle avait beau faire comme si je n'existais pas, c'était bon, c'était fort, d'être avec elle. Au moins, je ne pouvais plus douter qu'elle se forçait à m'ignorer, et je savais pourquoi. Je ne disais rien, elle non plus, nous écoutions Catherine, assise en face de nous, qui était trop heureuse d'être le centre de notre trio pour s'apercevoir que le courant était coupé entre Tina et moi.

Depuis que je lui avais avoué la vérité, j'avais l'impression que notre histoire avait réellement commencé. Je n'étais plus seul dans mon coin, avec mon secret. Notre relation était moins agréable, pas moins passionnante. Une nouvelle étape s'annonçait.

Avant de revenir vers le centre de l'île, elles m'ont suivi dans les rues de Singaraja, Catherine s'est offert une bague chez un antiquaire. En sortant du magasin, elle a râlé parce que je ne l'avais pas aidée à obtenir un meilleur prix. Elle me tournait le dos et parlait à Tina comme si je n'étais pas là – j'ai reniflé le danger, la basse vengeance.

– Moi je suis nulle pour marchander. Lui, il a l'habitude, je l'ai vu à l'œuvre, quand il a négocié notre table, qui est sur la terrasse. Non seulement il a fait baisser le prix de moitié, mais à la fin, le mec voulait le marier avec sa fille tellement il l'avait mécanisé !

Évidemment, Tina lui a demandé ce que signifiait « mécanisé ».

– C'est une expression de Michel. Ça veut dire : obtenir ce qu'on veut de quelqu'un, en douceur, sans qu'il s'en aperçoive. Franck, c'est le roi pour ça !

J'étais gêné, Catherine ricanait, contente de son coup. J'ai fait diversion en proposant la 125 à Tina. Elle a daigné accepter d'une mimique microscopique, toujours sans le moindre regard.

Nous sommes rentrés par la route des trois lacs, en faisant un détour par Batukau, un temple perdu au bout d'un chemin qui ne mène que là, comme une impasse dans la jungle. La fin de l'après-midi approchait, le soleil ne parvenait plus jusqu'ici, tout le site exhalait une mélancolie poignante. Deux canards glissaient sur l'eau du bassin, sans en rider la surface. Dans un lieu d'une telle beauté, à la fois si paisible et si solennel, il était inévitable de ressentir le besoin de se recueillir, de penser aux êtres chers. Je les ai laissées seules pour la balade méditative qui s'imposait, et je suis monté tout en haut de l'escalier central. Le temple semblait minuscule au milieu de la forêt qui l'encerclait. Tina marchait à pas lents autour du bassin, Catherine, assise sur un banc, la regardait.

En redescendant, je me suis rendu compte que je n'avais pensé qu'à Tina, et jamais à mes parents disparus. Ça m'a fait de la peine, j'ai espéré qu'ils ne soient pas assis dans le ciel à me regarder, à lire dans mes pensées.

Je les ai rejointes au bord de l'eau, il m'a semblé

que Tina avait encore pleuré. Je me suis promis de lui éviter les temples, à l'avenir – si j'en avais un.

Pour notre dernière soirée, elles ont préféré dîner au restaurant de l'hôtel, comme à notre arrivée. Catherine nous a raconté sa vie d'avant Bali, quand elle était secrétaire, à Lyon. Elle décrivait son enfer routinier, ses collègues, ses petits chefs, avec une drôlerie d'autant plus percutante qu'elle avait un coup dans le nez. Notre table était la plus dissipée du resto. Les serveurs ne laissaient jamais nos verres vides. Tina, l'alcool aidant aussi, riait de bon cœur.

Je me demandais s'il lui arrivait de boire comme ça, « avant ». J'espérais que oui. C'était la deuxième fois, après le dîner chez Michel, que je la voyais à la lisière de l'ivresse, j'adorais l'insolence, l'arrogance presque, qui s'échappaient d'elle à ce moment-là. Je ne parvenais pas à deviner si l'alcool lui permettait de retrouver son naturel, ou si elle en avait toujours eu besoin pour dégager une telle liberté d'être. J'aimais savoir que seul le temps, et un long temps, m'apporterait ces réponses.

À la fin du dîner, le garçon nous servait les vodkas, j'ai entendu Catherine demander à Tina :

– Qu'est-ce que tu as décidé, finalement ? Tu rentres avec nous, demain ?

– Non. Je vais aller sur la côte est, à Candi Dasa…

Quoi ? ! J'ignorais qu'il en était question.

– On pourra t'accompagner, a proposé Catherine.

– Ce n'est pas la peine. J'ai regardé la carte, ça vous fait un gros détour… Si vous pouvez me déposer à Klungkung, c'est bien. Je prendrai un bus, je me suis renseignée, il y en a tout le temps…

J'étais sonné.

Dans mon esprit, elle rentrait à Legian avec nous, on passait le week-end ensemble, et le lundi, c'était moi qui partais, royal, à Chiang-Raï, comme l'exigeaient mon refus de la coller et mes devoirs de chef de famille. Je me croyais à J–3, j'étais à H–10 ! Et sur ces dix heures qui me restaient avant qu'on se sépare, elle allait en passer huit seule dans sa chambre.

Et dire que c'était moi qui lui avais vanté les attraits de la côte est ! Et dire que j'avais fait semblant de ne pas avoir le temps de passer quelques jours dans notre maison d'Ujung parce que j'espérais la revoir à Legian ! J'étais piégé, je me voyais mal bredouiller : « Ça tombe bien, mes rendez-vous ont été annulés, je rentre à Ujung, on va faire la route ensemble. »

J'ai cru un instant qu'elle nous faussait compagnie à cause de ma déclaration, mais cela revenait à me donner trop d'importance. Elle avait simplement pris goût à ces balades, elle avait envie de continuer, seule, et je devais me réjouir qu'elle en ait envie, qu'elle s'en sente capable.

J'ai pris mon courage à deux mains, je lui ai dit :
– Vous nous manquerez.

Au moins, elle savait que ce n'était pas une formule de politesse.

Nous avons quitté le restaurant les derniers, vers minuit. Chacun est allé se coucher de son côté.

Dans ma tête, c'était le radeau de la méduse.

15

À mon réveil, il pleuvait. On a petit-déjeuné cha-cun dans notre chambre, on s'est retrouvés au resto pour boire un dernier café avant de prendre la route.

Entre la pluie et l'odeur du départ, l'ambiance était grisâtre. Tina avait l'air le moins morose de nous trois. Elle ne détachait pas son regard de la vallée enchantée, qu'elle ne verrait plus avant long-temps.

Son café avalé, Tina s'est levée pour aller payer sa note. Je redoutais ce moment depuis le début, on y était.

– Ce n'est pas la peine. C'est fait.
– Il n'y a aucune raison…
– Vous êtes mes invitées, ça me fait plaisir.
– Mais non !
– N'en parlons plus. Puisque je vous dis que c'est fait. C'était la première fois que je lui parlais sur ce ton, avec un brin d'autorité. Elle en est res-tée aussi saisie que moi. Elle s'est assise, elle m'a regardé droit dans les yeux, je n'ai pas pu lutter tant c'était violent.

– Je déteste ça. C'est très désagréable.
Je devais être dans un bon jour, les mots sont sortis de ma bouche sur le ton qui convenait, gen-til, avec l'agacement qu'il fallait.

– Je suis désolé que ça vous gêne autant, j'aurais

dû choisir un autre hôtel. Parce qu'ici, ça ne pouvait pas se passer autrement.

Je n'allais pas lui dire le montant de sa note pour qu'elle comprenne pourquoi il était exclu que je la laisse payer !

Elle s'est tournée vers la vallée, l'air mauvais.

Il ne pleuvait plus. Tous les verts luisaient sous le premier rayon de soleil.

On a quitté l'hôtel, on a traversé Ubud pour la dernière fois. Après la pluie, les rues devenaient des rivières de boue. On a roulé lentement vers Klungkung. Une trentaine de kilomètres nous attendaient, j'avais envie qu'ils durent le plus longtemps possible. Nous descendions vers la mer, l'odeur de la terre et du vent se modifiait, se salait. Je ne parvenais pas à croire que dans une demi-heure, elle monterait dans un bus, et que je ne la verrais plus avant... combien de temps ? Je ne savais même pas.

Comme je l'espérais, la pluie n'avait pas dit son dernier mot. Un orage de tous les dieux a retardé l'instant fatal, nous surprenant au milieu des rizières, à cent mètres du premier abri, en plein champ. Le temps de s'arrêter au bord de la route et de descendre des motos, on était déjà trempés comme si on avait plongé tout habillés dans une piscine. On a couru jusqu'à l'abri sous un déluge d'apocalypse, Catherine et Tina ont glissé dans la boue, elles en avaient partout. Sous l'abri, les motards et les paysans se marraient comme des bossus. Nous aussi. J'étais content de voir Tina rire, avant qu'elle s'en aille.

L'orage calmé, on a laissé les autres motards filer, et les filles ont pu changer leurs tee-shirts boueux. Je me suis tourné discrètement pendant l'opération mais, dans un coin de mon champ de vision, j'ai entrevu Tina en soutien-gorge. Noir. Elle n'avait pas encore envahi cette zone de mon cerveau, ça m'a fait un choc. Je me suis empêché de rester plus de trois secondes sur cette pensée, sans y parvenir. On est repartis sous le soleil. À l'entrée de Klungkung, nos jeans étaient secs. Un voile de dentelle noire continuait de boucher mon horizon.

Pour les adieux, on n'a pas eu le temps de s'attendrir. On venait à peine de poser pied à terre à l'arrêt des bus que celui pour Candi Dasa était déjà en vue. Un bémo, le minibus local, à peine plus gros qu'une Fiat 500.

Avant de s'embrasser, les filles se sont chuchoté des gentillesses qui n'étaient pas seulement de circonstance, Tina a promis de l'appeler dès son arrivée dans son nouvel hôtel, Catherine était la plus émue des deux. Elles ne faisaient pas attention à moi, j'en ai profité pour glisser mes lunettes dans le sac entrouvert de Tina.

Quand elle s'est tournée vers moi, le minibus était là, les gosses qui l'attendaient étaient en train de grimper, elle a avancé vers moi, je n'ai pas compris tout de suite qu'elle allait m'embrasser. Deux bisous. Ses deux premiers baisers. Ses lèvres chaudes sur mes joues. La douceur. Je n'aurais pas pu dire un mot. Elle oui.

– Merci… J'ai beaucoup aimé ces quatre jours…

J'ai essayé de sourire, elle est montée dans le bémo. Elle n'était pas encore assise quand il a giclé sur la route, obligeant une voiture à piler net. Catherine a crié.

La main de Tina est apparue par une fenêtre, s'est agitée quelques secondes, puis a disparu. J'étais ouvert en deux. C'est-à-dire que j'avais vraiment aussi mal que si on m'avait ouvert le ventre d'un coup de hache. Mes poumons et mes tripes commençaient à griller au soleil.

Elle n'était plus là.

Dès lors, je n'avais aucune raison de m'y trouver encore. Ni là, ni ailleurs. Le seul endroit où j'aurais été à ma place venait de disparaître dans les rues de Klungkung.

Catherine a changé le disque de son discman sans dire un mot. Moi, je n'avais pas envie de musique, je voulais juste le bruit de la moto. Tout autre son aurait été trop émouvant. Avant de démarrer, elle m'a lancé un regard attendri qui m'a exaspéré.

– On parlera à la maison... Je suis excitée d'avance de tout ce que j'ai à te raconter.

On a roulé aussi vite que le pouvait ma 125. Comme je n'avais plus de lunettes, je ne savais pas si c'était à cause du vent dans mes yeux que je pleurais.

Je pensais à Tina, dans son bémo brinquebalant, et je ne pouvais m'empêcher d'être inquiet, à cause de l'imprudence légendaire des chauffeurs, sur les routes terribles qui l'attendaient, étroites comme des chemins de chèvres, cent mètres au-dessus de la mer. En trente ans de Bali, j'avais réussi à ne jamais monter dans ces minibus de la mort, j'aurais eu l'impression de jouer à la roulette russe, et je l'avais laissée partir là-dedans ! Je haïssais mon cerveau de moucheron de n'avoir pas trouvé la solution pour que ça n'arrive pas. Plus les kilomètres défilaient, plus j'avais du mal à supporter qu'elle découvre sans moi cette côte que j'aimais par-dessus tout, depuis mon enfance. J'imaginais son sourire quand elle verrait les corniches vertigineuses, les criques bleutées, les plages secrètes, englouties sous la jungle. Elle se plairait là-bas. Candi Dasa, à cette époque, était un havre de paix.

Pour m'empêcher d'oublier que la vie était belle, une image accompagnait chacune de mes pensées : son soutien-gorge noir.

À midi, on a déjeuné avec Michel, à la maison. J'ai laissé Catherine faire le récit de notre escapade. Elle n'oubliait aucun détail, elle racontait tous les dialogues comme si elle avait branché un magnéto. Une seule conversation s'était déroulée sans moi, la première nuit. Sans contenir les révélations fracassantes que Catherine m'avait fait miroiter, elle apportait quelques réponses à certaines questions.

Tina avait 37 ans, son mari s'appelait Bruno, elle l'avait connu et aimé à 19 ans, en fac de droit. Il était devenu avocat, alors qu'elle avait arrêté ses études, sans regrets, pour sa première grossesse, et n'avait jamais eu envie de les reprendre. À en croire Catherine, ce Bruno était l'homme idéal : bon mari et bon père, intelligent, drôle, solide, amoureux, j'en oublie. Pourquoi il n'était pas exposé au musée de l'Homme, le phénomène ?

Catherine avait gardé pour la fin ce qui était, à ses yeux, l'info de l'année : depuis ces fameux 19 ans, Tina n'avait jamais fait l'amour avec un autre homme que son mari. Vexée que cela ne m'étonne pas, elle s'est sentie obligée d'ajouter, au cas où je n'y aurais pas pensé tout seul, qu'on pouvait imaginer qu'elle ne le referait pas facilement avec un autre. J'étais gêné d'écouter ces confidences qui trahissaient la confiance de Tina, mais j'étais mal placé pour les lui reprocher.

Elle avait même eu le culot de l'interroger sur sa situation financière. Comme j'avais cru le deviner, elle était à l'abri de tout souci urgent : elle avait vendu leur maison et touché une importante prime d'assurance-vie.

– Combien je ramasse, moi, si tu meurs ?

– Tu le sauras quand je serai mort.

On a touché du bois tous les trois en même temps, j'ai lâché mon scoop :

– Elle a sauté un épisode capital.

Catherine m'a regardé, incrédule.

Je leur ai fait un résumé de ma scène de la déclaration. Catherine était effondrée. Selon elle, j'avais commis une faute gravissime. Elle ne comprenait pas.

– Quel besoin tu avais de lui raconter tes états d'âme ?

– J'avais trop l'impression de mentir.

– Résultat : elle n'est plus là !

– Ce n'est pas à cause de ça. Elle a envie d'être seule…

– Tu parles qu'elle a envie d'être seule ! Elle a envie de se pendre, quand elle est seule !

Pour m'achever, elle m'a raconté que c'était justement le lendemain de mon coup d'éclat que Tina lui avait parlé de son désir de continuer seule, quand elles se baignaient sans moi, à Lovina. En deux minutes, elle m'a convaincu que j'avais été archinul. Tina était ravie de s'être fait des amis, elle aimait parler, rire, se promener avec nous, si j'avais su fermer ma gueule, elle serait toujours là. Par ma faute, elle était en train de déprimer, toute seule dans une chambre sinistre. J'étais un âne bâté.

Michel a vu qu'elle avait cogné juste. En bon camarade, il a sorti sa pommade, pour que ça fasse moins mal.

– Ton message est passé, c'est l'essentiel. Elle t'a pris au sérieux. Si elle s'était marrée…

Catherine l'a coupé.

– Aucune femme ne va se marrer quand un mec lui fait une déclaration d'amour !

– Elles vont se gêner ! Les cimetières sont pleins de types à qui c'est arrivé et qui se sont finis au bazooka !

Je n'avais pas envie de rire, mais j'ai ri.

Soudain le téléphone a sonné. C'était Tina. Sans vergogne, Catherine a branché le haut-parleur.

Son voyage s'était bien passé, elle avait adoré la route, les paysages, il lui tardait de les revoir avec la 125 qu'elle venait de louer. Catherine a noté son numéro et a promis de l'appeler plus tard, quand nous, «les mecs», ne serions plus là pour l'écouter.

J'étais tout fiérot qu'elle ait adopté l'hôtel que je lui avais conseillé, le *Subak*. Après le faste du *Kupu Barong*, j'espérais l'avoir étonnée, agréablement, en l'envoyant dans un hôtel si simple. Il serait sûrement désert en cette saison, elle aurait la plage pour elle. Catherine avait eu tort, elle allait bien. Du coup, j'étais requinqué.

– Ça n'aurait aucun sens d'avoir ressenti un flash pareil, aussi évident, et qu'il ne se passe jamais rien entre elle et moi.

– Ça arrive que les choses n'aient aucun sens…

C'était la femme de mon pote, je ne lui ai pas dit qu'elle commençait à me fatiguer.

J'ai décidé de prendre le premier avion pour Chiang-Raï. Je n'y étais attendu que dans trois jours, mais je ne pouvais plus me replier dans notre maison d'Ujung et prendre le risque de tomber sur Tina.

Je trouvais insupportable de ne plus avoir le droit d'être avec elle, plus le droit de venir m'allonger sur le sable à ses côtés, plus le droit de dîner dans le même restaurant, plus le droit de rouler derrière elle le long des plages. Tout ce que j'aimais était devenu interdit.

Mon espoir le plus proche de la revoir m'obligeait à patienter douze jours, jusqu'à la soirée d'anniversaire de Catherine. Tina avait promis de venir, si elle n'était pas déjà rentrée en France. Un appel de Michel m'informerait de son programme – donc du mien. Si elle allait à la fête, je redescendrais à Bali après mon séjour chez nous. Si elle rentrait en France avant, j'en ferais autant. Je déteste quand je n'ai plus rien à décider, que je lâche le volant et que c'est le destin qui choisit.

16

Pour la première fois, j'ai pris des avions qui m'éloignaient d'elle. Denpasar, Bangkok, Chiang-Raï. C'était un pur supplice, cette distance qui s'étirait entre nous.

À l'aéroport de Chiang-Raï, j'ai loué une voiture pour parcourir les trente kilomètres qui me séparaient de La Garde. Je n'avais prévenu personne de ce voyage anticipé, je préférais leur faire la surprise.

Je suis arrivé en fin de matinée, un samedi, les enfants jouaient au foot dans la cour, en attendant le déjeuner. Ils étaient tous là, mes cinq neveux et nièces, plus les enfants des employés. Dès qu'ils ont vu cette voiture étrangère s'engager sous le portique *Vialat Wood Inc.*, ils se sont arrêtés, m'ont reconnu, ont couru vers la voiture en criant. J'étais heureux de les retrouver, comme à chaque fois. J'ai aperçu ma sœur, Isabelle, qui s'avançait sur le perron. Elle m'a fait un signe de la main, étonnée.

Isabelle était depuis toujours la personne la plus proche de moi, celle qui m'avait le plus aimé, celle qui m'aimait encore le plus – ça m'a rendu triste de ne plus pouvoir en dire autant. Pendant quarante ans, on ne s'était presque jamais quittés. À l'école, comme elle avait un an d'avance, nous étions dans la même classe. Sophie et Martin, nos petits frère et sœur, avaient agrandi la famille bien plus tard, quand nous étions adolescents – notre mère était jeune, elle avait voulu d'autres bébés à pouponner.

Mon père était né à Marseille, en 1903. Fils de docker, il s'était embarqué dans la marine marchande à seize ans. Dès ses premiers voyages, l'Asie et ses femmes l'avaient conquis à jamais, il avait quitté la marine au milieu des années 20, pour s'installer au Viêt-nam, alors colonie française, mais la montée des mouvements nationalistes l'avait dissuadé de s'y fixer. La Thaïlande était le seul pays indépendant de l'Asie du Sud-Est à cette époque, mon père y avait acheté sa première forêt, en 1937.

À force d'accepter tous les boulots physiques auxquels sa carrure de lutteur le prédisposait, il était devenu bûcheron, ça lui avait plu, il avait grimpé ses échelons, avant d'investir vingt ans d'économies dans cette exploitation de cent hectares, près de Chiang-Raï – qu'il avait baptisée La Garde, en souvenir de Notre-Dame-de-la-Garde, à Marseille. Au fil des ans, il avait racheté les forêts alentour, il était devenu l'un des plus gros exploitants forestiers à l'ouest du Mékong. C'était un meneur d'hommes, un chef de la tête aux pieds, à l'ancienne.

Il s'était marié à 45 ans, par amour pour une Thaï de 19 ans, qu'il venait d'engager à La Garde. Ma mère, qui l'admirait comme un dieu vivant, avait tenu à nous donner des prénoms «farangs» – l'équivalent de Westerns en Thaïlande. J'étais arrivé le premier, ils avaient choisi Franck à cause de Sinatra, qu'ils adoraient.

J'étais le seul enfant à avoir une tête de Farang. Mes yeux étaient à peine bridés, mes cheveux n'étaient ni noirs ni raides, et mon mètre presque quatre-vingts m'avait suffi pour devenir le géant de la famille. Selon Isabelle, ces singularités m'avaient valu la préférence de mon père, qui me ressentait comme son fils à lui tout seul. J'espérais qu'elle se trompait.

Même si nous habitions en pleine forêt, nous n'étions pas coupés du monde. Nous avions la télé, nous recevions *le Provençal* et *l'Équipe* tous les matins, et à Chiang-Raï, comme partout, il y avait des cinémas qui passaient les films américains qui nous faisaient rêver. Quand on était petits, ma mère nous y emmenait tous les samedis. Ados, on y allait tout seuls, en mobylette.

Nous parlions français à la maison et thaï en dehors, on ne se trompait jamais. Avec Isabelle, nous avions rejoint le cycle scolaire français en troisième, quand mon père nous avait jugés assez grands pour quitter le nid familial. Deux ans au lycée français de Bangkok, chez une sœur de ma mère – qu'on avait détestés. Puis, jusqu'au bac, deux ans à Aix-en-Provence, chez la sœur de mon père – qu'on avait adorés. C'est là que j'étais tombé amoureux de la terre de l'autre moitié de mes ancêtres.

Après le bac, Isabelle était partie en Amérique pour ses études de gestion, alors que j'étais revenu travailler à La Garde. Mon père comptait sur moi pour lui succéder. Je n'osais pas lui dire que je rêvais de m'envoler ailleurs, je croyais que j'avais le temps.

La mort de nos parents, dans un accident de voiture, cinq ans plus tard, m'avait contraint à réviser mes plans. Avec Isabelle, on avait pris en main la Vialat Wood Inc., tout en élevant Sophie et Martin, qui n'avaient alors que 8 et 10 ans. Pendant les vingt années suivantes, j'avais vécu comme si j'avais une femme et deux enfants, sauf que ce n'était ni ma femme, ni mes enfants.

À 42 ans, j'avais enfin pu prendre le large. Sophie

et Martin étaient mariés, ils travaillaient et vivaient à La Garde, Isabelle avait digéré son divorce, la boîte marchait bien, il était temps d'intensifier nos activités à l'étranger, je m'en étais chargé. J'avais laissé à Isabelle mon titre de Président de la V.W.I., Sophie et Martin étaient devenus vice-présidents à la place d'Isabelle, ils m'avaient nommé « Président d'honneur, chargé du développement international », et j'avais fait mon sac. Aucun d'eux n'avait tenté de me retenir, ils savaient à quel point je rêvais de courir le monde.

Je revenais une semaine toutes les dix semaines, invariablement depuis cinq ans. À chaque fois, les premières heures, le cafard me tombait dessus, j'avais l'impression de me retrouver dans un orphelinat. Pour chasser mon spleen, Isabelle avait institué le « rite du premier soir », qui m'aidait à franchir ce cap du retour et à trouver le sommeil, dans cette maison chargée de fantômes.

Chaque premier soir, donc, après le dîner en famille, Isabelle venait fumer deux ou trois pipes d'opium dans ma chambre. On s'allongeait sur mon lit, on parlait, on fumait, et puis on parlait de moins en moins, et au bout d'une heure ou deux, je me laissais glisser dans un sommeil aérien. Isabelle trouvait toujours la force de se relever pour aller dormir dans sa chambre.

Mes parents aussi fumaient l'opium. Isabelle avait découvert tout leur matériel, caché dans un tiroir, quand nous avions dix onze ans. Nous étions trop sages pour oser y goûter si jeunes, j'avais fumé ma première pipe avec Isabelle le soir de ses quinze ans. Elle avait aimé ça bien plus que moi. Depuis la mort de nos parents, elle fumait tous les soirs, avant de dormir.

Cette fois, le rite avait un goût différent. J'étais triste à cause de Tina. Ou plutôt, cette tristesse-là, nouvelle, s'ajoutait aux autres, habituelles.

Isabelle venait d'allumer la pipe, quand je lui ai dit :

– J'ai rencontré une femme...

Elle a écouté mon histoire, captivée. J'étais ému, et elle aussi, de lui faire ces confidences sur ce lit, dans cette chambre où j'avais grandi, vécu. Je lui avais toujours tout raconté, mes espoirs, mes peurs, mes amourettes.

L'amour, Isabelle en avait rêvé, adolescente, mais sa famille et son travail avaient fini par prendre toute la place. Son mari était parti depuis longtemps. Leur fils était en fac à Bangkok, il ne revenait qu'aux vacances.

Le sourire de l'opiomane s'était installé en douceur sur les lèvres d'Isabelle. Elle a fermé les yeux.

– Il me tarde de la connaître...

La pipe était finie. J'étais presque bien, maintenant.

La nuit a été courte, je me suis levé tôt. Après le petit déjeuner dominical avec la tribu, je suis parti me promener en 4 × 4 avec Martin et les enfants. J'aimais retrouver mes forêts, raconter leurs histoires à mes neveux et nièces, comme je les avais racontées à leurs parents quand ils avaient leur âge, comme mon père me les avait racontées.

On a attendu le lundi pour parler boulot. Isabelle m'avait concocté une semaine d'enfer. La V.W.I. était devenue un gros machin, nous possédions plusieurs exploitations en Thaïlande, au Laos, en Indonésie. Isabelle concentrait toujours le plus de rendez-vous possibles la semaine où j'étais là, faisant parfois attendre nos associés ou clients sous les prétextes les plus fallacieux. Elle était convain-

cue qu'avec ma tête de Farang et mes vingt années
aux commandes de la V.W.I., je les impressionnais.

Michel n'a téléphoné que le cinquième jour. Il
m'a embrassé, et m'a passé Catherine. Elle avait
passé la journée avec Tina, Made et les enfants, à
Kusemba, une plage à mi-chemin entre Legian et
Candi Dasa. Tina avait décidé de prolonger son
séjour et viendrait donc à son anniversaire. Jusque-
là, elle resterait à l'hôtel *Subak* de Candi Dasa, où
elle se plaisait beaucoup, et dont elle ne se las-
sait pas de sillonner les environs. Elle culpabilisait
d'avoir reporté son retour, mais sa décision était
prise, elle ne voulait plus rentrer avant que ses
enfants soient en vacances, la solitude qui l'apai-
sait ici l'effrayait là-bas.

La veille de l'anniversaire, j'ai repris l'avion. Cette
fois, chaque mile parcouru, chaque nuage trans-
percé me rapprochaient d'elle. Je sifflotais comme
un pinson.
La revoir dans une fête, le rêve.

17

À ma descente d'avion, j'ai retrouvé Michel, Catherine et Lou. On a tout de suite parlé de Tina. Catherine l'avait eue au téléphone le matin.

– Elle partira de Candi Dasa par le premier bémo, demain. Made passera la prendre à son hôtel pour venir à la maison. Moi, je n'aurai pas le temps, je dois aller chercher ma sœur, elle arrive par l'avion de sept heures…

Elle m'avait rayé du programme! Elle a pris un temps avant de continuer, péteuse.

– Ça m'embête… Je n'ai pas eu l'occasion de parler de toi. Elle ne sait pas que tu seras là.

– Si ça t'embête, je peux ne pas venir.

J'ai dû le dire d'un ton désagréable, car elle s'est tournée pour voir ma tête. Il en fallait plus pour la faire taire.

– C'est chiant, ces embrouilles! Je m'en veux de ne pas lui avoir dit que tu venais, elle va croire que…

Je l'ai coupée net.

– Elle ne va rien croire du tout, elle n'a pas huit ans. C'est très bien que tu ne lui aies pas parlé de moi, je préfère.

J'avais le droit d'espérer qu'elle allait enfin fermer son clapet, mais non. Elle aimait aller au combat, elle sortait les banderoles à la moindre occasion, fière de sa franchise, qui n'était souvent que de la paresse de faire autrement.

– Je me sens faux-cul avec elle, j'ai horreur de ça! Si c'était une pétasse comme ton Américaine, ou l'autre, la petite grosse, je m'en foutrais. Avec elle, ça me gêne, ce double jeu, que Michel te raconte tout ce qu'elle me dit…

Le culot! Ma relation avec Tina devenait encombrante pour sa relation avec elle! Alors que sans moi, elle ignorerait même son existence! J'ai respiré très fort pour m'empêcher de répliquer, Michel m'a souri dans le rétro.

L'Américaine et «la petite grosse», qui n'était ni petite ni grosse, étaient deux copines que j'avais brièvement fréquentées cinq ou six ans plus tôt. À l'époque, Catherine les adorait et ne cessait de m'encourager à les prendre plus au sérieux tant elles étaient faites pour moi, selon elle.

On a grimpé dans l'auto, Michel a mis la radio à fond, Catherine a compris le message, elle n'a plus ouvert la bouche jusqu'à la maison. Lou a pris ma main.

Arrivés chez eux, j'ai laissé filer les filles, j'ai retenu Michel discrètement, je lui ai demandé de me prêter la Chevrolet pour aller chercher Tina à Candi Dasa.

– Qu'est-ce que tu racontes? Prends la jeep, elle va reconnaître la voiture.

– C'est le but.

Il m'a tendu les clés, sans comprendre.

– Tu roules pas vite, hein, c'est une pièce de collection.

J'ai démarré. Le moteur tournait comme une horloge.

Quand le soleil s'est couché, je n'étais plus qu'à trente kilomètres de Candi Dasa. À cinquante à l'heure sous la pluie battante, Bob Marley à fond, la Chevrolet était cosy. Je me régalais d'avance de revoir Tina, de faire la route du retour avec elle, dans l'intimité de cette voiture.

J'ai débarqué au *Subak* à la tombée de la nuit, J'ai pris une chambre à toute vitesse, craignant qu'elle surgisse, et je me suis terré. J'ai téléphoné à la réception pour savoir à quelle heure partait le premier bémo pour Kuta, la fille m'a répondu « Six heures ». J'ai demandé le réveil à quatre et demie, et je me suis mis au lit sans dîner, avec un polar de James Hadley Chase. Mais je n'ai pas réussi à rentrer dedans. Tina m'avait capturé le ciboulot.

J'avais les jetons. Qu'est-ce que j'allais lui dire quand elle découvrirait la Chevrolet et qu'il me faudrait lui avouer notre « organisation » à son arrivée ? J'étais venu avec cette voiture dans cette intention, pour qu'il n'y ait plus de mensonge dans cette histoire. Maintenant que j'y étais, je me demandais comment elle allait le prendre.

À cinq heures et quart, je suis descendu l'attendre. Deux étages de galeries surplombaient le patio où je tournais en rond, je pouvais voir les portes de toutes les chambres. Il faisait encore nuit.

Une porte s'est ouverte. Elle est apparue. À l'intérieur de moi, tout s'est serré. Elle portait un pantalon léger, bleu marine, un tee-shirt gris, ses cheveux étaient mouillés, ils avaient suffisamment poussé pour qu'elle puisse les plaquer en arrière.

Elle a disparu le temps de descendre les deux étages qui nous séparaient. Quand elle a débouché de l'escalier, j'étais planté en face d'elle, à cinq mètres. Mes lunettes étaient accrochées au col de son tee-shirt.

En un quart de seconde, j'ai vu passer sur son visage, dans l'ordre : surprise, sourire, embarras. On a avancé l'un vers l'autre, l'embarras a pris toute la place.

– Bonjour…

Quel bonheur, d'entendre sa voix. Elle s'est rapprochée, gênée, pour me faire la bise. Les deux fois, mes lèvres ont touché ses joues, alors que les siennes n'embrassaient que le vide. Je n'en menais pas large.

– Je suis content de vous voir…

– Mais… vous étiez là ? Depuis quand ?

– Hier soir. Je suis venu vous chercher.

Une lueur de colère a traversé son regard, je m'y attendais, j'ai enchaîné, malgré mon effroi.

– Catherine m'a dit que vous comptiez venir en bémo… J'ai pensé que vous ne saviez pas qu'une période de fêtes commence demain. Les bémos vont être surchargés, vous n'étiez même pas sûre d'arriver ce soir.

Je la sentais mi-figue mi-raisin, elle se demandait si je racontais des salades, si elle devait me remercier ou me jeter. Elle n'a fait ni l'un ni l'autre.

– J'en ai pour deux minutes…

Elle a avancé vers la réception d'un pas énervé. Pendant qu'elle réglait sa note, je me suis assis dans un fauteuil. Mes jambes tremblaient. Je détestais être passé en force comme ça.

Quand on est sortis de l'hôtel, il n'y avait qu'une seule voiture sur le parking : la Chevrolet. Elle a réagi illico.

– Je connais cette voiture.

– Je sais.

Elle s'est tournée vers moi avec un regard perplexe, presque inquiète.

– Comment ça ? Qu'est-ce que vous savez ?

– Je vais vous raconter.

J'ai ouvert sa porte, elle est montée. Même en pressant le pas, j'ai mis une éternité pour faire le tour de l'auto, elle était plus grande qu'un stade olympique. Tina avait eu le temps d'allumer une cigarette. J'étais à peine assis qu'elle m'a demandé :

– Alors ?

J'ai démarré avant de répondre.

– C'est la voiture de Michel. Wayan, que vous connaissez, est son employé.

– Ça veut dire quoi ?

J'ai pris mon souffle avant de sauter dans le vide.

– Je n'avais pas encore pu vous le dire, mais… j'avais demandé à Michel de veiller à ce que votre séjour se passe bien… Il s'est arrangé avec le patron de votre hôtel pour que Wayan soit votre chauffeur. Tout le monde se connaît, ici…

Elle m'a fixé, stupeur et fureur mêlées.

– Vous vous rendez compte de ce que vous me dites ?

– J'avais pensé qu'après vingt heures d'avion, vous seriez mieux seule dans une voiture confortable en écoutant votre groupe préféré…

Sa stupeur est montée d'un cran, sa fureur de trois ou quatre.

– Parce que ça aussi… ?

– Avant que je vous rencontre, Roland m'avait parlé de votre passion pour Scorpions…

Elle ne savait plus quoi dire, plus quoi faire. Elle était furax, ça se voyait. Un bus plein comme un œuf a quitté son arrêt devant nous. Au moins trente personnes n'avaient pas pu monter, il y avait des gosses sur le toit, sur les pare-chocs. Chargé comme ça, il ne pouvait pas dépasser le trente à l'heure. Je suis resté derrière, exprès.

– Vous m'avez… surveillée… Comme un flic !

– Non, on a veillé sur vous, ce n'est pas pareil. On aurait été prévenus s'il vous était arrivé quoi que ce soit d'embêtant… On aurait pu intervenir, vous aider…

– De quel droit ? !

D'un coup, elle avait haussé le volume. Elle était

105

scandalisée. Son exclamation n'appelait aucune réponse, j'ai répondu quand même.

– Celui de tenter tout ce que je peux pour vous rendre la vie… moins désagréable…

– C'est raté.

Ça avait fusé comme un crochet de Tyson. J'étais K.O.

On est sortis de Candi Dasa encore ensommeillée, on a longé la mer. J'ai allumé la chaîne, Marley a repris *Coming in from the cold*. Sans me regarder, elle a décroché mes lunettes de son tee-shirt, et les a mises dans la boîte à gants.

Je lui imposais notre relation et je n'aimais pas ça. Je ne voyais qu'un point positif : grâce à mes aveux et à ses réactions, notre rapport était devenu passionnel, d'une certaine façon. Elle était furieuse parce qu'elle se sentait piégée, manipulée, pourtant elle ne l'avait jamais été, je ne lui avais rien fait faire qu'elle n'ait voulu, ma sollicitude ne lui avait causé aucun désagrément, à part celui qu'elle était en train de vivre : trois heures de route avec moi. Et ce n'était pas un vrai désagrément puisque, sans moi, elle aurait passé dix heures debout dans un bémo bondé, surchauffé. D'ailleurs, elle avait choisi : si elle m'avait ordonné de m'arrêter pour la laisser descendre, je n'aurais pas accéléré en ricanant.

On n'a pas dit un mot de tout le trajet. Je changeais les disques au fur et à mesure, sans lui demander son avis. Au fil des kilomètres, je sentais que son plaisir de traverser ces paysages dans ce salon roulant était plus fort que son déplaisir d'être avec moi.

À l'entrée dans Klungkung, on a traversé le grand pont de fer au-dessus du fleuve Yehunda, qui dévalait depuis le mont Abang. Je me suis arrêté sur une place, je lui ai proposé un café. Elle est sortie de la voiture sans répondre. Il était sept heures, la ville s'éveillait à peine. Nous sommes repartis dix minutes après, sans que j'aie entendu le son de sa voix. Pourtant, elle ne faisait pas la gueule, je ne sentais plus de tension particulière. Si je ne l'avais pas mise en colère, le voyage aurait pu se passer de la même façon, on n'aurait pas forcément papoté pendant trois heures. Elle aimait le silence, et moi aussi.

À Legian, je l'ai déposée devant le *Stella*. Avant de sortir de la voiture, elle a lâché son seul mot du voyage :

– Merci.

Elle n'était pas obligée. Ce merci m'a fait aussi chaud au cœur que si elle m'avait dit « Je suis bien avec vous ». Et si on voulait voir les choses de façon optimiste, c'était ce que ça signifiait – il fallait qu'elle soit bien avec moi pour me remercier de ces trois heures de route, alors qu'au départ elle avait envie de me pendre à un croc de boucher.

Je ne suis pas rentré directement chez Michel. Je n'avais aucune envie de répondre aux questions de Catherine, ni d'entendre ses commentaires. Je suis allé rôder en ville pour trouver son cadeau d'anniversaire, j'ai mis deux heures à dénicher un bracelet ancien comme je voulais.

J'ai débarqué chez eux en fin de matinée, Catherine était allée chercher Lou à l'école. J'ai téléphoné à la boutique pour rassurer et remercier Michel pour la Chevrolet, il m'a demandé comment ça s'était passé, j'ai répondu « Bien », je me suis couché : je n'avais dormi que deux heures la nuit précédente et je tenais à être en forme pour la soirée. J'avais intérêt, car je ne l'abordais pas dans une position idéale, pour le moins.

Avant de m'endormir, j'ai parié sur les questions que je me posais. Serait-elle habillée en noir ? Oui. Maquillée ? Non. Danserait-elle ? Non. Catherine oserait-elle lui proposer des « champignons magiques » ? Oui. Tina les accepterait-elle ? Non. Partirait-elle en cours de soirée ou à la fin ? En cours.

Je me suis trompé une fois sur deux.

18

Je discutais avec Luigi sur la terrasse, elle a débouché en haut des escaliers. Premier pari perdu : elle avait bien son jean noir et ses tennis noires, mais avec une chemise de soie blanche. Elle était d'une beauté affolante. Pour la première fois, mon émotion m'a effrayé, j'ai eu peur de me tromper, qu'elle ne soit jamais à moi, que toute cette histoire ne soit qu'un délire de mon cerveau malade. Si cette femme n'était pas la mienne, si je ne parvenais pas à entrer dans sa vie, je ne m'en remettrais jamais.

Elle était avec Made, Jeannot et leurs quatre marmots. Les soirs de fête, la coutume voulait que les intimes arrivent une heure avant la foule. Pendant que je faisais la bise aux enfants, elle s'est éclipsée avec Made dans la maison, à la recherche de Catherine, pour lui offrir leurs cadeaux. Moi c'était fait. Mon bracelet avait cartonné au-delà de mes espérances.

Tina est réapparue un quart d'heure après, accompagnée de toutes les filles de la bande : Catherine, rayonnante en minirobe rouge moulante, Annick, sa sœur cadette, une blonde tout en blanc qui commencerait à avoir du succès après deux heures du matin, Sonya, drapée dans un sarong multicolore, et Made, en jean pourri et tee-shirt troué, comme pour faire le ménage. À part Made, toutes étaient jolies, chacune à leur manière. Tina était la seule que tous les invités de la soirée, garçons et filles confondus, trouveraient belle.

Dans le brouhaha des présentations et des «Joyeux anniversaire», Tina a fait la bise aux garçons, qui l'ont couverte de compliments, sans cacher leur plaisir de la retrouver. Tous les hommes du monde auraient été heureux de la voir débouler dans leur champ de vision.

Elle a fini par se retrouver en face de moi. Pari gagné: elle n'était pas maquillée. Elle m'a séché d'entrée.

– Nous, on s'est déjà vus.

Je n'ai pas eu le temps de répliquer, elle est allée se poser sur le canapé où Catherine chambrait Michel:

– J'avais parié qu'il y aurait un gros pétard tout prêt, mais je vois que j'ai rêvé. Même le soir de mes trente ans, il va falloir que je roule mes pètes moi-même!

Michel a lâché son petit ricanement de mec jamais pris en défaut, et il a sorti un gigantesque cône de vingt centimètres. Un pétard de concours, un chef-d'œuvre.

– Et ça, c'est quoi? Une banane?

Catherine s'est jetée aux pieds de son homme pour implorer son pardon, en faisant un numéro d'une exubérance débridée. Elle était drôle, Tina riait.

En entendant les klaxons dans la rue, qui annonçaient l'arrivée des premiers invités, Catherine a bondi.

– Avec moi, les filles!

Made et Sonya, qui connaissaient les habitudes de la maison, se sont levées aussitôt, Tina et Annick ont suivi le mouvement avec un temps de retard. Michel s'est marré.

– Ce soir, c'est «Janis Joplin, le retour»!

Tina et Annick n'ont pas compris. Catherine a interpellé la mâle tablée, d'un ton de bêcheuse à claquer.

– À propos de Janis Joplin, l'un d'entre vous pourrait se bouger pour qu'on l'entende un peu. C'est pas à moi de faire le D.J., mes poulets !

Elle a pris Annick et Tina par le bras, et s'est éloignée à pas lents, en tortillant du cul. On a tous sifflé, pour lui faire plaisir.

– Je n'arrive plus à la tenir, a déconné Michel.

– Tu as essayé le nerf de bœuf ? a suggéré Jeannot.

– Il ose pas, j'ai dit. Des fois qu'elle aime.

Ils ont rigolé. Je me suis demandé si j'aurais osé une blague pareille devant Tina. Probable que non, en tout cas pas à jeun. Je ne la faisais pas assez rire.

J'aurais payé cher pour suivre les filles dans la chambre de Catherine, assister à la séance des *magic mushrooms*, voir la réaction de Tina. Les hommes étaient exclus de ce rite, ils devaient ignorer si leurs femmes en avaient pris ou pas – en vérité, ils s'en apercevaient très vite !

Michel nous a indiqué où il avait caché la bouteille de coca parfumée aux champignons réservée aux garçons. D'habitude, j'aimais bien ça, c'était un euphorisant puissant, mais avec Tina dans les parages, pas question d'y toucher. Ce machin me mettait dans des états tout à fait imprévisibles, je risquais de lui sauter dessus et de la couvrir direct, comme un chien dans la rue ! C'était tentant, mais là, je préférais éviter.

Trois quarts d'heure plus tard, les filles n'étaient toujours pas redescendues, une centaine d'invités avaient envahi la maison. Moitié locaux, moitié Westerns, un tiers sur la terrasse, deux tiers dans le jardin qui tenait lieu de piste de danse. La sono était très forte, maintenant. On entendait une musique d'énervés, genre techno, qui donnait envie de danser. Enfin, pas à moi, je ne danse jamais.

Les cinq filles ont fait leur entrée sur la terrasse en se tenant par le bras, alignées comme un rang de girls du Lido. Celle que tout le monde regardait n'était pas au milieu. Les sifflets ont fusé, des hommes ont hurlé comme les loups de Tex Avery. Catherine a minaudé :

– Moi qui voulais faire une entrée discrète !

Elles ont pouffé comme des gamines.

Il était onze heures. À part son « Nous, on s'est déjà vus » du début, Tina ne m'avait toujours pas adressé la parole. Si elle quittait la soirée sans qu'un rapprochement se soit opéré entre nous, j'étais condamné à l'inertie pour un bon moment, quasiment obligé d'attendre son retour en France pour réapparaître, grâce à son frère. Cette éventualité me déprimait et d'avance, j'étais décidé à tout tenter pour y échapper.

Je me suis accoudé à la balustrade de la terrasse avec Michel et Luigi. Après leur tour d'honneur, les cinq filles sont apparues, sous nos pieds, dans le jardin. Michel a fait son sifflet roulé reconnaissable entre mille, les filles ont levé la tête en riant, elles étaient plus gaies qu'Olivia Newton-John et ses copines dans *Grease* ! Elles sont allées s'asseoir sur l'herbe, en demi-cercle, toutes tournées vers la piste, et au-delà, plus haut, vers nous. Avec la musique, nous n'avions aucune chance d'entendre ce qu'elles disaient, mais il était clair qu'elles nous chambraient. Tina était la seule qui ne nous regardait jamais, elle riait trop. Encore un pari perdu : elle avait pris des champignons.

Un slow d'Ikko et Dumbang a démarré. Catherine s'est levée pour exhorter ses copines à venir danser avec elle, les tirant par la main l'une après l'autre pour les mettre debout. Seule Tina a refusé, Catherine n'a pas insisté. Elles se sont ruées sur la piste, pour danser le slow à quatre, en chantant à tue-tête. Tina, en face d'elles, riait de plus belle. Je me suis dit que si, à la fin de la chanson, les autres continuaient à danser, j'irais m'asseoir près d'elle.

J'avais l'impression de régresser, de me faire des plans de quatorze ans d'âge mental, niveau boum, mais seules les circonstances étaient adolescentes. Je n'avais pas quatorze ans, Tina non plus, on aurait bientôt quarante et cinquante balais, c'était la deuxième moitié de notre vie d'adulte qui se jouait, ni plus ni moins. Ce n'était pas une pensée idéale pour m'enlever la pression.

À la fin de la chanson, le D.J. a enchaîné avec un autre slow d'Ikko, les filles ont continué à danser. J'ai descendu les escaliers sous le regard amusé de Michel et Luigi, je suis arrivé dans son dos, je me suis assis à côté d'elle.

Elle m'a regardé brièvement, avec une indifférence absolue, avant de se retourner vers la piste où les filles chahutaient. J'ai attendu un peu avant d'ouvrir la bouche.

— Vous…

Elle ne m'a pas laissé aller plus loin.

— Pourquoi tu me vouvoies ? Tout le monde se tutoie ici, non ?

Ce tutoiement, la familiarité qui l'accompagnait, cette assurance que je ne lui avais jamais vue, m'ont désarçonné. Pour une fois, elle voulait aller plus vite que moi. Je n'allais pas me plaindre.

— Je veux bien vous tutoyer. Je n'en aurais pas pris l'initiative…

— Et pourquoi ?

— Parce que… tant qu'on ne me tutoie pas, je vouvoie.

— Ça peut durer longtemps, ton histoire !

– Tu as raison. Je vais te tutoyer.

Elle m'a décoché un sourire carnassier, l'air de dire : «Tu vois que tu peux, quand tu veux!» J'ai fondu.

– J'aime tous tes sourires…

Elle m'a fusillé du regard. J'ai cru qu'elle allait se lever, en fait elle a juste bougé ses fesses pour mieux se tourner vers la piste et moins vers moi. J'ai changé de registre, en prenant le ton qui allait avec le tu.

– T'as pas soif? Je vais chercher à boire…

J'étais déjà debout.

– Bonne idée. Je meurs de soif!

J'ai filé en cuisine, j'ai chargé un plateau avec des verres, des glaçons, une bouteille de vodka, de l'eau, du jus d'ananas, et je suis redescendu. Toute la bande était assise autour de Tina. J'ai fait mon arrivée sous les vivats.

On a passé la nuit assis dans l'herbe, à dire des conneries, à rire, à boire et à fumer, à écouter la musique, à regarder nos copines danser. Michel et moi restions avec Tina, qui, comme nous, ne dansait jamais. Sur ce point, j'avais parié juste. Je me demandais si elle dansait, du temps de son mari. La réponse logique était oui, car neuf filles sur dix adorent ça, pourtant je n'y croyais pas. Peut-être parce que je ne parvenais pas à imaginer comment elle aurait pu danser.

Vers trois heures du matin, Catherine a entraîné les filles dans sa chambre pour une nouvelle tournée de champignons. La moitié des invités devait carburer au même produit, il régnait dans le jardin une fièvre inouïe. Tina n'avait jamais autant ri, elle était au-delà de l'ivresse, elle passait, à l'évidence, une excellente soirée.

Elle avait noué une complicité particulière avec la sœur de Catherine, Annick, nouvelle venue comme elle. La blondinette avait des malaises, elle était restée longtemps allongée dans l'herbe, la tête sur les cuisses de Tina, qui lui caressait les cheveux tout en riant avec les autres. J'aurais pu tuer pour être à la place de cette fille, sentir la main de Tina dans mes cheveux, sa cuisse sous ma joue. Je me félicitais de ne pas avoir touché aux *magic mushrooms*, j'étais assez chaud comme ça.

Depuis qu'on se tutoyait, on ne s'était pas dit trois mots, ça n'avait pas d'importance, il n'y avait plus de froid entre nous. Elle était à l'aise dans ce groupe, elle y avait pris sa place. Elle était si bon public, ses rires claquaient d'un tel éclat, qu'ils avaient tous envie d'être drôles, les vannes fusaient. Alors que Michel et moi étions les seuls à avoir sagement carburé au duo Chablis-vodka (pas dans le même verre !), nous nous sentions synchrones avec les autres tant leur hilarité était communicative.

À l'aube, une trentaine d'invités dansaient encore, nous sommes remontés sur la terrasse, pour boire le café. Les montagnes, au loin, rosissaient déjà. Dans un coin du ciel, un croissant de lune filiforme attendait le royal réveil pour s'effacer. On entendait une musique répétitive et planante, sûrement Philip Glass. Tina était assise en tailleur près de moi, nos genoux bougeaient en rythme et, parfois, s'effleuraient. La petite Lou a débarqué, toute nue, les yeux collés, sous les soupirs extasiés de l'assemblée. Elle est allée se blottir dans les bras de son père, il lui a raconté l'histoire du soleil amoureux de la lune, mais qui ne pouvait s'en approcher, sous peine de la carboniser.

J'ai servi le café. En portant la tasse à mes lèvres, j'ai regardé Tina, en coin. Elle était dans la même posture, et me regardait aussi. Elle m'a souri.

Un bout de soleil est apparu au ras de la montagne, Lou suçait son pouce les yeux grands ouverts, Michel s'est levé pour la reconduire dans sa chambre.

Tina s'est tournée vers moi.

– Moi aussi je vais y aller.

– Je te raccompagne.

On a embrassé Michel et Lou avant qu'ils remontent, puis les autres, on est descendus dans le jardin, j'avais le cœur qui battait à cent mille, on a slalomé entre les derniers danseurs, et on s'est retrouvés dans la rue.

J'ai cherché les clés de la voiture dans ma poche. Je n'avais que celles de la 125.

– Je n'ai pas les clés de la jeep, je vais les chercher...

J'allais sprinter, elle m'a arrêté.

– On n'a qu'à prendre ta moto. Il fait bon.

19

À moto, à cette heure, on pouvait couper par la plage. Je roulais lentement au bord de l'eau, sur le sable mouillé. Un soleil rouge s'extirpait de l'horizon. Tina me tenait par les épaules. Je la voyais dans le rétroviseur. Elle regardait la mer, les rouleaux au large, encore assoupis.

Ce matin-là, avec elle sur cette moto, j'ai atteint un niveau de bien-être, de joie de vivre, que je n'imaginais même pas possible. Autour de nous, le soleil et la mer se réveillaient en splendeur, et pour la première fois il ne me manquait rien, puisqu'elle était là, je sentais ses mains sur mes épaules, à chaque cahot ses doigts me serraient, ses seins s'aplatissaient contre mon dos, doux comme s'ils étaient nus, comme si sa chemise et son soutien-gorge s'évaporaient en un éclair, le temps que nos chairs se touchent... Si cette envolée de tous mes sens ne pouvait pas s'appeler du bonheur, c'était quoi, le bonheur ?

On aurait pu me répondre que le bonheur, c'était en effet ça, mais avec une Tina qui m'aimerait, qui ne me dirait pas au revoir dans dix minutes pour aller dormir seule. Certes. Sur le moment, je n'y pensais pas, j'étais trop bien.

J'ai eu beau traîner, on a fini par arriver dans la cour de son hôtel. Je suis descendu de moto le premier, j'ai mis la béquille, je lui ai tendu la main pour descendre, elle s'est retrouvée debout face à moi, ses lèvres étaient à trente centimètres des miennes, dans l'ivresse de l'instant j'ai failli lui voler un baiser, j'en mourais d'envie, je me suis retenu, j'ai pris sa main, je me suis penché pour embrasser sa paume. Quand je me suis redressé, elle était tout près de moi, je n'ai pas eu le temps de gamberger, elle a passé ses bras autour de mon cou, j'étais stupéfait, j'ai fait comme si je ne l'étais pas, je l'ai prise par la taille, elle a fermé les yeux, je l'ai regardée une demi-seconde, elle était sublime, j'ai pris son visage entre mes mains, j'ai effleuré ses lèvres, quel délice, mon désir bouillonnait jusqu'au bout de mes doigts, elle le sentait, je me forçais à y aller tout doux, comme au ralenti, sa langue a avancé timidement hors de sa bouche, ma langue l'a touchée, j'avais envie d'un baiser énorme, interminable, mais je ne voulais pas que ça aille vite, je me retenais encore, j'ai embrassé ses lèvres, le bout de sa langue, elle avait envie de plus mais elle me laissait faire, elle était à moi, je n'aurais jamais cru qu'elle pouvait être lascive, offerte comme ça. Peu à peu, irrésistiblement, nos langues se sont mêlées, dans sa bouche, pour la première fois. Sa langue était brûlante, humide et charnue comme j'aimais, un rêve de langue pour un baiser de rêve, qui me donnait envie de l'embrasser toute la nuit, et de lui faire l'amour, et de la baiser, et de l'aimer, de la câliner, de la protéger, de ne plus jamais la quitter. On a commencé à se coller l'un contre l'autre, à se frotter, à se caresser. J'ai senti sa main sous mon tee-shirt, sur ma peau, j'étais dans un autre monde, hors du temps. Au paradis.

Elle a interrompu le baiser avec une délicatesse divine, ses lèvres ont glissé sur ma joue, elle a murmuré :

– Viens…

Je l'ai serrée contre moi, on s'est embrassés avec frénésie, nos mains couraient partout, elle s'est dégagée doucement, pour m'entraîner.

– Viens… Monte avec moi…

Je l'ai gardée dans mes bras pour la câliner encore. Comme dans un mauvais rêve, je me suis entendu prononcer le seul mot que j'avais le droit de prononcer :

– Non…

Elle a continué à m'embrasser, sa bouche a escaladé mon visage, jusqu'à chuchoter dans mon oreille.

– Qu'est-ce qu'il y a… Tu ne sens pas que j'ai envie ?

Ce n'était pas le moment de faire un discours, mais il ne fallait pas que je monte avec elle, même si je devais souffrir le martyre. Sans cesser de la couvrir de baisers, je lui ai murmuré que moi aussi j'avais envie d'elle, à mourir, que son désir me rendait fou, que j'adorais le goût de ses lèvres, de sa langue, de sa peau, que j'allais l'aimer jusqu'à la fin de mes jours… Mais que…

Elle n'avait pas envie d'entendre ce « mais », elle a écrasé ses lèvres sur les miennes, on a recommencé à se manger, à se caresser de façon de plus en plus torride. Il a fallu que ce soit moi qui desserre l'étreinte.

– Si je monte, tu ne voudras plus me voir de toute ta vie. Et moi je veux te voir toute ma vie.

Nos corps n'étaient plus collés l'un contre l'autre, j'étais en face d'elle, elle a un peu reculé en me regardant, avec l'air de se demander comment elle en était arrivée là – il lui manquait des étapes.

– Je ne sais pas ce…

Elle a laissé sa phrase en suspens. Elle était à la fois gênée et mécontente, je ne faisais pas le coq non plus. Elle m'en voulait déjà de l'avoir embrassée, caressée, aimée. J'avais la bouche plus sèche que le Sahara, j'ai puisé dans mes dernières forces pour articuler une phrase :

– C'est les champignons… Ça fait ça, parfois…

L'explication a paru la soulager, comme si elle avait oublié qu'elle en avait pris. Un maigre sourire est revenu sur ses lèvres.

– Je vais rentrer.

Elle a passé sa main dans ses cheveux, une habitude de cheveux longs qui était restée, elle m'a chuchoté un «bonne nuit» blafard, elle a tourné les talons, mon «bonne nuit» était trop bas pour l'atteindre, elle a marché vers l'entrée d'un pas flottant, je l'ai vue monter de profil les trois marches du perron, elle ne s'est pas tournée vers moi, elle a disparu. J'étais un mort-vivant.

20

Je suis sorti de l'hôtel au ralenti. Cette bécane faisait décidément un bruit infernal. Cent mètres plus loin, face à la mer, j'ai vu un serveur sur une terrasse, qui attendait le premier client. Je me suis assis au soleil, le garçon a rappliqué, j'ai dit oui à tout ce qu'il me demandait.

Qu'est-ce que je foutais là ? Pourquoi je n'étais pas avec elle, en train de faire l'amour ?

Elle s'était offerte ! Et j'avais dit non !

Assis sur le bord de ma chaise en plastique, j'étais hébété. Ma dérobade me paraissait irréelle, absurde.

Je suis resté prostré un long moment, décomposé de n'être plus avec elle, de ne pas vivre à cet instant la fusion dont je rêvais, qu'elle avait désirée, demandée même, et que j'avais refusée ! Cette pensée était trop insupportable, je me suis adossé, j'ai allumé une cigarette, j'ai fermé les yeux, et j'ai repensé à ces quelques minutes de désir, d'abandon, d'ivresse, j'étais encore brûlant de ses caresses, de ses baisers, de sa moiteur. C'était vertigineux, tout ce que j'avais appris sur elle, tous ces détails intimes que je connaissais, à jamais. L'odeur de sa peau, le goût de sa langue, la douceur de ses seins, comment leurs bouts durcissaient, s'allongeaient dès que je les touchais, ses gémissements, son souffle, sa façon d'onduler pour coller son sexe au mien. Et tout ce que j'avais découvert me la faisait aimer plus encore.

Tout à coup, je l'ai vue, sous la pancarte du *Stella*, à cent mètres, elle a traversé la rue, vers la mer.

Elle avait enroulé son sarong marine autour de ses hanches comme une jupe longue, avec un tee-shirt blanc. Elle marchait vite, pieds nus, les bras ballants. Il ne m'est pas venu à l'idée de courir derrière elle pour la rejoindre. Au contraire, j'étais gêné d'assister à cette scène à son insu, j'avais l'impression de l'espionner. J'allais m'enfuir en courant quand le garçon s'est pointé avec mon petit déjeuner. Sans la quitter des yeux, je me suis jeté sur les brochettes de poulet.

À vingt mètres de l'eau, elle s'est arrêtée, elle a dénoué son sarong, il est tombé à ses pieds, elle a enlevé son tee-shirt, elle avait le maillot que je préférais, le noir tout fin avec les bretelles croisées dans le dos, elle est entrée dans l'océan à pas lents, en se penchant pour tremper le bout de ses doigts. L'eau était plus fraîche, si tôt le matin. Elle était la seule baigneuse de toute la plage.

J'ai dévoré mon plateau en deux minutes, j'ai payé, et j'ai repris la moto. Je me suis arrêté au coin de la rue, à trois cents mètres d'elle, je l'ai regardée nager, plonger, jouer avec les vagues. Cette fois, je n'y ai pris aucun plaisir, au contraire, c'était trop douloureux de ne pas être près d'elle. J'ai attendu qu'elle sorte de l'eau, au cas où il lui serait arrivé quelque chose, un malaise, n'importe quoi.

La dernière fois que je l'ai vue, avant de tourner au coin de la rue, elle nouait son sarong autour de ses hanches ruisselantes. Je me suis dit qu'elle allait bien.

Je ne pensais plus qu'à ce même instant, j'aurais pu être avec elle. Au fil des minutes qui s'étaient écoulées depuis nos baisers, ma conviction n'avait fait que se consolider : son abandon momentané devait trop aux *magic mushrooms*, j'avais bien fait de me dérober. Si j'avais commis l'erreur de la suivre dans sa chambre, son retour sur terre aurait forcément été pire à vivre que celui que j'avais imposé. Je frissonnais d'horreur rien que de penser à ma honte si elle avait retrouvé ses esprits quand je me serais couché sur elle, ou quand je serais entré en elle, ou après. Oui, elle m'aurait haï à jamais.

J'étais conscient qu'on aurait pu me traiter de lâche ou de parano. Peut-être que j'aurais dû parier sur l'amour, peut-être qu'en retrouvant sa lucidité, elle aurait été ravie d'être dans mes bras, peut-être qu'on aurait fait l'amour toute la journée comme des chiens galeux, qu'on se serait endormis enlacés, au crépuscule, et qu'elle se serait réveillée amoureuse… Et puis quoi encore ? Il n'y avait même pas une chance sur dix milliards. La vie et les contes de fées, ça fait deux.

J'étais mal. Je n'avais jamais été aussi mal. Elle m'avait demandé de l'amour, elle en avait envie et besoin, et je ne le lui avais pas donné. Pour ne pas perdre toute chance d'avoir un jour ce que moi je désirais ! C'était minable, égoïste, petit bras, retraité dans son pavillon, je me dégoûtais. J'avais l'impression que mes côtes se refermaient, qu'elles allaient tout broyer.

En rentrant, je ne me suis pas couché. Cet étau dans ma poitrine n'avait aucune chance de se desserrer tant que je ne saurais pas ce qui lui restait de ces cinq minutes de folie, ni comment elle jugeait mon attitude. Quels rapports allions-nous avoir désormais ? Il me semblait inimaginable que cet épisode ne modifie pas notre relation. Car même si elle se réveillait en ayant tout oublié, est-ce que je pourrais, moi, continuer à étouffer mon désir comme j'y étais parvenu jusqu'ici ? Les champignons n'expliquaient que la brutalité de sa bouffée de chaleur, et l'explosion de ses barrières, qui lui avait permis de s'offrir si ardemment, mais son envie n'était pas née de rien, elle n'aurait pas sauté sur n'importe quel homme qui l'aurait raccompagnée, et surtout, la drogue n'avait pas modifié sa façon de désirer, de gémir, de bouger. C'était la vraie Tina que j'avais serrée dans mes bras, et c'était bien moi qu'elle avait désiré. Maintenant que je savais que son corps pouvait s'accorder au mien, est-ce que je pourrais encore être en face d'elle sans lui sauter dessus, est-ce que mon regard allait pouvoir croiser ses seins sans trahir mon trouble et ma lubricité ?

La maisonnée a émergé vers midi. J'étais toujours dans le jardin, à fumer trois cigarettes à la fois. On a filé direct à la plage où Made nous attendait déjà, avec ses enfants et sans son mari, trop cassé pour émerger si tôt. Tina, pourtant au courant du rendez-vous, n'était pas là.

Elle n'est jamais venue. Le soir, elle n'a pas appelé. Ni le lendemain matin. Dans ma poitrine, l'étau se resserrait toujours. Je ne savais pas quoi faire, pas quoi penser, toutes les hypothèses que j'envisageais étaient flippantes, j'avais envie de défoncer les murs. À midi, Catherine lui a téléphoné devant moi, sans brancher le haut-parleur.

– Bonjour ! C'est Catherine ! Ça va ?

En écoutant la réponse de Tina, elle est restée plusieurs secondes sans rien dire, l'air de plus en plus attristé.

– Je suis désolée, c'est de ma faute. Je n'aurais pas dû...

J'ai entendu la voix qui protestait, Catherine l'a coupée.

– Si, c'est nul ! Je m'en veux ! Enfin, si t'es malade, on va te bichonner… Je vais passer te voir…

Tina a dû dire non, Catherine a blêmi.

– Comme tu veux… Comme tu veux… Repose-toi bien… Je t'embrasse…

Tina l'avait expédiée. Elle était trop mal. Migraines, nausées, elle n'en sortait pas, les champignons avaient fait des dégâts. Elle nous ferait signe quand elle irait mieux.

Le lendemain, elle n'a pas appelé. Et le jour suivant non plus. Après trois jours de silence, je n'en pouvais plus, j'ai téléphoné. Le réceptionniste m'a répondu qu'elle avait demandé qu'on ne lui passe aucun appel. J'ai foncé au *Stella*, j'ai distribué quelques billets, j'ai su ce que je pouvais savoir. Elle n'était pas sortie depuis sa baignade de l'autre matin. Elle était en *Don't disturb* en permanence, ils n'avaient même pas pu faire son ménage. Chaque soir, elle avait commandé une salade qu'elle avait rendue à peine entamée. Seuls les garçons qui lui avaient livré ses plateaux l'avaient entrevue : elle était triste à mourir, sa chambre était enfumée, la télé toujours allumée. Une nuit, elle avait commandé une bouteille de vodka.

Je suis monté, sans attendre l'ascenseur. Devant sa porte, j'ai repris mon souffle avant de toquer.

Soudain, je l'ai entendue pleurer, derrière, tout près.

Elle pleurait comme quelqu'un qui se remet à pleurer, comme une enfant perdue, qui se croit à jamais abandonnée. Des sanglots terribles, une longue plainte entrecoupée de hoquets rageurs. J'étais en miettes, je serrais les dents pour ne pas sangloter à mon tour. Tant qu'elle a pleuré, je n'ai pas osé bouger. Même pas pour essuyer mes larmes.

Quand elle s'est calmée, j'ai rebroussé chemin, sur la pointe des pieds.

J'y suis retourné deux heures plus tard. Il était midi.

21

Derrière sa porte, le silence était si total, j'ai eu peur qu'elle dorme. J'ai toqué quand même, deux coups, sa voix, loin, a répondu «*Yes*», un *yes* qui voulait dire «J'arrive», j'ai entendu son pas qui approchait, mon cœur qui cognait.

Elle a juste entrouvert, son corps caché derrière la porte. En me découvrant, elle a fait une drôle de tête, plus surprise que contrariée, j'ai esquissé mon sourire le plus discret, le plus proche de l'absence de sourire, elle a ouvert.

– Entre, je reviens…

Elle s'est éclipsée dans la salle de bains.

La chambre était enfumée, volets clos, rideaux tirés, lampe de chevet et télé allumées. Dans la poubelle, j'ai remarqué la bouteille de vodka, des boîtes de bière et de soda, un paquet de feuillets noircis d'une grosse écriture névrotique, raturés, déchirés. J'ai entendu le robinet couler, elle est sortie de la salle de bains. Malgré l'eau fraîche, elle avait une tête de déterrée, les yeux gonflés d'avoir pleuré, les traits creusés. En quatre jours, elle avait perdu les trois kilos qu'elle avait pris depuis son arrivée à Bali. De nouveau, elle était presque maigre.

Surtout, elle avait l'air malheureuse. Vaincue. On ne pouvait qu'avoir envie de la prendre dans ses bras et de la protéger contre les vilenies de l'existence.

Elle avait enfilé son pantalon noir flottant et son

tee-shirt blanc. J'ai regardé ses mains, elles m'ont rassuré : ses ongles étaient aussi courts que d'habitude, pas la moindre tache noire n'était venue se glisser dans les blancs. Tant qu'elle prenait soin de ses mains, elle n'était pas au fond du gouffre.

– Je suis désolé de m'imposer comme ça...

– C'est horrible, cette fumée ! Je vais ouvrir...

Elle a remonté les volets avec la manivelle, le soleil s'est progressivement engouffré dans la chambre, elle a plissé les yeux, elle a cherché ses lunettes du regard, je lui ai tendu les miennes, celles qu'elle m'avait rendues, elle m'a fait un pauvre sourire en les reconnaissant, elle les a mises, elles lui allaient rudement bien (est-ce qu'un jour j'allais penser que quelque chose ne lui allait pas ?), elle est sortie sur le balcon, je l'ai suivie.

Elle est restée un moment immobile, à regarder la mer qui déroulait son bleu apaisant jusqu'à l'horizon. Son visage était douloureux, je croyais revoir la Tina de notre première rencontre, la même maigreur, la même gravité.

Quand le soleil a commencé à brûler nos bras, elle s'est assise à l'ombre, dans un transat, face à la mer. Je me suis posé sur celui d'à côté. Entre les barreaux du balcon, on pouvait suivre les surfeurs qui glissaient sur les vagues.

Le silence durait. Ce n'était pas à elle de faire la conversation, j'ai assumé.

– Il paraît que tu n'es pas sortie depuis l'autre matin... Je m'inquiétais... Tu es toujours malade ? Qu'est-ce qu'il se passe ?

– Il se passe que j'ai jeté tous mes médicaments. Et que, depuis, ça ne va pas du tout. Mais... c'est seulement un mauvais moment à passer, je suppose.

– Mais... pourquoi... qu'est-ce qui t'a pris ?

Elle a avalé sa salive, en se forçant à sourire.

– Le matin où tu m'as raccompagnée, je suis

redescendue me baigner. C'était tellement bon, quand je suis remontée, j'étais euphorique. Au lieu de prendre mes cachets, j'ai tout jeté aux toilettes. Je riais toute seule, je me sentais invulnérable, j'étais sûre de pouvoir m'en passer… Résultat : je n'ai pas dormi pendant trois jours.

— Et maintenant ?

— Je dors comme un bébé ! Exactement !

Elle a laissé échapper un petit rire nerveux, une larme a coulé sur sa joue. Elle l'a arrêtée, du bout de l'index.

— J'ai l'impression d'être revenue six mois en arrière…

Je me suis accroupi devant elle, je lui ai dit qu'elle se trompait, le chemin qu'elle avait fait n'était plus à refaire, ce n'était en effet qu'un sale moment à passer, dont elle avait vécu le plus dur. Je croyais si fort à ce que je disais, j'avais une telle envie de la revoir sourire, je m'efforçais de lui parler avec entrain, comme si rien n'était grave.

— Évidemment, cette méthode de désintoxication est un peu brutale. Mais bon, on le sait, c'est pareil pour tout, il n'y a pas d'autre façon d'arrêter, il faut stopper net, du jour au lendemain. Tu l'as fait. Bravo.

Elle a souri.

Je l'ai convaincue sans mal que la claustration en chambre enfumée n'était pas un remède adapté à son cas. Je l'ai entraînée sur le toit de l'hôtel pour déjeuner. Elle n'y était jamais allée.

La terrasse du *Stella* se trouvait au dernier étage d'une sorte de donjon rajouté à l'hôtel. À trente mètres de haut, ouverte au grand vent, on y jouissait d'un point de vue magnifique sur Legian et Kuta, la jungle et la mer. Comme les maisons autour n'avaient que trois étages, on se serait cru au sommet d'un phare. Nous sommes restés un moment silencieux, à regarder autour de nous, la ville écrasée sous le soleil de midi, l'océan, le mont Agung, au loin.

Nous étions les seuls clients. Une jeune fille a pris notre commande, nous a demandé si nous voulions de la musique. Bien sûr qu'on en voulait. Une minute après, j'ai reconnu la voix nasillarde d'Axel Rose, et le sifflet mélodieux qui démarre *Civil War*. Bien vu, fillette. Dans une minute, il allait se lancer dans un rock épileptique, on ne risquait pas de se laisser envahir par la mélancolie.

Pendant qu'on grignotait, je lui ai demandé si elle avait toujours l'intention de rentrer en France à la date prévue, c'est-à-dire dans dix jours. Elle s'est assombrie.

– Je ne peux plus faire autrement, je l'ai dit aux enfants. Je vais rentrer dans le même état qu'à mon départ. C'est malin...

– Tu n'es pas dans le même état! Aller mal sans rien prendre, c'est mieux qu'aller mal en se bourrant d'antidépresseurs!

– C'est un point de vue.

– Non. C'est la vérité.

– Tu es toujours comme ça?

Son ton narquois m'a troublé.

– Comment ça... «comme ça»?

– Comme tu es: positif, optimiste, souriant...

Elle n'a pas dit «benêt», ça revenait au même.

– Tu crois que j'en rajoute?

– Un peu...

– Dommage. Je n'en rajoute pas. Je crois toujours que demain sera meilleur qu'aujourd'hui.

– Tu as de la chance.

Cette fois, il n'y avait aucune ironie.

On a fini notre *nasi goreng*. J'ai allumé nos cigarettes. Axel Rose a attaqué une ballade, *Don't cry*. Elle a allongé ses jambes, j'ai vu ses pieds nus battre la mesure, splendides, des vrais pieds de femme, étroits et potelés, avec des orteils adorables, ni trop courts ni trop longs.

En attendant les cafés, je lui ai dit qu'en se privant de tout ce qu'elle aimait, elle ne pouvait qu'aller plus mal. Elle devait renouer avec les plaisirs qui avaient favorisé sa renaissance : se promener, se baigner, s'imprégner de cette harmonie qui l'avait emportée si haut, qui lui avait fait voir les choses autrement. Elle m'écoutait sans sourire. Même si ma passion se voyait trop, et la gênait peut-être, elle ne lui envoyait que des ondes positives, et elle en avait besoin. Il fallait qu'elle recolle à la vie. Dans dix jours, elle serait face à ses enfants. Il y avait urgence.

Elle avait paru si attentive à mes pauvres efforts, son regard était si amical, j'ai franchi un pas de plus, je lui ai fait son programme de la journée.

— Là, on retourne chacun chez soi pour une petite sieste digestive, à trois heures je passe te prendre, on va te louer une moto, et on part à Uluwatu. C'est à une demi-heure d'ici, au bout de la presqu'île de Bukhit, c'est joli, tu verras… On se baignera en chemin. Après, retour ici, je te laisse le temps de prendre une douche, de te changer, et on va faire un tour de shopping en ville, quelques disques, une babiole chez un antiquaire, une petite jupe tentante dans une vitrine !…

— Une petite jupe, ça m'étonnerait !

— Et pourquoi pas ? Ça t'irait très bien, une petite jupe…

— Bien sûr !

Ça voulait dire : « Cours toujours ». J'ai continué.

— À 21 heures, apéro et zakouskis chez Dimitri, pour se chauffer. Dîner au *White Lagoon*. En sortant, on ira tisaner une ou deux vodka-get au *King's Bar*, ils ferment à deux heures, on ne risque pas de faire des folies. Après, si on a trop bu, on peut se finir au *Mac Do*. Deux *royal cheese*, une frite maxi et un *chocolate sundae*, ça nettoie un litre de vodka, tu t'endors comme une masse, c'est le meilleur somnifère du monde !

C'était bon, de la voir sourire.

– Faut que tu fasses gaffe d'ailleurs. Ne remplace pas une dépendance par une autre : être accro à la vodka et au *royal cheese*, c'est très mauvais aussi. En six mois, tu t'habilles en 58 !

Elle s'est marrée.

J'ai d'abord cru qu'elle m'intimidait moins à cause de notre flirt torride dans la cour du *Stella*. Je l'avais serrée dans mes bras, je connaissais son corps, sa langue, ses caresses, ses baisers, elle connaissait les miens, ce secret intime aurait pu tout changer, mais non, ce qui avait changé, c'est que, maintenant, elle me faisait confiance.

22

À trois heures, le réceptionniste du *Stella* l'a prévenue de mon arrivée. Son regard en sortant de l'ascenseur m'a confirmé que j'avais changé de statut. Elle semblait contente que je vienne la chercher, qu'on aille se balader.

Nos deux 125 nous attendaient dans la cour. Je m'étais arrangé avec Nagib, deux mômes m'avaient accompagné pour déposer sa moto. Je lui ai donné ses clés. Dans le ciel, au loin, une traînée de nuages noirs fondait sur le soleil telle une armée conquérante.

Un quart d'heure plus tard, on s'est arrêtés sur une plage, avant Jimbaran. Nous sommes entrés dans l'océan côte à côte. Notre premier bain, ensemble. Malgré la tiédeur de l'eau, ses seins pointaient effrontément sous son maillot, je n'osais pas la regarder. On a nagé vers le large, je me suis calé sur son rythme, on sortait en même temps la tête de l'eau pour respirer, l'eau salée glissait sur nos corps, sur nos visages, comme une caresse parfaite. Au-dessus de nous, le ciel est devenu noir, il s'est mis à pleuvoir, très fort. La pluie était plus fraîche que la mer, on a fait la planche, les bras en croix, le visage arrosé par l'océan céleste, le corps dans l'eau tiède de l'océan Indien. Elle n'était qu'à un mètre de moi, nos mains auraient pu se toucher.

Quand nous sommes repartis, le soleil brillait de nouveau. Tina aussi. Le bain l'avait régénérée. Son visage, poli à l'eau de pluie, était lisse comme un galet, sans la moindre plissure de sel. On a filé jusqu'à Uluwatu, à l'extrême sud de l'île. Un arc-en-ciel limpide nous montrait le chemin. L'air était doux comme du talc.

Uluwatu est réputé pour ses falaises, ses surfeurs et son coucher de soleil. On a vu les trois. D'abord, on a bu un thé à la buvette de la falaise qui domine la plage des surfeurs. Il se faisait tard, la mer était lasse, il ne restait plus que deux mordus qui profitaient de la moindre vaguelette pour glisser encore. Des nuages bleu marine et violets encerclaient le ballon rouge qui tombait au ralenti sur l'horizon. Il a fallu reprendre les motos pour monter jusqu'au temple installé au bord de la plus haute falaise d'Uluwatu, soixante mètres à l'aplomb au-dessus des flots. On y voit les plus beaux couchers de soleil de Bali, et du monde entier, le temple leur est dédié. Des centaines de mobylettes et de voitures étaient garées le long du chemin.

Là-haut, la grande foule était au rendez-vous. Les pièces montées de fruits aux couleurs éclatantes, en équilibre sur les têtes des femmes, semblaient suspendues au-dessus de la marée humaine. Plus d'un millier de fidèles, tous vêtus d'orange, tournés vers le soleil, chantaient, bavardaient, priaient, criaient, riaient.

On a contourné l'assemblée en folie, on s'est trouvé un recoin au bord de la falaise, inconfortable et loin du centre de la cérémonie, mais où personne ne pouvait s'interposer entre l'horizon et nous. Les vagues, au large, s'irisaient de grenat, d'orange, de carmin. Tina n'en revenait pas de la gaieté des gens et des chants, du joyeux bordel ambiant, qui n'avait rien à voir avec la solennité des messes de chez elle. Elle était la seule à chuchoter, dans ce vacarme.

Subitement, l'air est devenu rouge. La foule a

poussé des cris de joie. Tous étaient émerveillés, nous étions les seuls surpris. Les pères et les mères brandissaient leurs enfants au-dessus de la foule, pour mieux les immerger dans l'atmosphère rougeoyante.

Ça devait arriver de temps en temps, les grands soirs. La boule de feu avait dévoré les nuages, plus rien ne filtrait son incandescence. Avant de glisser vers l'autre moitié du monde, elle incendiait l'océan, et Uluwatu. Ça a duré trente ou quarante secondes, et puis le rouge est devenu rose, un rose de plus en plus violet, jusqu'à la nuit. Tina me regardait de temps en temps, impressionnée.

Elle sortait de cinq jours d'enfermement, son plaisir d'être dehors était éclatant. Depuis trois heures, le ciel, le soleil et la mer lui avaient fait un festival, pour lui montrer tout ce qu'elle manquait en restant dans sa chambre les volets clos, pour lui rappeler à quel point tout son être revivait quand la magnificence de la nature et des éléments l'irradiait de ses ondes bienfaisantes. Après sa rechute dans la déprime, elle avait la confirmation que, de tous les remèdes dont elle s'était privée d'un seul coup, les seuls opérants étaient le vent dans ses cheveux, la chaleur du soleil sur ses bras, la pluie sur son visage, la fraîcheur de l'océan, les branches des palmiers qui s'agitaient, la lumière du crépuscule qui se pailletait d'étoiles.

À six heures et demie, nous étions de retour au *Stella*. J'ai marché le long de la plage pendant qu'elle se préparait. Un mince filet rouge surlignait encore l'horizon. Dix minutes plus tard, elle m'attendait près de la moto. Elle avait les cheveux mouillés, un jean délavé et sa chemise blanche. On aurait dit une étudiante.

On s'est baladés à pied dans Kuta. Il y avait du monde à cette heure. Elle s'est acheté l'album de

Guns'n Roses qu'on avait entendu sur la terrasse du *Stella*. Elle n'a essayé aucune petite jupe.

Dès les premières vodkas chez *Dimitri*, elle a commencé à me poser des questions sur mes voyages, sur les pays que je connaissais, et on n'a pratiquement plus changé de sujet de conversation jusqu'à la fin de la soirée. Sa curiosité presque naïve en faisait une cliente idéale.

En fait, j'étais loin d'avoir sillonné le monde entier, le seul continent que je connaissais bien, c'était l'Asie. Tout m'avait poussé à ne pas me lasser de l'explorer : ma famille, mon travail, mon amour de ces civilisations, ma familiarité avec elles, tout en me sentant étranger partout.

Au fil de la nuit, on a fini par évoquer les cinq continents, je lui ai raconté les beautés des endroits où je n'avais fait que des courts séjours et que j'aimerais revoir – je n'avais pas précisé « avec toi », mais je l'avais si évidemment pensé qu'elle avait dû l'entendre : le Kenya et les forêts du Canada, le Nil et Tobago, Rome et New York... Toutes les destinations lui faisaient envie.

Elle était devenue une voyageuse.

Elle avait mordu à un truc qui donnait un sens à sa nouvelle vie, qu'elle avait envie de partager avec ceux qu'elle aimait. Elle en était tout excitée, elle avait cinquante ans de voyages devant elle, le temps de découvrir toute la Terre. Cette passion nous rapprochait d'autant plus que nous étions de la même famille de voyageurs : les « errants contemplatifs ». Ce qui nous faisait rêver, c'étaient les temples aztèques et les étendues immaculées du pôle Nord, les grands espaces, les fleurs, les bêtes et les oiseaux, les villes et les villages, les visages inconnus dans les rues, dans les champs, les ambiances, les musiques, les couleurs, les parfums.

Le dîner au *White Lagoon* était exquis. Une musique indonésienne inlassablement répétitive instillait une étrangeté feutrée dans la pénombre, l'encens se mêlait aux effluves de gingembre et de coriandre, Tina goûtait à tous les plats, demandait les noms.

À minuit, on a enchaîné avec un verre au *King's*. La faune déjantée de Kuta s'y retrouvait avant de terminer en discothèque. On s'est assis au bar, face à l'écran géant où passait une vidéo de Bon Jovi. J'ai commandé deux vodka-get. En attendant nos verres, je lui ai raconté que, selon Michel, c'était Gainsbourg qui avait inventé ce cocktail, 2/3 vodka, 1/3 get, qu'il avait baptisé « Dragon vert ».

Mise en confiance par l'aspect menthe à l'eau du breuvage désormais mythique, elle a démarré par une gorgée trop virile, qui lui a mis une bonne claque.

– Wah ! C'est fort !

Sa tête, quand l'alcool a brûlé sa gorge ! Son sourire, en me disant « C'est fort » ! Quelle chance j'avais, de l'aimer.

Quand Bon Jovi a fini sa chansonnette, on s'est tournés en même temps vers l'écran pour voir qui allait lui succéder. Elle a reconnu tout de suite le son de Scorpions. Sans les quitter des yeux, elle a bu une deuxième gorgée, plus raisonnable, elle a léché ses lèvres mentholées.

Soudain, il m'est venu une idée. Une envie. Un rêve.

J'y ai réfléchi dix secondes, l'occasion était trop belle, sur un slow de Scorpions j'avais une chance, je me suis lancé, en veillant à ne pas exhiber mon excitation.

– Tu vas faire quoi des dix jours qui te restent ? Tu vas bouger ?

– Je ne sais pas…

– Pourquoi tu ne viens pas à Lombok avec moi ? C'est une île, à côté d'ici… Sauvage, tranquille, tu adoreras…

Elle a tourné la tête vers moi, en haussant les sourcils.

– Je dois y aller pour revoir une forêt. Une heure de moto jusqu'au port de Padang, quatre heures de ferry au milieu des dauphins et des poissons volants, et on y est.

Elle m'écoutait avec une moue goguenarde, l'air de dire : «Je le connais, ton numéro, tu te fatigues pour rien». J'ai insisté.

– Ce n'est pas la peine de faire cette tête, comme si je proférais une énormité ! On aime souvent les mêmes choses, on est en train de devenir camarades, pourquoi on ne pourrait pas partir quelques jours, tous les deux ?

– Dit comme ça, c'est sûr !

– Je le dis comme ça parce que c'est la vérité ! Ce serait un comble qu'on ne puisse pas être amis et voyager ensemble parce que je suis fou de toi !

Je lui avais dit ça en me marrant, mais ça ne l'a pas fait sourire. Je n'osais plus la regarder, mes yeux allaient d'elle à l'écran, de l'écran à elle. L'alcool me poussait dans le dos, j'avais envie qu'elle continue à me faire confiance, je voulais la rassurer, sans mentir.

– C'est simple, tu sais. J'aime être avec toi, je te découvre… je ne suis pas là, rongé par le désir, à m'angoisser, en me demandant si tu m'aimeras un jour… Je sais que… vu ce qui s'est passé dans ta vie, c'est exclu pour un bout de temps. J'aime que tu sois comme ça.

Elle n'a laissé paraître aucune émotion, aucun agacement non plus. Nos Dragons verts étaient finis, j'en ai commandé deux autres. En attendant la nouvelle tournée, elle a avalé les glaçons qui fondaient dans son verre. Sur l'écran, Scorpions a laissé la place à ce bon vieux Marley. *Buffalo soldier*. L'ambiance est devenue plus légère, j'ai pu balayer l'émotion qui pointait, et continuer, sur le même ton allègre.

– Je t'aime tellement que je ne vois pas comment tu pourrais trouver un meilleur ami que moi… Rien ne me déplaît chez toi, pas le moindre détail, j'aime tout, ta façon de parler, de bouger, tes mains, ta voix, ta tête quand tu es triste, ta tête quand tu souris, comment tu grimpes sur la moto, comment tu parles aux serveurs dans les restos, tout. Et que tu m'aimes ou pas, ça ne change rien, tu es toi tout le temps…

Son profil ne me renvoyait aucun ordre de me taire. Les dreadlocks de Marley s'agitaient en gros plan. Je me voyais déjà sur le bateau avec elle, j'ai continué, grisé.

– Le désir a besoin d'être partagé. Pas l'amour. Je ne peux pas mourir d'envie de faire l'amour avec toi si je vois que toi, tu n'y penses même pas… Mais je peux t'aimer si tu ne m'aimes pas. Facile, même !

Elle a fini par sourire.

Je l'ai raccompagnée au *Stella* à une heure et demie, sans passer par la case *Mac Do*. Elle m'a dit qu'elle appellerait Catherine demain matin pour lui proposer de déjeuner à la plage. Est-ce que j'étais libre ?

– Bien sûr. On ne partira à Lombok qu'après-demain, ça m'arrange.

Elle n'a pas relevé, elle m'a fait deux bises, elle m'a dit «À demain», et elle est entrée dans l'hôtel.

Le lendemain, je l'ai retrouvée à la plage avec les deux sœurs. Elles étaient contentes de se retrouver, je me suis fait le plus discret possible. Après le déjeuner, je les ai laissées seules, elles sont allées chercher Lou à l'école, avant de rentrer à la maison. Tina a aidé Michel à préparer le repas, on a dîné tous les six, tranquilles. Elle a eu quelques moments d'absence, comme d'habitude.

Vers minuit, elle a avoué un coup de fatigue – elle avait du sommeil en retard. Je l'ai ramenée en jeep. J'ai attendu qu'on soit devant son hôtel pour reparler de Lombok.

– J'ai téléphoné pour connaître les horaires du ferry, demain. En prenant celui de midi, on arrivera à l'hôtel pour le coucher du soleil.

Comme elle se contentait de sourire, j'ai ajouté :

– Je passe te chercher à dix heures ? C'est pas trop tôt ?

– Non, ça va.

J'ai fait comme si je n'étais pas étonné.

23

Le ferry était bondé. À l'intérieur, il n'y avait plus une place assise, même par terre. Seuls les ponts, brûlés par le soleil, étaient déserts. Au départ, nous nous sommes assis à la poupe, pour regarder Bali s'éloigner. Il a fallu près d'une heure avant qu'il n'y ait que du bleu autour de nous. Là, on a émigré à la proue, face au soleil.

Tina aspergeait régulièrement son visage avec un vaporisateur d'eau minérale, qu'elle me passait ensuite. Le soleil et le vent nous séchaient à toute vitesse. Dommage, elle n'était pas vilaine non plus, avec toutes ces gouttes qui dégoulinaient sur ses joues, et qui n'étaient pas des larmes. Il n'y avait sûrement pas beaucoup de gens plus heureux que moi sur la Terre.

Quand des poissons volants jaillissaient de l'écume, Tina suivait leur parcours dans les airs, son grand sourire béant. Dès qu'ils retombaient dans l'eau, les mouettes qui suivaient le ferry plongeaient pour les becqueter. Ce jour-là, les poissons, dopés par le regard de Tina, ne se faisaient jamais prendre.

Elle n'avait jamais voyagé en bateau, elle découvrait, fascinée, les sensations de Christophe Colomb et Marco Polo, de tous les marins qui avaient vu, avant elle, la mer s'ouvrir devant leur navire, qui avaient attendu, comme elle, d'apercevoir enfin la terre d'en face.

Je ne voulais pas la coller pendant toute la traversée, j'ai prétexté le soleil qui me saoûlait pour grimper sur le pont supérieur, à l'ombre, dix mètres derrière elle. J'étais à peine installé que je l'ai vue sortir ses écouteurs de son sac. Je me suis dit que j'avais bien fait de la laisser seule, qu'elle devait crever d'envie d'écouter de la musique depuis le départ, et qu'elle n'avait pas osé s'isoler si radicalement alors que j'étais à côté d'elle. Ça m'énervait de penser que ma présence pouvait la priver d'un plaisir quelconque, qu'elle se gênait encore avec moi. En même temps, bien sûr, c'était gentil d'avoir attendu d'être seule pour boucher ses oreilles.

Elle a enlevé ses tennis, elle a retroussé son jean jusqu'aux genoux, et elle a laissé pendre ses jambes au-dessus de l'eau. Ses pieds nus devaient être aspergés quand les vagues tapaient fort. Derrière elle, un homme dormait, le visage sous un mouchoir.

Peu après, on a aperçu nos premiers dauphins. Ils avançaient à la rencontre du ferry, comme s'ils étaient attirés par la figure de proue en tee-shirt blanc. Tina s'est tournée vers moi, pour s'assurer que je les voyais aussi. Ils étaient cinq, ils ont remonté le long du bateau en bondissant comme des cabris des mers. Ils ont disparu trop vite de notre champ de vision. Je suis redescendu. Quand je me suis assis à côté d'elle, elle avait déjà rangé ses écouteurs.

Après trois heures de pleine mer, la terre est apparue. Vue de loin, Lombok ressemblait à Bali. Des plages, des palmiers, des montagnes recouvertes de forêts. On aurait dit *L'Île mystérieuse*. Il faut s'approcher, pour voir la vie.

Le port de Lembar est niché au fond d'un estuaire, on y accède par des canaux qui serpentent entre des maisons sur pilotis. Nos pieds balançaient au-dessus de l'eau, notre vieux ferry rouillé grinçait de partout, nos motos nous attendaient dans les cales, on n'était plus seulement des voyageurs, on était des aventuriers. Je me suis dit qu'à l'hôtel, je nous présenterais comme monsieur et madame Indiana Jones – je savais que je n'oserais pas.

Nous sommes restés assis sur le pont jusqu'au dernier moment, quand le ferry, parallèle au quai, cogne contre les pneus. Malgré son bronzage, elle avait pris un sérieux coup de soleil. Je l'avais prévenue en cours de route, quand elle avait commencé à rougir, mais elle avait fait un geste de la main, pour dire qu'elle s'en foutait. Quand on a récupéré nos 125 dans le ventre du bateau, elle a croisé son visage écarlate dans un rétro : ses yeux, que les lunettes avaient protégés, étaient comme deux taches blanches. Ça nous a fait rire.

Deux cents mobylettes et dix camions pétaradaient dans la cale en attendant la libération. Le bruit, la fumée, les vapeurs d'essence étaient insupportables. On a sorti nos bandanas, on les a noués sur nos visages, comme des bandits. On n'était plus monsieur et madame Indiana Jones, on était Bonnie and Clyde.

À la sortie du port, une pancarte indiquait notre destination : Sengiggi. On a enlevé nos foulards, on a cherché nos discmans pour se faire la route en musique. J'ai vu qu'elle hésitait sur le disque qu'elle allait écouter, je lui ai proposé John Surman. Elle ne connaissait pas, je lui ai conseillé de mettre la 1 sur *Repeat*, elle durait huit minutes, elle aurait le temps de l'entendre deux ou trois fois. Moi, je me suis mis *No Prima Donna*, un tribute à Van Morrison, du rock qui avançait, qui donnait envie de tailler la route.

Je l'ai laissée ouvrir le chemin. Elle avait la même 125 que moi, en bleue et en plus neuve. La moto lui allait bien, on aurait cru qu'elle avait parcouru toute la Terre au guidon d'une bécane. J'aimais rouler derrière elle, qu'elle fasse partie des paysages.

Elle, sûrement, préférait les traverser sans personne dans son champ de vision. Le monde est bien fait.

Nous étions toujours en Indonésie, seulement cent kilomètres nous séparaient de Bali, et pourtant nous avions changé de civilisation, de religion, d'architecture. Tina était surprise d'être aussi dépaysée. À cause de l'insurmontable concurrence de Bali, sa voisine hindouiste, Lombok, terre musulmane, n'avait pas encore été touchée par le tourisme de masse. Ici, peu de voitures, on croisait surtout des dokars à cheval qui faisaient la navette entre les villages. Ces carrioles antiques, surchargées de fleurs et de pompons, embarquaient parfois jusqu'à quinze passagers, ils nous saluaient quand on les doublait – un couple de Westerns sur des 125, en cette saison, c'était rare.

24

À Sengiggi, on a choisi un hôtel à bungalows en plein milieu de la baie, qui formait un arc de cercle parfait. Après une douche dans nos chambres, on s'est retrouvés sur la terrasse du restaurant. Seul un muret nous séparait de la plage, les vagues mouraient à nos pieds. Le soleil n'était plus qu'une moitié d'orange à l'horizon. Tina était resplendissante, on aurait cru qu'elle avait traversé le Pacifique à la voile. Elle a cherché ses cigarettes dans son sac. Elle a dû sortir son discman pour les trouver.

– C'est beau, la musique que tu m'as fait écouter. Je peux le garder un peu ?

Je n'allais pas lui arracher le CD en hurlant ! J'ai sorti le boîtier de mon sac, je le lui ai donné. Elle a cherché le titre de la chanson. En découvrant *Portrait of a romantic*, elle a souri. Je n'avais pas osé le lui dire avant, ça aurait fait nunuche. Déjà, là, c'était limite.

Peu à peu, la nuit est tombée. Tous les réverbères se sont allumés en même temps. Sa question m'a surpris :

– Tu crois qu'ils ont des cartes, ici ?

– Des cartes ?

– À jouer. L'as, le roi, la dame…

J'ai ri. Je lui ai avoué que je ne savais jouer à rien. À La Garde, ça ne faisait pas partie de nos passe-temps. Dans les casinos, je ne jouais qu'à la roulette, jamais aux cartes.

– Je vais t'apprendre.

Elle a trouvé son bonheur dans un placard de la réception. Elle a choisi deux jeux pas trop abîmés, on est revenus s'asseoir sur la terrasse. Elle m'a appris à jouer au rami. C'était, selon elle, un passage obligatoire avant de me lancer dans le gin-rummy, son jeu favori. J'ai été bouleversé quand elle m'a dit ça, comme si on allait voyager long-temps ensemble, comme si elle nous voyait loin.

Elle a compté, battu et donné les cartes avec une dextérité de joueuse professionnelle. J'ai fait une mimique admirative. Elle s'est sentie obligée de se justifier.

– On est très cartes, chez nous. Mon mari, mes frères… moi, les enfants…

Son mari jouait aux cartes ! Enfin un défaut qui ternissait son auréole d'époux exemplaire. Même si elle aimait ça, les cartes c'est un jeu d'hommes, il devait forcément jouer parfois sans elle, «entre mecs» – je voyais ça d'ici ! les nuits passées à l'attendre, à le regarder jouer, à lui apporter des bières ! Ah, il était beau, le Bruno. Comment pouvait-on passer du temps à jouer aux cartes quand on était aimé d'une femme pareille ?

Elle m'a expliqué les règles pendant la première partie qui comptait pour du beurre, et dès la deuxième, elle m'a laissé me débrouiller. Elle m'a mis une pâtée, j'ai gagné une fois sur cinq, grâce à un coup de bol honteux.

Nous sommes restés à la même table pour dîner. Pendant la partie de cartes, des souvenirs avaient dû resurgir, je la sentais mélancolique. J'ai d'abord tenté de l'égayer, en vain. Ça me déchirait le cœur de la voir tristounette comme ça. Mon impuissance à modifier son humeur m'insupportait. Si je ne parvenais pas à lui apporter ce dont elle avait besoin, à quoi je servais ?

Elle n'avait pris qu'un plat et moi aussi, donc. À neuf heures, on avait fini. Elle n'avait pas sommeil, elle n'était pas d'humeur à bavarder, mais elle n'avait pas plus envie de se retrouver seule dans sa chambre avec son fantôme. Je lui ai proposé un tour en ville, ne serait-ce que pour chercher un livre à la *bookshop* locale. J'avais terminé mon Chase et, en bon adepte du *Fly light*, je n'avais jamais plus d'un livre dans mon sac : après l'avoir lu, je l'échangeais contre un autre dans une de ces librairies d'occasions comme il y en a partout, en Asie. Tina n'avait pas besoin de lecture, elle ne parvenait même pas à entrer dans le Mary Higgins Clark qu'elle traînait depuis son départ. Toutes les deux pages, elle se rendait compte qu'elle ne se rappelait rien de ce qu'elle avait lu.

J'ai avalé mon café d'un trait. Il était encore moins bon que d'habitude. J'ai pensé à mon père, qui râlait toujours contre le café, à la maison. Tina n'en buvait jamais le soir, moi pas souvent, j'en avais commandé un seulement pour faire durer le repas.

La rue principale de Sengiggi était à peine éclairée, les bars et les restos attendaient des clients qui ne viendraient plus, la *bookshop* était l'une des rares boutiques encore ouvertes. Comme souvent, les livres en français n'occupaient qu'une étagère dans un coin et les deux tiers étaient des *OSS 117* et des sous-polars miteux. Comme toujours, il y avait un James Hadley Chase dont le titre ne me disait rien. *Dans le cirage*. Je l'ai échangé contre mon Chase tout neuf, je n'ai même pas eu à rajouter une roupie.

De retour à l'hôtel, je lui ai proposé de boire un verre, histoire de s'assommer. Elle a dit « D'accord » comme j'aimais, je suis allé chercher à boire dans le mini-frigo de ma chambre. J'ai trouvé deux mignonnettes de vodka et des glaçons, on n'avait besoin de rien d'autre. Quand je suis ressorti, Tina n'était plus là. La porte de sa chambre était ouverte, j'ai regardé : elle roulait un joint, assise sur son lit.

– Catherine m'a donné un peu d'herbe...

Je l'ai regardée faire. Elle procédait très méticuleusement, on voyait qu'elle ne faisait pas ça tous les jours. Elle a monté le stick à ses lèvres, et elle a collé le papier en tirant la langue. Je n'ai pas pu m'empêcher de penser que je la connaissais, cette langue, que je savais à quel point elle était bonne, et chaude, et charnue, à quel point elle était faite pour embrasser, plus que pour coller des joints.

On a fumé dehors, assis devant nos chambres, sur des fauteuils en osier. On entendait le ressac de la mer, toute proche. Aucune chambre n'était allumée. J'ai pris le polar de Chase, sur la table.

– Tu aimes qu'on te fasse la lecture ?

Elle m'a fait une mimique étonnée.

– Je ne sais pas... Quand j'étais petite, oui...

Je lui ai raconté le plaisir que j'avais pris, quand je vivais à La Garde, à faire la lecture à mon frère et mes sœurs, puis à leurs enfants, petits ou grands. J'avais passé des soirées entières à relire pour eux des romans que j'aimais, à découvrir avec eux des polars glauques, mystérieux.

Elle m'a dit qu'elle voulait bien essayer.

– Tu as déjà lu du Chase ?

– Non.

– Y'a pas mieux. Mais si tu n'accroches pas, on arrête.

– Tu verras bien. Si je m'endors...

Elle a souri, j'ai cherché le chapitre 1, elle a rajouté un coussin dans son dos, j'ai fini ma vodka. Au bout de mes doigts, la page 1 tremblait.

D'entrée, c'était du Chase pur jus.

– Nous arrivâmes à Pelotta le soir vers neuf heures et demie après quatre heures de route. C'était une petite ville de la côte de Floride, pareille à cent mille autres, avec des magasins, des boutiques de souvenirs, des cafés et des postes à essence…

Trois heures plus tard, on y était encore. Je lisais, elle m'écoutait. C'était un bon Chase. Autour de nous, les palmiers frissonnaient, les criquets et les grenouilles chantaient, la mer endormie rythmait la nuit de sa respiration régulière, je lisais un polar de mon auteur préféré à la femme de ma vie, je voyais son profil de madone, ses sourcils froncés, une main sur son jean, et l'autre, cigarette entre les doigts, qui montait à ses lèvres en un geste parfait qui me donnait envie de la saisir, pour l'embrasser, la caresser, la serrer contre mon cœur.

À la fin du chapitre 4 – avant de l'attaquer, on s'était promis que ce serait le dernier – j'ai fait un coin à la page 94. Elle s'est relevée en s'étirant.

– C'est vraiment bien… Comme quoi, on apprend tous les jours.

– Eh! C'est pour ça que la vieille ne voulait pas mourir.

Ça l'a fait rire. C'était une phrase de ma grand-mère.

Elle m'a souhaité «Bonne nuit», je lui ai répondu «Fais de beaux rêves», elle est entrée dans sa chambre, moi dans la mienne. Je me suis assis sur le lit, adossé au mur. Son lit était exactement de l'autre côté de la cloison, derrière moi. J'ai entendu un robinet couler, puis plus rien. Je me suis couché. Je n'avais pas prévu que cette proximité serait si oppressante. Heureusement, nous n'avions qu'une nuit à passer ici. Le lendemain, on filait à l'autre bout de l'île.

J'ai tourné dans mon lit pendant des heures. Je me disais que, de l'autre côté du mur, elle peinait sans doute autant que moi à trouver le sommeil, et qu'on y serait peut-être parvenus si on s'était blottis l'un contre l'autre. Pourtant je ne pouvais pas frapper à sa porte et lui dire : « Tu veux que je vienne contre toi ? » Non, je ne pouvais pas. Elle ne le souhaitait pas, elle n'en avait pas envie, c'était tellement éclatant que c'en était douloureux.

Les yeux ouverts, j'imaginais les plans les plus idylliques. Je sortais me baigner, elle m'entendait et me rejoignait dans l'eau. Ou je laissais ma porte ouverte, je m'endormais, et au petit matin, elle était là, endormie contre moi. Pourquoi pas, après tout ? Elle pouvait en avoir assez de flipper seule dans son lit, sortir prendre l'air, voir ma porte entrouverte, venir se glisser près de moi, parce qu'elle avait besoin d'une présence.

Je me suis levé, j'ai entrouvert la porte, et je me suis recouché. Là, je me suis endormi.

25

À l'aube, je me suis réveillé en sursaut. Elle n'était pas dans mon lit. J'ai encore mis une heure à me rendormir. Résultat : j'ai émergé après elle.

Je l'ai vue dès que j'ai ouvert la porte de ma chambre, sa tête minuscule dans l'eau bleue. Elle nageait vers le large. La mer était plate comme un lac. Au loin, quand la brume du matin serait levée, on verrait Bali. Sur la terrasse, j'ai reconnu ses affaires, à une table sur laquelle un serveur était en train de déposer un petit déjeuner.

Elle est sortie de l'eau en deux enjambées, elle a essuyé son visage avec son sarong, puis elle l'a noué autour de ses hanches, elle a descendu les bretelles de son maillot, elle a enfilé son tee-shirt, elle a roulé son maillot sous le tee-shirt, et elle a marché vers moi. Elle me tuait. Jusqu'à quand allait-elle me faire cet effet ? Est-ce qu'un jour, je poserais sur elle un regard objectif, est-ce qu'un jour mon cœur battrait normalement quand elle approcherait de moi, comme ça, ruisselante, avec ses petits cheveux dans tous les sens, ses seins qui bougeaient sous son tee-shirt, ses grands pieds nus qui laissaient des empreintes sur les carreaux ? J'étais sûr que ce jour maudit n'arriverait jamais, et cette conviction m'inspirait autant d'allégresse que d'effroi.

On a quitté Sengiggi vers neuf heures, on a longé la côte, vers le nord. Du haut des corniches, on découvrait des ports de pêche hors du temps, on traversait des plantations de palmiers bien ordonnés où des bœufs paissaient, paisibles, à deux pas des flots bleus. L'air était chargé de pollen, il en voletait partout, on aurait cru des effets spéciaux exprès pour nous, pour que ce soit encore plus beau.

À Bangsaï, on a bu un café sur la plage. J'ai sorti ma carte de Lombok, pour lui montrer le trajet. Notre destination, c'était Kute, de l'autre côté de l'île. Sur cette carte, on avait l'impression qu'on allait traverser l'Australie. En fait, il n'y avait que 140 kilomètres, trois heures de route. On ne reverrait plus la mer avant Kute.

– Tu sais ce qui me ferait plaisir ? elle m'a dit, avec son grand sourire carnassier.

Non, je ne savais pas, mais rien que de la voir me le demander comme ça, j'avais envie de la dévorer, alors j'espérais qu'elle me demanderait un truc difficile, que j'aurais du mérite à accepter.

– Ça me fait déjà plaisir aussi.

– J'aimerais bien savoir comment notre petit Johnny va s'en sortir...

J'ai mis une demi-seconde à percuter : Johnny, c'était le héros du polar de Chase.

– J'allais te le proposer...

Ce n'était pas un gros mensonge. Elle s'est levée.

– On se baigne deux minutes, et après, on se fait un chapitre. Tu viens ?

J'ai décliné, je ne voulais pas m'imposer en toutes circonstances tel Joe-la-Glue.

Pendant qu'elle barbotait, j'ai pris nos affaires, et je suis allé m'asseoir sur la plage. Cinq minutes après, elle était allongée près de moi, dégoulinante, cigarette au bec.

– *Une grosse lune orangée faisait jouer des reflets d'ambre sur la mer. Une voiture était garée sur le*

sable, tous feux éteints. De chaque côté de la voiture,
un homme et une femme se déshabillaient…

Elle m'écoutait les yeux fermés, elle expirait la fumée en avançant ses lèvres comme pour faire un bisou, ça m'a donné une envie irrésistible de l'embrasser, et j'allais le faire, mais à cause de ce désir soudain, je me suis arrêté de lire une seconde et elle a rouvert les yeux. Je me suis senti tout bête, j'ai continué à lire. Finalement, on s'est fait aussi le chapitre 6, dans la foulée. J'aurais pu lui lire *Guerre et paix* d'une traite, si elle avait voulu.

On a pris la route qui descendait vers le sud par les montagnes et la forêt. Tina roulait à quarante, elle pouvait contempler tranquillement les panoramas qui s'enchaînaient, chercher les oiseaux dans les arbres, regarder les singes qui jouaient partout.

Quand on s'est arrêtés pour une pause-cigarette, immédiatement, une bande de singes est descendue des arbres, s'est approchée. Tina a sorti de son sac un appareil photo tout neuf, ça m'a surpris. Je lui ai dit de faire attention que les singes ne le lui arrachent pas des mains. Deux petits ont commencé à grimper sur ses jambes, elle me l'a tendu en riant. Ravi de l'aubaine, je l'ai mitraillée comme un paparazzi. C'était grandiose de la voir comme ça, cadrée, isolée du reste du monde. Je l'ai rapprochée avec le zoom, jusqu'au gros plan, son visage était d'une photogénie incroyable. Elle s'est levée, les bébés l'ont suivie. Dès qu'elle m'a rejoint près des motos, ils se sont arrêtés net. Elle a fait une photo de l'assemblée des singes qui la fixaient, les yeux ronds.

J'étais troublé par sa relation décidément privilégiée avec les singes. Ils semblaient à la fois fascinés par cette géante, qu'ils sentaient de leur espèce, et stupéfaits qu'elle soit aussi différente, aussi belle, aussi gracieuse. J'ai réalisé que je la regardais comme eux, comme si j'étais un singe.

Elle m'a raconté qu'elle avait acheté cet appareil pour faire plaisir à ses fils. Après avoir reçu ses premières lettres, ils avaient insisté, au téléphone, pour qu'elle leur envoie les photos des lieux qu'elle traversait plutôt que de les leur décrire pendant des pages et des pages. Il était facile de deviner qu'elle avait été blessée que ses enfants préfèrent des photos à ses mots, dans lesquels elle avait dû mettre tant d'amour.

Les plaines arides ont succédé aux montagnes verdoyantes, les collines ont succédé aux plaines, on a traversé cent villages, parfois seulement constitués de huttes en terre. Des enfants nus couraient à notre rencontre. La première fois, Tina a posé pied à terre, attendrie, une nuée de gosses nous a encerclés en criant « Dollars! Dollars! », elle leur a donné toutes ses pièces, et ne s'est plus arrêtée.

Kute était écrit en gros sur la carte, mais c'était un bled absolu, une rue en terre bordée de baraques en planches. On a roulé au ralenti dans le village désert, sous un soleil atomique. Au bout de la rue, on a débouché sur la plage. Des monolithes noirs de trente mètres de haut encerclaient la baie, imposant une austérité irréelle à cet éden de carte postale, une solennité presque angoissante, comme un paysage lunaire. La mer semblait morte, seules les mouettes qui volaient autour des rochers apportaient un signe de vie à ce décor d'un autre monde.

– Il est encore loin, notre hôtel?
– Juste derrière.

Le *Mata-Hari Inn* était l'un des rares hôtels ouverts en cette saison. Ailleurs, on l'aurait trouvé sommaire, ici il faisait figure de palace. Une dizaine de cases de bambou, dans le style de Lombok, avec le toit de chaume, étaient éparpillées dans une prairie d'herbe verte, toutes tournées vers le Rinjani, au loin, l'un des deux plus hauts sommets d'Indonésie, 3 727 mètres.

La cour d'arrivée n'était pas engageante : l'énorme bâtisse en parpaings du taulier cachait la prairie et les bungalows, derrière. Tina m'a lancé un regard perplexe. On a éteint les moteurs des motos, et là, on a entendu Tracy Chapman. Elle n'en revenait pas.

Elle est entrée comme chez elle dans la grande salle qui tenait lieu de réception, bar et salle à manger. L'homme qui écoutait Tracy Chapman nous tournait le dos. Ses cheveux noirs descendaient jusqu'aux reins, il faisait la vaisselle, torse nu. Quand il s'est retourné, j'ai eu un choc : c'était le sosie d'un acteur américain genre chicano, dont le nom m'échappait. S'il n'avait pas été complètement impossible qu'une star de cinéma fasse la vaisselle dans ce trou perdu, j'aurais juré que c'était lui.

On a rempli nos fiches, il a pris nos clés sur le tableau.

– C'est fou ce qu'il ressemble à l'acteur qui joue dans *La Bamba*, m'a chuchoté Tina. Tu vois qui je veux dire ?

Grâce au titre, le nom m'est revenu.

– Lou Diamond Phillips.

– Peut-être… *La Bamba*, ça lui va mieux !

Comment ça, « peut-être » ?! Sûr, oui !

Quand La Bamba, donc, a ouvert la porte sur la prairie, le vert a inondé le paysage. Une pelouse de stade anglais s'étalait au pied de la jungle et des montagnes. Toutes les cases étaient vides, La Bamba nous a conduits jusqu'à la plus grande, juste en face du Rinjani. Vu de cette cuvette, le volcan avait l'air aussi haut que l'Everest. Je n'ai pas jugé utile de dire tout de suite à Tina que je comptais grimper avec elle jusqu'au sommet.

Chaque bungalow avait deux portes extérieures, pour deux chambres séparées. Seule la terrasse, ombragée, était commune. Deux lits de repos en lattes de teck et une table en rotin attendaient les voyageurs exténués. Sur la table, une lampe à huile, des bougeoirs. La Bamba nous a informés, sans faire semblant d'être désolé, que l'électricité-maison était coupée de dix heures du soir à cinq heures du matin. En ouvrant la porte de sa chambre, il a dévoré Tina des yeux. Il a vu que j'avais surpris son regard, il m'a lancé une mimique complice, qui signifiait : « Bravo, vieux. » Ça m'a embêté de ne pas pouvoir le détromper.

Je suis passé dans ma chambre pour enfiler mon maillot et je l'ai attendue sur la terrasse. Je n'ai pas eu le temps d'allumer une cigarette, elle était déjà là. Nous étions impatients de prendre ce bain tant attendu, d'abandonner dans l'océan la poussière et la fatigue accumulées par cette journée de route.

On a roulé dix minutes jusqu'à Tanjung Aan. La plus belle plage de tous les temps. Déserte.

Un arc de cercle de deux cents mètres, tracé au compas. Une eau tellement transparente qu'on ne pouvait plus dire qu'elle était bleue. Du sable fin comme de la farine. Aux extrémités du croissant, deux grands rochers noirs montaient la garde.

L'eau était plus chaude qu'ailleurs, on s'est régalés. Après, sur le sable, je lui ai lu deux chapitres. Pour Johnny, ça commençait à sentir le roussi.

Au crépuscule, il pleuvait des baobabs. Sur la terrasse du bungalow, on avait l'impression d'être cachés derrière une cascade. On buvait le thé, allongés sur nos lits en bois. Un oiseau orange attendait la fin de l'orage en picorant nos miettes de biscuits. En face de nous, le soleil se couchait. Il faisait doux. Nous étions les rois du monde.

– C'est quoi, le programme, demain? elle m'a demandé.

– Baignade, bronzade, balades. Le coin est somptueux.

– Tu n'avais pas une forêt à voir?

J'étais peut-être parano, mais elle m'avait posé la question comme si elle ne croyait pas à cette histoire de forêt.

– Si. Elle est loin d'ici, sur le Rinjani. Il n'y a pas d'hôtel sympa sur place, il faudra partir tôt et faire l'aller-retour dans la journée. On ira après-demain, quand on aura récupéré. C'est un peu sportif, il vaut mieux être en pleine forme…

– Comment ça, «sportif»?

Sa grimace m'a fait sourire.

– J'ai rendez-vous à trois heures de marche du sommet. Ce serait bête d'être si près et de ne pas monter là-haut.

– Je suis obligée de venir, moi?

– Non, tu n'es obligée de rien. Mais j'aimerais bien que tu viennes. Pour deux raisons. Une bonne et une mauvaise.

– Vas-y. La mauvaise, d'abord.

– J'aurais préféré…

– La mauvaise d'abord!

Même ce ton capricieux me faisait frémir de plaisir.

– La mauvaise, c'est que ça m'aiderait, pour mon affaire. Je t'explique: ça fait trois ans que j'essaie d'acheter cette forêt, mais le proprio, Bodharto, un vieux Philippin, ne veut rien savoir, il en demande un prix impossible.

– Ça le regarde! S'il ne veut pas vendre sa forêt…

Je la reconnaissais bien là.

– On est d'accord. Sauf qu'il n'a pas les moyens de l'entretenir. Il a besoin de monnaie, alors il déboise comme un malade. Si on le laisse faire, dans vingt ans, elle est morte, sa forêt. Les Japonais viendront y faire du ski sur de la neige synthétique !

Elle a fait une mimique de mauvaise perdante, pour dire «Comme ça, ça va», avant de me relancer.

– Et en quoi ça t'aide que je vienne ?

– Ça fera comme si je venais en ami. Pour la proposition que j'ai à lui faire, c'est mieux.

– C'est quoi, ta proposition ?

– Tu verras. On ne va pas parler affaires maintenant !

– La bonne raison a intérêt à être excellente !

– Elle l'est : là-haut, c'est ex-tra-or-di-naire. Tu es à 3 700 mètres, et tu vois, à 360°, toute l'île en dessous, Bali en face, Sumbawa de l'autre côté...

– J'en suis.

Je n'en avais jamais douté.

Après le dîner, je lui ai lu la suite du Chase. On s'est laissés emporter jusqu'à la fin. En disant la dernière page, que je découvrais en même temps qu'elle, j'ai eu peur de sa réaction, j'ai essayé de dramatiser au minimum, mais Johnny était en train de mourir, et j'étais ému.

– *J'avais du sang dans la bouche. Je me sentis glisser. Je ne pouvais rien faire. J'entendis vaguement gronder la foule. Ça me rappela les rugissements des lions à qui j'avais jeté Reisner. J'essayai de ne pas penser à Ginny. Mais avant d'avoir pu former l'image de sa figure, je sombrai dans la nuit et le silence.*

Fin.

Elle est restée grave. J'étais embarrassé, cette fin lui avait forcément fait penser à son mari.

– Il est gonflé, ton Chase ! Johnny ne peut pas raconter l'histoire s'il meurt à la fin. Quel escroc !

J'ai ri. Depuis la page 2, je me doutais que Johnny allait mourir, et je n'avais jamais pensé qu'à cause de l'usage de la première personne, cette mort était impossible.

– Pourquoi tu ris ? J'ai tort ? Il a le droit, de faire ça ?

– Évidemment qu'il a le droit ! C'est un roman !

– Je trouve ça trop facile…

J'ai entendu sa voix qui s'étranglait, je l'ai regardée. Les bougies étaient sur le rebord de la fenêtre derrière moi, son visage était éclairé par les ombres dansantes des flammes que les courants d'air tiède faisaient trembler. Elle mordait ses lèvres, ses yeux brillaient, sa poitrine hoquetait, elle se retenait de pleurer.

– Ça va ?

– C'était trop triste, ton bouquin… Mais c'était beau.

Était-elle toujours aussi sensible ou était-ce sa situation et son chagrin qui la mettaient à vif ? Je penchais plutôt pour la première solution. La mort de son mari l'avait anéantie, celle d'un héros de polar lui mouillait les yeux, l'échelle semblait logique.

J'aurais aimé connaître son signe astrologique pour mieux deviner le fond de sa personnalité, seule la peur du ridicule m'avait empêché de lui poser la question. Depuis que j'avais constaté son amour de l'eau, je m'étais dit, bêtement, qu'elle était d'un signe d'eau. J'avais éliminé le Scorpion trop destructeur, il restait Poissons ou Cancer, comme moi, deux signes émotifs, passionnés. Ces raisonnements de hamster manquaient de fiabilité, je n'y connaissais rien, mais ils nourrissaient mon petit cinoche perso, j'étais impatient de savoir la réponse.

Comme elle ne donnait pas le signal du coucher, je suis resté avec elle, à écouter la nuit qui palpitait.

De temps en temps, je regardais son visage à la dérobée, j'avais l'impression qu'elle se fermait de plus en plus. Le silence, à force de durer, devenait pesant, je me sentais de trop. J'hésitais pourtant à la laisser seule, elle semblait si absorbée dans ses pensées, je n'osais pas la déranger. J'aurais mieux fait.

26

Les bougies se sont éteintes une à une. La lune était presque ronde, la prairie semblait éclairée par des projecteurs. Je suivais le vol des oiseaux dans la nuit d'argent.

Elle a brisé le silence sur un ton qui m'a glacé. Elle ne m'avait jamais envoyé une onde aussi négative.

– Tu sais à quoi je pense ?
– Non…
– À mon mari.
– Tu as envie d'en parler ?
– Non, pas avec toi.

Pourquoi elle en parlait, alors ? J'ai attendu qu'elle vide son sac, ça n'a pas traîné.

– Toi, tu es content qu'il ne soit plus là.
– C'est vraiment dégueulasse de dire ça.

Elle s'est énervée. Je n'avais que le droit de me taire.

– Ce n'est pas vrai ? Tu préférerais que ce soit lui qui soit là, assis à ta place ?
– On ne peut pas raisonner comme ça.
– Si, on peut. Moi, par exemple, je préférerais que ce soit lui, c'est clair.

Même si ce n'était pas une nouvelle, ça faisait mal à entendre. Elle comptait me hacher menu. J'ai tenté de résister.

– C'est la moindre des choses. Lui, tu l'aimes

depuis toujours, moi tu me connais depuis un mois, on est juste…

– «On» n'est rien du tout! Et «on» ne sera jamais rien! Oublie «on»!

Son agressivité allait crescendo, j'étais désemparé, je ne voyais aucune façon d'interrompre l'escalade. Je n'ai rien répondu, j'ai fixé le Rinjani. Mon mutisme a fait monter son exaspération d'un cran.

– T'es là, avec tes attentions, on dirait que tu attends que je tombe d'un arbre comme un fruit mûr! Je ne serai jamais mûre pour toi. Jamais! J'en peux plus, de ton numéro de faux-cul!

– Sympa.

Un demi-mot, c'était encore trop. Puisqu'il me restait un souffle de vie, elle m'a collé une balle dans la nuque, pour me finir.

– Tu rêves, mon pauvre!

Le mépris, même appuyé, qui débordait de ce «mon pauvre» m'a déchiqueté, la douleur a réveillé mon instinct de survie, je me suis entendu hausser le ton – ça m'a fait mal de lui parler sèchement, pour la première fois.

– Ne me parle pas comme ça. Je ne suis pas ton «pauvre».

Elle a fui mon regard, j'ai cru malin d'ajouter:

– Il n'y a pas de mal à rêver, que je sache.

Elle a explosé. Je me serais giflé. Elle aussi.

– À rêver sur moi, si, il y a du mal! C'est interdit, même, figure-toi! Rien que de savoir qu'un mec comme toi…

– «Un mec comme moi»?

– Oui, un mec comme toi! Tu ne vois pas que tu es…

Elle a hésité avant de choisir l'horreur qu'elle allait m'assener, j'en ai profité pour me lever, je devais être livide.

Je me suis barré.

J'ai traversé la prairie à grandes enjambées, vers la cour, et je me suis enfui sur la 125. Je n'étais pas en état de conduire, je me suis arrêté devant la plage. De nuit, les monolithes étaient encore plus lunaires, et angoissants.

Je me suis assis sur le sable. Je me sentais comme un vieux réveil pulvérisé à coups de marteau, je n'étais plus d'un seul tenant, j'avais des ressorts qui gigotaient tout seuls, dans le vide.

J'aurais peut-être dû fulminer de colère, me sentir humilié, j'étais surtout écrasé de chagrin. Ses mots terribles résonnaient dans ma tête, je n'avais pas peur de l'avoir perdue à jamais, je ne voyais pas si loin, j'étais trop ravagé par cet instant invivable que je venais pourtant de vivre et que ma vieille cervelle meurtrie me repassait en boucle.

La nuit avançait, les questions se bousculaient, pas les réponses. Je restais prostré.

À quatre heures du matin, je suis revenu à l'hôtel. Je me suis glissé dans ma chambre sans faire de bruit et je me suis allongé, tout habillé. Le sommeil ne risquait pas d'être au programme de la nuit. Une seule question devait trouver une réponse : lequel serait sur la terrasse le premier ?

Après, ça dépendait d'elle.

27

À six heures, le jour a enfin éclairé ma chambre. Je suis allé commander mon petit déjeuner à La Bamba. Quand il me l'a apporté sur la terrasse, une brume rosée flottait au-dessus de la prairie, la cime du Rinjani se chauffait aux premiers rayons du soleil. Deux oiseaux avec un long bec rouge sont venus se poser sur la balustrade, devant moi. J'ai pris ça pour un signe.

Une heure plus tard, j'ai entendu sa porte s'ouvrir dans mon dos, j'ai cru claquer, elle est apparue dans le coin de mon champ de vision. De la revoir, ça a ravivé toutes les douleurs, et tout l'amour. Elle a chuchoté un «bonjour» embarrassé, elle est venue près de la balustrade, elle a regardé le Rinjani. De mon fauteuil, je la voyais de profil. Elle s'est tournée vers moi.

– Je suis désolée…

– Alors, tout va bien.

Je dois reconnaître que je faisais un peu la gueule.

Elle s'est approchée de la table, elle a touché la théière. Elle ne devait plus être très chaude.

– Je peux finir le thé?

– Évidemment.

Après m'avoir saigné comme un porc, elle me demandait la permission de boire trois gouttes de thé froid! Elle est allée près de la rambarde avec sa tasse, elle a bu, elle a allumé une cigarette, elle s'est adossée à la barrière, face à moi. Derrière ses lunettes, ses yeux fuyaient mon regard.

– Tout ce que j'ai vécu ici… c'était très fort… Je me suis souvent sentie… bien. Ça faisait longtemps… Mais…

Forcément, il y avait un putain de « mais ». Elle a tiré sur sa cigarette. Deux fois. J'étais à tordre. J'ai vu l'émotion qui la gagnait.

– … je fais partie de ces femmes qui n'aiment qu'un homme dans toute leur vie. Ça existe… Et il était comme moi. Si j'étais partie la première, il aurait été incapable d'en aimer une autre…

Elle a repris son souffle, en se forçant à sourire.

– Je sais qu'en disant ça, j'ai l'air bête, ou naïve… ou prétentieuse… Pourtant, j'en suis sûre, tu vois… Je ne veux pas entretenir une illusion avec toi.

Je l'ai coupée. Moi aussi j'avais la gorge nouée.

– Tu n'entretiens aucune illusion. Je sais qu'il est possible que tu n'aimes plus jamais… Si tu es la femme d'un seul amour, je serai toujours là. Parce que je ne peux plus concevoir la vie loin de toi.

Elle m'a souri tristement, en détournant le regard. Elle a vu La Bamba qui arrivait droit sur nous, avec son thé.

Elle s'était bien rattrapée, rien à dire. En trois phrases gentilles, elle m'avait retourné comme une crêpe, j'étais passé de l'état d'épave à celui de Superman bourré de kryptonite. J'ai adopté un ton plus léger pour chasser le mélo qui planait.

– Une seule chose pourrait – peut-être ! – me faire sortir de ta vie : que tu tombes amoureuse d'un autre homme… Or ça, si j'ai bien compris, ça ne peut pas arriver, on est d'accord ?

– On est d'accord.

Son sourire manquait de conviction, j'ai continué.

– Là, tu vas bientôt t'en aller, mais en France, on

va se revoir, j'espère. Je vais t'appeler, on déjeunera ensemble, on ira au ciné avec Roland, Lucien et tes enfants, on se baladera, tu me feras visiter la région... Tu verras... Avec le temps, comme je ne te parlerai jamais de mon amour, tu finiras par oublier que je t'aime, ou par croire que je ne t'aime plus, qu'on est bel et bien devenus les meilleurs amis du monde. Et tu oseras me faire des scènes parce que je serai resté trois jours sans te téléphoner !

– Tu aimes bien te faire des films, hein ?

J'aimais bien aussi, quand elle ricanait.

Notre relation a repris son cours majestueux, comme s'il ne s'était rien passé. J'étais trop heureux qu'elle m'ait sauvé si vite, et si tendrement, des abysses où elle m'avait plongé pour souffrir encore. Cette journée de farniente a glissé comme un nuage dans le ciel.

Avant de partir en balade, c'est elle qui a pensé à jeter un œil à la bibliothèque de l'hôtel, dans l'espoir de trouver un remplaçant à notre Chase. On pouvait tomber sur des trésors n'importe où : j'avais découvert *Mort à crédit* et *Le Parfum* dans des hôtels paumés, en Birmanie et aux Célèbes. On a parcouru les étagères branlantes, pliés en deux, pour lire les titres. Rien n'était rangé, il y avait surtout des titres ricains et deutsch, et par-ci par-là un français. Elle a trouvé notre bonheur la première.

– Oh ! *Le Lion !*

Le bouquin, un vieux poche, tombait en ruines, elle a feuilleté les pages jaunies.

– C'est l'un des premiers romans que j'ai lu... J'avais adoré... J'étais en 6e, je me souviens... Tu l'as lu ?

– Non.

– On le prend ?

Elle a mis Kessel dans son sac, j'ai glissé Chase

167

au milieu de ses nouveaux potes. Il allait en faire, des heureux, dans toute sa vie, ce polar à cinq dollars.

On a dégusté la première partie du *Lion* en trois fois, sur trois plages différemment paradisiaques, après trois bains également parfaits. Dès qu'on sortait de l'eau, elle s'allongeait, le plus souvent sur le ventre, le menton ou la joue posés sur ses mains croisées, je lisais, son sourire restait suspendu, j'adorais ce moment, j'avais l'impression d'organiser ses retrouvailles avec ses émotions de petite fille, de les partager. C'était exaltant de vivre aussi intensément, de ressentir des sensations aussi puissantes, grâce à tous les moindres détails qui composaient sa personnalité. Son souvenir n'avait pas embelli la réalité, *Le Lion* était un joyau.

Sans jamais s'éloigner de Kute, de plage en plage, on a avalé cent kilomètres dans la journée. Ce coin de collines sur l'océan Indien était à la hauteur des plus ébouriffantes splendeurs de Bali et d'ailleurs. Ici, la terre était une argile rouge, et ce rouge déteignait partout, sur les routes, sur les panneaux de signalisation, sur les arbres, sur l'air. On enjambait les vallons pour sauter d'une crique à l'autre, on baignait dans l'ocre et le fauve. On voyait toujours très loin, les sommets, les vallées, les plages, la mer, on ne savait plus où regarder. Nous n'avons pas croisé de voitures, seulement des mobylettes et des vélos, ou des bergers, avec leurs vaches. Nous roulions souvent côte à côte, je voyais sa bouche qui sifflotait Surman, l'euphorie de la nature semblait rejaillir sur elle, je n'étais pas sûr que ma moto touchait le sol. J'avais eu si peur de l'avoir perdue, j'étais au nirvana de retrouver ma Tina, celle que son mari n'avait pas connue, ma dévoreuse de grands espaces, ma voyageuse de rêve, parfois grave comme une mamma sicilienne, parfois légère comme une teenager, douce et complice avec moi comme avant son attaque au napalm d'hier soir. J'avais envie de remercier les arbres, le ciel, les oiseaux, la mer, les nuages, le monde.

Soudain, à la sortie d'un virage, alors que je rêvassais derrière elle, un taureau énorme barrait la route. Tina, surprise, a freiné trop fort, elle est partie en dérapage sur la chaussée terreuse, elle a bien rattrapé le coup, sans s'affoler, pour s'arrêter *in extremis* à deux mètres du monstre immobile. Elle m'avait fait la peur de ma vie.

Sous des cornes de soixante centimètres, deux yeux noirs, gros comme des oranges, nous fixaient d'un air qu'on avait le droit de trouver mauvais. Toute la longueur de ses trois mètres de cuir gris dégoulinait de boue fraîche. Entre ses pattes arrière, sa virilité mollassonne touchait presque le sol. Tina ne quittait pas la bête du regard, prête à sauter de la moto. Moi non plus je n'avais pas envie de faire des claquettes. J'ai fait comme si.

– Qu'est-ce que tu crois qu'il pense ?
– J'en sais rien.
– D'abord, est-ce que tu crois qu'il pense ?
– J'en sais rien.

Le colossal bétail demeurait inerte. Seule sa queue bougeait, en chasse-mouches. Il nous fixait toujours.

– Tu sais, par ici, ils sont animistes. Ils pensent que les esprits des humains, après la mort, transitent chez les animaux… Il comprend tout ce que je dis, le monsieur. C'est l'avantage d'être réincarné, on parle toutes les langues.

– Arrête ! elle a chuchoté, au bord de pouffer.

Le steak qui nous bouchait le paysage n'avait pas envie de rire. En réponse à mon insolence, il a levé la tête et s'est lancé dans un meuglement terrifiant, interminable, comme un loup gigantesque qui hurlerait à la lune. On était tétanisés. Il a avancé vers nous, sans se presser, on ne remuait plus un cil, figés. Il est passé lentement entre nos deux motos, en nous frôlant de ses flancs boueux. On s'est retournés pour le voir s'éloigner, d'un pas lourd. Tina a sorti la bouteille de son sac, on a bu. On a sursauté quand il a hurlé une nouvelle fois, au loin.

Ça m'a travaillé un moment, cette rencontre. C'était qui, ce taureau, avant ? Était-ce un hasard s'il nous avait barré la route, à nous, ici ? Pourquoi avait-il crié comme ça ?

Au retour à l'hôtel, on était claqués, on s'est fait une petite sieste. Ensemble, dans le même lit, couchés en cuillère. Non, je plaisante, chacun dans sa chambre. On s'est réveillés pour le coucher du soleil, et recouchés à minuit. Entre les deux, on a lu *Le Lion*, dîné, et fini *Le Lion*.

Les derniers chapitres m'ont cueilli. Quand j'étais trop ému, je buvais un coup, j'allumais une cigarette, pour casser la montée. Elle s'en rendait compte, sûrement, car elle attendait, le regard fixé sur le Rinjani, qui transperçait le ciel. J'ai tenu bon jusqu'au bout. Sur les dernières lignes, j'ai frôlé la catastrophe, mais je suis passé.

– *Patricia se mit à pleurer comme l'eût fait n'importe quelle petite fille, comme n'importe quel enfant des hommes… Et les bêtes dansaient.*

J'ai fermé le livre. Elle n'était pas triste.

Elle s'est levée. Je n'avais toujours pas osé reparler de notre expédition sur le Rinjani, prévue pour le lendemain. Elle m'a devancé.

– À quelle heure tu veux qu'on se réveille ?
– Sept heures ?
– Pourquoi pas plus tôt ? On n'a jamais roulé à l'aube, ça doit être beau.
– Alors, il faut se lever à cinq heures et demie.

– D'accord.

– Je vais laisser un mot à La Bamba.

Elle a souri en m'entendant prononcer ce surnom qu'elle avait inventé.

Elle était faite pour moi. Le destin ne pouvait pas être machiavélique au point d'avoir déposé cette femme sur ma route seulement pour que je la regarde passer. Pendant toute la journée, il ne s'était pas écoulé une minute sans que je trouve une nouvelle raison – un sourire, un mot, un geste, une expression – de vouloir lui dédier ma vie.

28

À six heures, il ne faisait déjà plus tout à fait nuit. Dans cette pâle lumière qui annonçait l'aurore, les couleurs étaient différentes. La mer était gris perle, les monolithes violets et la terre des collines presque rose. Tina avait l'air plus grave que d'habitude.

Sur une place de village où le marché s'installait, un café était ouvert. On s'est arrêtés, on a bu un thé dehors, en regardant les paysannes qui disposaient leurs marchandises sur le sol, quelques fruits et légumes, un poulet, des bouts de tissu, un tabouret en plastique. Les bœufs et les chevaux buvaient dans l'abreuvoir devant nous, à côté des motos. Tina n'était pas dans son assiette, je ne savais pas si je devais lui montrer que je l'avais remarqué. Au moment de payer, aucun serveur n'était en vue, je suis allé chercher quelqu'un dans la salle.

À mon retour, j'arrivais dans son dos, je l'ai vu bouger, j'ai compris qu'elle pleurait. J'ai hésité à attendre qu'elle s'arrête pour lui imposer ma présence, finalement je me suis approché. Elle pleurait à chaudes larmes, en essayant de ne pas faire de bruit, sa main devant la bouche, les sanglots la submergeaient, comme la fois où je l'avais entendue, derrière la porte, au *Stella*. Sauf que, là, elle était devant mes yeux. La voir pleurer comme ça m'était insupportable.

Je me suis assis en face d'elle, elle était penchée

en avant, je ne voyais pas son visage, j'ai posé ma main sur sa tête, je ne pouvais pas sortir un mot, j'ai caressé ses cheveux, j'ai pris sa main dans les miennes, elle pleurait toujours, j'aurais voulu que son mari ressuscite à l'instant, qu'il prenne ses mains à ma place, là elle aurait pleuré de bonheur, et c'était tout ce qui comptait, qu'elle arrête d'être malheureuse comme ça.

Peu à peu, elle s'est calmée. Elle a relevé la tête vers moi, elle a vu que je pleurais aussi. Elle m'a fait un sourire attendri, elle a posé sa main sur les miennes. Nous sommes restés ainsi un moment, têtes baissées, mains mêlées, à attendre que l'émotion nous lâche la grappe.

– T'as pas faim ? elle m'a demandé.

– Pourquoi tu crois que je pleure ?

Elle a eu un petit rire.

On a fait un tour sur le marché pour acheter des fruits, qu'on a mangés tout de suite. Le soleil nous attendait, on a laissé notre chagrin sur la place.

La route jusqu'au Rinjani était une calamité, nous étions parfois obligés de rouler à trente à l'heure. Autour de nous, il y avait la forêt, la vraie, touffue, sombre, avec des arbres de quarante mètres. Le domaine du Philippin était d'un seul tenant, tout en longueur. Cette situation à des altitudes différentes, de 500 à 3 000 mètres, était son atout majeur. Tous les arbres de la création pouvaient pousser ici.

Lors de ma première visite, j'avais fait le tour de la propriété, l'un des fils Bodharto m'avait montré cette trouée dans la jungle, tracée par eux, sûrement invisible même d'hélico tant la forêt était dense, qui traversait leur propriété de haut en bas. De l'autre côté du volcan, les trekkers en Pataugas s'époumonaient à rallier le sommet en trois jours de marche, avec tentes, vivres et bidons d'eau.

Nous sommes arrivés devant la première pancarte *Bodharto and sons* vers neuf heures. Le plus dur commençait à peine. On n'a pas pu aller bien loin : le chemin était raide et défoncé, nous pas, c'est vite devenu trop ardu pour Tina. Au pied d'une grimpette décourageante, elle a posé pied à terre, écarlate. Je lui ai proposé de monter derrière moi. Si on se lançait à pied d'ici, ce n'était pas trois heures de marche qu'il nous faudrait, mais cinq ou six. On a laissé sa 125 sur le bord du chemin, on la récupérerait au retour.

Je voyais bien qu'elle se demandait si elle n'avait pas eu tort de me faire confiance, si je n'avais pas surestimé ses capacités d'aventurière et son amour des grands espaces, mais j'étais serein : avec un soleil pareil, là-haut, ce serait inoubliable. Quoi qu'il arrive ensuite entre nous, je resterais lié à cette émotion, je resterais, au moins, celui qui l'avait emmenée au sommet du Rinjani.

Sur la moto, même en roulant doucement, on était rudement secoués, elle était parfois obligée de me ceinturer. Le chemin était bordé de fleurs jaunes et blanches, les rayons du soleil qui parvenaient à transpercer les branches dessinaient des pinceaux de lumière dans la forêt.

Après la dernière pancarte *Bodharto and sons*, notre sentier se perdait entre les rochers : pour la 125, c'était terminé. Tina avait beau savoir que je connaissais le chemin, elle n'en menait pas large. Je lui ai dit qu'il n'y avait aucun danger, que le tigre de Bali était classé « espèce disparue » depuis un demi-siècle.

– Tant mieux ! elle a rigolé.

On n'a plus rien dit pendant deux heures. On se faufilait de clairière en sous-bois sans avoir l'impression de s'élever. Je n'avais pas menti : la promenade était à la portée d'un vieillard en forme. Peu à peu, Tina s'est libérée de toute appréhension, elle scrutait les branches et les taillis sans craindre d'y apercevoir un boa ou une panthère.

Après un raidillon, on a débouché sur une pente à découvert, en plein soleil. Enfin on a vu le sommet. Nous surplombions toute la vallée, et la mer, au loin. On s'est assis dans les trèfles, on a mangé les sandwichs que La Bamba nous avait préparés, en contemplant la forêt, les champs, en bas, bien tracés, verts, jaunes, noirs, bruns, roses, les oiseaux qui planaient d'un versant à l'autre, la mer qui moutonnait jusqu'à l'infini.

Elle s'est relevée avant moi pour continuer. Elle était impatiente de franchir cette dernière dune, derrière nous, cette dernière marche vers le ciel.

On a mis près d'une heure pour gravir le monticule. J'étais exsangue, elle était radieuse. Même les gouttes de sueur qui perlaient à son front l'embellissaient. On a parcouru les derniers mètres en grimaçant, en s'appuyant sur le sol avec les mains.

Pour la postérité, je l'ai laissée poser le pied sur le plateau la première. On s'est avancés, ça grimpait encore un peu, et puis on a vu Bali, de l'autre côté.

La mer s'étalait partout comme un rêve bleu. Il fallait être ici pour avoir la perception physique, visuelle, que nous étions sur une île. La mer de Florès au nord, l'océan Indien au sud, Bali à l'est, l'île de Sumbawa à l'ouest, et nous deux qui tournions sur nous-mêmes, le cœur battant, seuls au sommet de notre montagne qui semblait flotter entre le ciel et l'eau, comme sur un phare naturel, la beauté du monde à nos pieds, sous nos yeux.

– Ça va être dur de s'en aller, elle m'a dit.

Elle s'est assise en tailleur au bord du plateau, face à Bali. Je me suis posé près d'elle. Le soleil brillait très haut, devant nous. Le volcan Agung que nous dominions d'à peine 600 mètres, semblait tout proche, presque menaçant. Entre les deux géants, dressés face à face dans l'océan, il y avait, en dessous de nous, la dune, le volcan, les forêts, les champs, les routes, les villes, les ports. Nous étions au point de rencontre parfait de la terre, du ciel et de la mer.

Malgré ma présence, Tina était seule au monde. Nos émotions ne pouvaient se confondre, je flottais dans une allégresse profonde, apaisante, alors qu'elle, si près du ciel, pensait forcément à son mari, et son chagrin ne pouvait qu'être amplifié par cette magnificence dont elle se remplissait sans lui. Je n'osais pas la regarder, j'avais peur d'entendre sa respiration s'accélérer, mais elle n'a pas pleuré. Après un long silence, elle a fini par trouver la sortie du labyrinthe de ses pensées.

– Ça ne va rien rendre, en photo…

De son mari, elle avait dû passer à ses enfants, et de ses enfants à ces maudites photos.

Toutes les dix minutes, on se déplaçait de trois mètres au bord du plateau, et je faisais une photo, sans changer d'objectif, en plaçant toujours la ligne d'horizon au même endroit du cadre. Après avoir fait un tour complet, il suffirait d'assembler tous les clichés pour reconstituer en une seule photo les 360° du panorama. L'idée l'avait amusée. Elle était surtout ravie d'être débarrassée de la corvée.

À mi-parcours, on s'est retrouvés en face du volcan Tambora, sur l'île de Sumbawa, un autre colosse de 2 850 mètres, on avait l'impression qu'on pouvait le toucher en avançant la main. Tina a sorti son discman.

– Tu as tes écouteurs ?

Je les avais. Note après note, la clarinette de Surman a déployé ses ailes, on a décollé, les mirettes englouties dans le grand trou bleu. Les petites îles

Gili semblaient dériver sur l'océan, un ferry et son nuage de mouettes traversaient le détroit de Lombok, des myriades de barques aux voiles multicolores parsemaient l'azur scintillant. Derrière Sumbawa, l'horizon était courbe.

Sans me regarder, elle a chuchoté :

– D'ici, on voit bien que la Terre est ronde.

29

J'ai quitté le plateau le premier, pour l'y laisser seule, si elle voulait. Je l'ai attendue un peu plus bas deux ou trois minutes. Que faisait-elle ? Une prière ? Un vœu ? Un message à son amour ?

Quand elle m'a rejoint, j'ai vu qu'elle avait pleuré.

Pour descendre, c'était une vraie promenade de santé. Cette fois, la mer était devant nous, on aurait pu s'élancer en deltaplane pour y plonger. Alors qu'on avait effectué toute l'escalade pratiquement sans se dire un mot, là on pouvait bavarder en marchant.

Je lui ai demandé si elle s'était sentie grande ou petite là-haut. Elle a réfléchi avant de répondre.

— Moins petite que d'habitude.

Elle a vu, à mon sourire, que sa réponse me plaisait.

— Toi aussi ?

Je lui ai avoué que plus le paysage était impressionnant, plus je me sentais immense. Cette majesté m'enveloppait, se répandait en moi, j'avais l'impression d'être aussi grand que les montagnes et les océans, aussi essentiel à l'harmonie de l'univers. Elle a enchaîné avec une question à laquelle je ne m'attendais pas :

— Tu es bouddhiste ?

Même si j'avais remarqué que Bouddha était à la

mode en Occident, je n'aurais jamais pensé qu'elle ait pu s'intéresser à ce sujet.

– Non, pas vraiment…

– Qu'est-ce que ça veut dire «pas vraiment»?

Je lui ai raconté que ma mère était thaï, donc bouddhiste, comme 95 % des Thaïs. Mon père respectait sa foi et ses méditations quotidiennes, mais il avait tenu à nous préserver de toute éducation religieuse, en disant qu'on choisirait quand on serait grand – en espérant que, comme lui, on n'en choisirait aucune. Au bout du compte, sa censure n'avait fonctionné qu'à moitié, notre environnement familial et social avait bousculé ses plans. Mes frère et sœurs avaient épousé des Thaïs, leurs enfants étaient élevés en bouddhistes, et même moi qui ne méditais jamais, j'avais installé dans mon bureau, en France, une petite maison des esprits, dont je renouvelais régulièrement les fleurs et l'encens, comme tous les bouddhistes. La moitié de mes ancêtres croyait que ça éloignait les mauvais esprits, j'aurais trouvé présomptueux de m'en priver.

À plusieurs reprises, Tina m'a regardé curieusement, avec une lueur de surprise dans l'œil, sans jamais m'interrompre. J'étais toujours intimidé quand je lui parlais de moi, j'avais l'impression de passer un examen auquel je ne pouvais qu'échouer.

On a récupéré ma 125 après une heure de marche. La descente était abrupte, Tina avait beau se tenir à l'arrière de la selle, elle tombait sur moi. Elle s'est vite rendue compte que ses efforts ne servaient à rien, elle a cessé d'en faire, elle s'est détendue, c'était délicieux. Plus la pente était raide, plus son corps s'écrasait contre mon dos. Même si elle était mince, vu sa taille, elle ne pouvait pas peser tellement moins de soixante kilos. J'aimais sentir une vraie masse contre moi, pas un fétu de paille.

À une patte d'oie, sans la prévenir, j'ai pris un autre chemin qu'à l'aller.

– Tu es sûr que c'est par là ?

– Bien vu. Je veux te montrer quelque chose...

On a roulé un moment avant de déboucher sur une plate-forme naturelle. La cime des arbres était dix mètres sous nos pieds, nous surplombions une faille de quarante mètres de large, qui éventrait la montagne jusqu'à la mer. Je lui ai dit que si je parvenais à acquérir cette forêt, je construirais ma maison ici – ma cabane, plutôt. Je détestais celle de Bodharto, hideuse à l'extérieur, sinistre à l'intérieur.

On a fumé, assis dans l'herbe, sur le futur emplacement du salon, face à la trouée verte qui plongeait vers le coin de bleu, au fond de la vallée. Pas une maison au monde ne serait à ce point au cœur de la forêt, tout en ayant la vue sur la mer. J'ai pensé à haute voix.

– Avec une cabane si près du sommet, on pourra y aller tous les matins, si ça nous chante.

Elle a rigolé.

– Tous les matins, je ne suis pas sûre !

J'étais heureux qu'on puisse se parler comme ça, désormais. Ça allait de soi entre nous : si j'avais une maison, ici ou ailleurs, elle pourrait y venir, elle y viendrait, avec ou sans moi. Elle n'avait pas besoin d'accepter l'hypothèse d'une histoire d'amour entre nous pour que ce soit évident.

Plus bas, on a retrouvé sa 125. J'aurais préféré qu'on nous l'ait volée – elle non. Elle était impatiente de renouer avec le plaisir de conduire, seule sur sa bécane. Moi aussi, avant elle, je préférais être seul à moto.

J'avais prévenu Bodharto qu'on passerait le voir dans l'après-midi. Dès qu'il a entendu le bruit de nos motos, il est sorti sur le perron de sa baraque de parvenu, façon pagode chinoise. Elle était pire que dans mon souvenir.

– Je te comprends, pour la maison ! m'a glissé Tina.

Malgré ses 75 balais bien sonnés, Bodharto avait l'air en pleine forme. Si je n'avais pas su que c'était une ordure sans foi ni loi, il m'aurait été sympathique. Tous les vieux ont une bonne tête, non ?

J'ai présenté Tina comme une amie, il nous a accueillis avec chaleur, mieux que les deux fois où j'étais venu seul. Il a montré à Tina la maquette du domaine réalisée par ses fils, nous a présentés les femmes de la maison, son épouse, ses filles, ses belles-filles, ses petites-filles. Toutes semblaient ignorer qu'on n'était plus au Moyen Âge.

On l'a suivi dans la véranda, de l'autre côté de la maison. À notre entrée, des centaines d'oiseaux se sont mis à piailler comme des malades. Tina a sursauté. La moitié de la pièce était occupée par une immense cage de bambou à l'air libre, un cube de six mètres de côté, habilement dissimulé par les arbres contre laquelle la maison s'adossait. L'effet était saisissant, mais cette cage en pleine forêt, je n'étais pas fana.

Bodharto s'est installé sur le canapé, face à la volière, il a prié Tina de s'asseoir près de lui et m'a proposé le fauteuil qui tournait le dos aux volatiles en furie. C'était pratique, pour discuter ! Tina ne regardait jamais les oiseaux, elle nous écoutait avec attention, on aurait dit mon assistante. Je sentais Bodharto intrigué.

Je la lui ai faite courte, il ne comprenait pas assez bien l'anglais pour que je me lance dans des fioritures. Cette fois, je lui ai proposé de garder l'usufruit de la maison pour lui et ses descendants, assorti de la possibilité de continuer à travailler avec nous, s'ils le souhaitaient. Bodharto a arrêté de regarder ses oiseaux derrière moi, j'ai compris qu'il n'en revenait pas que je ne veuille pas de sa baraque – à ses yeux, c'était le bijou de la propriété. Pour ne pas le vexer, j'ai joué celui qui renonçait au morceau de roi, le cœur fendu, je lui ai bien enrobé le machin, en lui décrivant sa famille enfin à l'abri de tout souci d'argent, unie autour de lui, dans cette forêt qu'ils aimaient tant. Comme les deux fois précédentes, il m'a dit qu'il allait réfléchir à mon offre, en parler avec ses fils. Et il s'est levé, nous invitant à nous rapprocher de la volière avec lui.

Il nous a montré ses oiseaux préférés, lesquels étaient en couple, leurs petits, leurs habitudes, leurs qualités et leurs défauts. J'avais bien fait de modifier ma proposition. Pour rien au monde, il n'aurait quitté ses oiseaux.

J'ai prétexté la longue route qui nous attendait pour abréger. Sur le perron, en nous saluant, il m'a demandé de l'appeler dans deux jours. On a enfilé nos blousons pour affronter la fraîcheur du soir qui allait tomber. Le bleu délavé du jean faisait ressortir le bleu plus foncé des yeux de Tina, avec un éclat juvénile que je ne lui connaissais pas. Dès qu'elle a ouvert la bouche, j'ai reconnu son ton taquin que j'aimais tant.

– Je comprends mieux ce que voulait dire Catherine…

– À quel sujet ?

– Tu l'as bien mécanisé…

– Je ne l'ai pas mécanisé du tout, je lui ai fait une proposition en or massif ! Et il n'a pas encore dit oui, loin de là. Il va me la sortir, sa calculette ! Ça va prendre des semaines…

– Mais tu l'auras.

J'ai croisé les doigts. Elle aussi. Elle n'était pas obligée.

En descendant le Rinjani, le soleil, derrière nous, faisait rougir les forêts, la terre et la mer. Quand nous sommes arrivés dans la plaine, il faisait nuit. Les yeux des buffles luisaient dans nos phares. On a débarqué à l'hôtel morts de faim et de fatigue. La Bamba nous attendait, on a dîné avec lui. Il n'en revenait pas de la balade qu'on venait de s'offrir. Il n'était jamais allé sur le sommet du Rinjani, pour lui c'était aussi loin que l'Amérique.

Avant de rejoindre nos chambres, elle m'a demandé la suite du programme. La fatigue de la journée se lisait autour de ses yeux, j'avais envie de la câliner.

– Demain, on reprend le ferry à midi. À Padang, cap à l'est, une demi-heure de moto, je t'emmène dîner à Manggis, pour fêter notre forêt. On dort là-bas. C'est moi qui t'invite, je te le dis tout de suite. Le lendemain, retour à Legian.

– Ça a l'air pas mal.

À neuf heures, on était au lit – aux lits, faudrait dire.

J'avais déjà la nostalgie de ces quatre jours avec elle sur notre île. Même son agression de l'avant-veille, dont je n'avais oublié aucune douleur, nous avait rapprochés. Grâce à la réconciliation qui avait suivi, désormais, notre relation, pour elle aussi, avait un sens : j'étais en train de devenir son ami. Je voyais bien les dangers de cette évolution, la menace qu'elle représentait pour l'accomplissement de mes rêves, mais je refusais de voir si loin. C'était déjà prodigieux, six semaines après mon flash insensé, de me retrouver à courir le monde à ses côtés, à lui faire la lecture, à écouter de la musique ensemble, à rire, à pleurer, à rêver ensemble. Si mon bonheur me semblait parfois incomplet, ça n'empêchait pas que ce soit du bonheur quand même.

30

Nous sommes arrivés à l'hôtel *Amankila* vers cinq heures. C'était un palace flambant neuf, construit sur une falaise, face à la mer. Rien à voir avec le charme et l'authenticité, uniques il est vrai, du *Kupu Kupu Barong*. Celui-là, je l'avais choisi pour son restaurant. Il s'étendait, à ciel ouvert, sur toute la largeur de l'immense façade de l'hôtel, en un plan incliné d'une hauteur de quatre ou cinq étages, comme une tribune de foot sur l'océan. On dînait sur des terrasses individuelles aux toits en pagodes, éparpillées sur tous les niveaux, des centaines de bougies jalonnaient le dédale de passerelles. Pour un dîner de fête en tête à tête avec le ciel et la mer, difficile de trouver mieux. Je connaissais assez Tina, maintenant, pour l'inviter dans un endroit pareil, sans avoir l'air du nouveau riche qui voulait lui en mettre plein la vue.

J'ai réservé la table la plus proche de la mer et on a rejoint nos chambres, au même étage. On avait trois heures de sieste devant nous.

En entrant dans ma chambre, j'ai vu le Rinjani, au loin, sur notre île, au milieu du bleu. La veille, on était là-haut tous les deux. Tina aussi avait dû y penser, en découvrant cette vue, dans sa chambre. Mais je la devinais trop préoccupée par son retour en France, tout proche, pour s'attarder sur ce qui n'était déjà plus qu'un souvenir.

Pendant la traversée en ferry, j'avais commis l'erreur de lui demander à quelle heure partait son avion pour Paris, elle m'avait répondu «l'après-midi» sur le ton de celle qui avait envie de parler d'autre chose. Il avait fallu longtemps avant qu'elle retrouve le sourire.

Dans quatre jours, son avion atterrirait à Marignane, où l'attendraient ses garçons. Ce retour au réel m'angoissait autant qu'elle. Je pensais au matin où ses enfants reprendraient le lycée, après les vacances, quand elle se retrouverait seule avec son chagrin, omniprésent, inlassablement. Ce voyage lui avait montré qu'elle pouvait vivre avec, mais le pourrait-elle aussi là-bas, près de ses enfants, dans sa ville, dans sa vie qui, sans son mari, n'en n'était plus une ? Ici, elle s'était échappée de sa vraie vie, elle avait rempli son quotidien d'émotions qu'elle n'avait jamais ressenties auparavant, ni avec lui ni sans lui, le manque de cet amour perdu avait forcément été moins obsédant.

Je comptais bien l'aider à surmonter ce passage délicat. Hélas, j'étais le seul à le savoir, je n'allais pas lui dire : «Ne t'en fais pas, je serai là.» Je ne pouvais que sous-estimer la profondeur de son chagrin, et surestimer ma place dans sa vie.

Je me suis assis sur le bord du lit, face à mon Rinjani qui s'empourprait, et j'ai téléphoné à Bob, un copain de Luigi et Sonya, qui avait une maison dans le coin, pour lui demander un peu d'herbe – on avait fini celle de Catherine sur le ferry, face au soleil. J'étais gêné par cet appel intéressé, Bob n'était qu'une relation de passage et je ne l'avais pas revu depuis deux ans, mais à chacune de nos rencontres, nous avions eu un bon feeling ensemble, et il n'était pas du genre à se formaliser. Cet ancien toubib, un Belge de soixante balais joliment allumé, consacrait sa retraite à se défoncer, à tout, du soir au matin, bichonné par un harem recruté sur place, sans cesse renouvelé. L'herbe, c'était sa clope de base. S'il était là, un coup de 125, et ma fiancée aurait sa surprise pour le dîner.

Il était là. Je lui ai raconté en trois mots l'exceptionnel de la situation : Tina, Lombok, le dîner de fête, l'effet bienfaisant de l'herbe sur l'humeur de ma bien-aimée. Il s'exclamait sans arrêt : « C'est énorme ! C'est énorme ! » Il a insisté pour faire la livraison lui-même : je ne pouvais pas prendre le risque d'un aller-retour précipité en moto alors que j'avais rendez-vous avec elle ensuite. Avant de raccrocher, il m'a demandé si je souhaitais autre chose : champignons, opium, héroïne, cocaïne ? J'ai dit O.K. pour l'opium. Il a jubilé : « Ça va être énorme ! »

Il avait raison, ce serait énorme, si je fumais l'opium avec Tina. Je ne l'avais jamais fait avec personne d'autre qu'Isabelle, rien que d'y penser l'émotion pointait. Je n'oserais peut-être pas lui proposer un baptême aussi intime, mais j'aimais savoir que c'était devenu possible.

Une heure plus tard, Bob frappait à ma porte, accompagné d'une minuscule Balinaise d'une cinquantaine d'années, très laide. Je me suis souvenu comme nous avions ri quand il m'avait expliqué, une nuit de folie, qu'on ne pouvait pas prétendre aimer les femmes si on ne désirait que les belles. La Balinaise a sorti de son sac un paquet de tabac à rouler, qu'elle m'a donné. Il était rempli de quelques joints, d'un gros paquet d'herbe, d'une boulette d'opium dans du papier alu, et d'une pipe – il avait pensé à tout, le cher homme. Il s'est excusé pour la taille de la boulette qui ne nous permettrait qu'une pipe ou deux : j'étais tombé la veille de sa livraison bimensuelle, il n'avait plus que ça. Je l'ai rassuré : pour un baptême, ça suffirait amplement. On a discuté sur le balcon, il a bu trois Chivas, ils sont repartis en me souhaitant bonne chance.

Je suis descendu au restaurant un quart d'heure en avance, je ne voulais pas prendre le risque d'arriver après elle. Bob était assis au bar avec sa vieille poupée déglinguée. Il m'a fait un signe de la main, je les ai rejoints.

– Non, cours vite à ta table, il m'a dit. Je veux seulement la voir passer.

Une jeune fille m'a conduit jusqu'à notre pagode en surplomb sur l'océan, on avait l'impression qu'on pouvait plonger dedans direct. Je me suis assis en tailleur sur le parterre de coussins qui composaient un damier noir et blanc, devant une grande table basse. J'étais tendu. Je n'avais pas fumé de joint avant de descendre, je ne voulais pas prendre d'avance sur Tina. C'était notre premier dîner de gala en tête à tête, et probablement le dernier avant longtemps – autant dire que j'allais démarrer la nuit la plus importante de mon histoire avec elle à ce jour.

Je me demandais dans quel état d'esprit elle abordait cette soirée. Oh! je me doutais bien qu'elle n'était pas tout excitée au point de changer dix fois de tenue avant de se décider, comme on voit dans les films, mais est-ce qu'au moins elle préférait dîner avec moi plutôt qu'un *room-service* seule dans sa chambre? Était-elle simplement contente de faire un grand dîner dans un palace de rêve, ou l'absence de son amour empêchait-elle que le dîner soit grand et le palace de rêve?

J'aurais aimé porter un smoking, et savoir qu'elle allait débouler en robe du soir. Elle devait être à se pendre en fourreau lamé.

Je n'ai pas eu le temps de rêvasser longtemps, elle est arrivée tout de suite. Elle n'avait pas dû emporter de fourreau lamé dans ses bagages, elle avait mis son jean noir, avec sa chemise blanche par-dessus. Elle a enlevé ses tennis à l'entrée de la pagode, et elle s'est posée près de moi, de l'autre côté du même coin de la table, à genoux, fesses sur les talons. Le ciel et la mer scintillaient de millions d'étoiles, les lumières de Lombok vibraient dans le lointain, une lune toute ronde transperçait le halo de nuages. J'étais excité comme un enfant qui va au cinéma pour la première fois, quand la lumière s'éteint.

Deux filles nous ont servi des cocktails bleus et des assiettes apéritives. Pastèques, melons, fraises, mangues et mangoustans, boulettes de légumes aux currys vert, jaune et rouge. Tina a commencé à picorer dans le sucré.

Leur cocktail bleu était une plaisanterie pour adolescent, j'ai commandé une bouteille de Chablis. Depuis notre premier dîner, je savais que Tina aimait toutes les couleurs du vin, et en changer au fil du repas. L'alcool lui allait si bien, il faisait briller ses yeux, une certaine raideur l'abandonnait enfin. Il me tardait de la revoir détendue, insolente.

Ses yeux étaient presque bleu marine, ce soir. Les flammes des bougies, sur la table, se reflétaient dans ses pupilles et faisaient trembler les contours de ses épaules.

Elle a sorti une Winston, je l'ai allumée.

– On aurait eu un joint, ça aurait été parfait...

– Il suffit de demander.

Elle m'a regardé sans comprendre. J'ai sorti le paquet de Bob, je lui ai tendu un stick, roulé de main de maître.

Un sourire force 8 a éclairé son visage adoré.

– Monsieur est un magicien !

Je me suis dit que, normalement, on était partis pour passer une bonne soirée.

[...] elle a lancé la conversation en me demandant de lui expliquer le miracle de la multiplication des pains. Je lui ai raconté Bob, son harem. Elle aimait bien quand je lui faisais des fiches. Elle avait toujours vécu dans une bulle, elle semblait découvrir [...] la variété de l'homme et du monde [...] que je parlais, alors que j'avais surtout envie de [...] connaître. J'étais impatient de la connaître mieux, de confronter mes intuitions à la réalité. Comme je [...] connaissais depuis le début toute cette question sur son passé afin d'éviter des montées de chagrin intempestives, je ne savais rien d'elle. Quelle enfant quelle adolescente avait-elle été? Quelle vie menait-elle avec son mari? Pourquoi avaient-ils si peu voyagé ensemble? [...]

[...] La jeune fille splendide est arrivée pour prendre les commandes. Sa ressemblance avec ma petite [...] Sophie était frappante. Tina a vu mon regard et s'est mépris sur sa signification. Elle a suivi du regard la fille qui s'éloignait.

— Quelle merveille! Tu as vu cette grâce? [...]

La beauté de cette fille lui avait fait du bien, comme de voir le ciel ou la mer, un oiseau ou un tableau. J'ai eu honte de regretter un instant: elle n'an pas été un peu jalouse de mon regard, puisqu'elle l'avait cru admiratif et intéressé. J'ai juste [...] elle de m'expliquer, que [...]

31

Elle a lancé la conversation en me demandant de lui expliquer le miracle de la multiplication des joints. Je lui ai raconté Bob, son harem. Elle aimait bien quand je lui faisais des fiches. Elle avait toujours vécu dans une bulle, elle semblait découvrir, captivée, la variété de l'homme et du monde.

Je parlais, alors que j'avais surtout envie de l'écouter. J'étais impatient de la connaître mieux, de confronter mes intuitions à la réalité. Comme je m'interdisais depuis le début toute question sur son passé afin d'éviter des montées de chagrin intempestives, je ne savais rien d'elle. Quelle enfant, quelle adolescente avait-elle été? Quelle vie menait-elle avec son mari? Pourquoi avaient-ils si peu voyagé ensemble?

Une jeune fille splendide est arrivée pour prendre nos commandes. Sa ressemblance avec ma petite sœur Sophie était frappante. Tina a vu mon regard et s'est mépris sur sa signification. Elle a suivi du regard la fille qui s'éloignait.

– Quelle merveille! Tu as vu cette grâce?

La beauté de cette fille lui avait fait du bien, comme de voir le ciel ou la mer, un oiseau ou un tableau. J'ai eu honte de regretter un instant qu'elle n'ait pas été un peu jalouse de mon regard, puisqu'elle l'avait cru admiratif et intéressé. J'ai jugé utile de m'expliquer.

– Elle est thaï. J'ai cru revoir ma petite sœur à son âge...

– Comment elle s'appelle ?

– Sophie.

– Quel âge elle a, maintenant ?

D'une question à l'autre, je lui ai tout raconté. Mes forêts, l'accident des parents, mes vingt ans de *pater familias*, ma liberté tardive. Je n'étais plus tendu, merci Bob. Elle m'écoutait comme si mon histoire était plus passionnante que celle de Lawrence d'Arabie.

J'interrompais souvent l'interrogatoire pour revenir à ce qu'on mangeait. Elle avait accepté ma proposition de ne rien choisir et de laisser carte blanche au chef. L'artiste, flatté, nous faisait servir un festin d'empereur romain. Dès les entrées, on avait eu droit à quatre plats : soupe de coco, champignons à la citronnelle, œufs brouillés aux truffes, cuisses de grenouilles aux piments. La suite n'était arrivée qu'une demi-heure après, on avait eu le temps de souffler, de finir le Chablis pendant que je finissais mon récit épique.

Pour la première fois, en face d'elle, je me reconnaissais. Je n'étais pas encore à 100 %, mais pas loin. Je m'étais sorti du périlleux exercice égoïste que sa curiosité m'avait imposé avec, je crois, humour et sincérité, sans me donner la part trop belle. J'avais tellement la pêche que je m'apprêtais à lui demander de me raconter sa vie à son tour, au mépris de mes résolutions antérieures. Elle m'a relancé avant.

– À t'écouter, il n'y a pas la moindre histoire d'amour, dans ta vie !

– Avant toi, non.

À moins de mentir, je ne pouvais rien répondre d'autre. Elle a fait comme si elle n'avait pas entendu les deux premiers mots.

– Tu as forcément eu des histoires d'amour !

192

– Non, rien de sérieux. Je n'ai jamais… je n'avais jamais rencontré la bonne personne.

– Et ça ne t'a pas manqué ?

– Non. C'est la solitude qui m'a manqué. Si j'avais rencontré l'amour, j'aurais choisi une autre vie. Il n'y a qu'un grand amour qui soit mieux que la solitude. Non ?

Elle a réfléchi avant de répondre.

– Sûrement.

Elle est restée grave quelques secondes. L'arrivée des plats a réveillé son sourire. Elle a encore goûté à tout. À force, elle s'est sentie serrée dans son jean, elle a dû le déboutonner. Elle aurait pu le faire en douce, avec sa chemise par-dessus je n'aurais rien vu, mais elle me l'a dit en le faisant, et elle a gémi de plaisir, l'étau desserré. Ça nous a fait rire. Ce n'était pas la première fois, le dîner était gai.

Même si elle revenait toujours à mon cas – pour éviter de parler d'elle, j'en étais conscient – nous avions abordé, à force de parenthèses et de digressions, une foule de sujets : les frères et les sœurs, Hopper et Michel-Ange, Scorpions, Salinger et Fitzgerald, la boxe, Pete Sampras, les mains et les pieds, les bourreaux et les victimes, les chats, la télé, Patrick Dewaere et Julia Roberts, les talons aiguilles, Mandela et Gandhi, j'en oublie.

Ses avis me surprenaient souvent. Ayant toujours vécu entourée de garçons, elle avait échappé aux moules standards – elle avait vu plus de matchs de foot et de films de gangsters que moi, elle aimait même *Rocky V* ! Depuis que j'étais parti à sa découverte, je n'avais toujours pas décelé l'ombre d'un détail qui me déplaise.

Forcément, j'avais trouvé une occasion de lui demander son signe astral sans avoir l'air trop nouille. Ça l'a amusée.

– Poissons. Ascendant Poissons.

Qu'elle précise d'elle-même son ascendant m'a ravi. L'info était cruciale. Elle faisait carrément partie des 0,7 % les plus sensibles, les plus à fleur de peau, de l'espèce humaine – douze signes que multiplient douze ascendants, ça fait 144 combinaisons différentes, chaque type de personnalité regroupe donc 0,7 % du total. Ça répondait à pas mal de questions.

Elle m'a demandé mon signe. Quand j'ai répondu «Cancer ascendant Balance», elle n'a fait aucune remarque, s'étonnant seulement que ce sujet m'intéresse. Je lui ai raconté que, vers trente ans, j'avais fait la connaissance d'une Française en voyage en Thaïlande avec sa mère astrologue. Lors d'un dîner, la mère, pour me convaincre, m'avait raconté des tas d'histoires plus incroyables les unes que les autres, mais que j'avais crues, car il était impossible de supposer que cette dame si respectable soit une mythomane hystérique. Depuis, la première chose que je lisais, quand je tombais sur un journal, c'était l'horoscope. Tina rigolait, ses yeux commençaient à briller.

Plus tard, c'est elle qui m'a fait rire. Et là, pas qu'un peu. Entre deux bouchées de crevettes piquantes qu'elle avalait comme des fraises à la crème, elle m'a demandé pourquoi je m'étais installé en France.

– J'ai trop parlé de moi. J'aime mieux t'écouter.

– Justement, ça m'énerve!

Je lui ai raconté mes balades en Provence pendant mes études à Aix, et mon envie, depuis, d'un endroit bien à moi, sur la terre de mes ancêtres. J'hésitais entre les trois A: Aix, Avignon, Arles. Un client cherchait à vendre cet appartement, il était pressé, ça s'était fait en deux jours.

– Fallait bien que je te rencontre! j'ai conclu.

Elle a souri, j'ai enchaîné en m'étonnant qu'elle n'ait pas l'accent du midi, à l'inverse de ses frères. Elle m'a appris qu'ils étaient tous nés à Paris, et qu'elle avait déjà quatorze ans quand ses parents commerçants avaient émigré dans le Midi. Ses frères étaient plus jeunes, ils avaient pris l'accent en six mois.

– Ça tombe bien, j'ai dit. C'est impossible de t'imaginer avec cet accent.

Elle m'a répondu avec un accent marseillais à couper à la tronçonneuse.

– C'est couillong! Avé mes copings de là-bas, je parleu commeu ça! C'est un assent trrrès symmpathiqueu!

On aurait cru ma tante de Marseille, je hurlais de rire. Elle me regardait me bidonner, contente de son coup. C'était irrésistible à quel point cet accent ne lui allait pas. Pourtant, si ses parents avaient déménagé plus tôt, elle l'aurait eu pour de bon, cet accent.

Mine de rien, grâce à ce dîner, j'avais appris mille choses sur elle. Elle tenait depuis son adolescence un journal intime, elle n'avait pas voyagé car son mari avait la phobie de l'avion, elle se trouvait paresseuse, inculte et superficielle, elle ne portait que des chaussures noires, elle souffrait d'insomnie depuis toujours, elle avait pris vingt kilos lors de sa première grossesse, elle aurait aimé avoir une fille, elle savait jouer de la guitare, elle avait fait partie d'un groupe de rock, adolescente, avec Roland.

Souvent, je me surprenais à observer longuement un détail, comme pour le rentrer à jamais dans le disque dur de ma mémoire. Ce soir-là, c'était son nez. Un rêve de nez. Même ses narines qui s'ouvraient légèrement quand elle fumait, un détail qui ne pardonne jamais, c'était joli à voir.

Nous avions entassé les coussins pour nous faire un dossier moelleux face à l'océan, un voile de nuages passait derrière la lune, les yeux de Tina étincelaient. J'ai toujours aimé cet état, quand l'accumulation de l'alcool et de l'herbe supprime la fatigue et qu'on n'a plus du tout sommeil, quelle que soit l'heure. Nous aurions pu rester encore longtemps à parler, à nous poser des questions, à nous taquiner, à rêvasser ensemble.

Quand elle contemplait la nuit étoilée, moi je pensais à elle. Elle était près de moi, nos pieds nus se touchaient parfois, on était bien, elle aimait manger, boire, fumer, parler et regarder la mer avec moi, c'était bien plus qu'il n'en fallait, normalement, pour démarrer une histoire, et pourtant, si je m'étais penché pour l'embrasser, il était évident qu'elle aurait tourné la tête, qu'elle l'aurait mal pris.

Le repas était fini, il devait être une heure et demie. On picorait des chocolats en sirotant nos Dragons verts. Plus le temps passait, moins j'avais envie d'aller me coucher. Et elle avait l'air d'être dans le même état d'esprit. Pour l'opium, c'était tout de suite ou jamais. Je me suis dit que si elle réclamait un nouveau joint, je lui proposerais de le remplacer par l'opium. Sinon, je fermerais ma gueule. Pour être honnête, il y avait une chance sur mille qu'elle aille se coucher sans vouloir en fumer un dernier !

Tout en nous rajoutant des glaçons, elle m'a lancé :

– Tu comptes les revendre, les joints ?

J'ai ri.

– Bob m'a donné aussi une boulette d'opium. Tu n'as pas envie d'essayer ?

– Tu cherches vraiment à me débaucher !

– Pour les champignons, tu n'as pas eu besoin

196

de moi ! Et l'opium, ça n'a rien à voir… C'est un plaisir bien plus subtil, très doux…

Elle en mourait d'envie, seul le mot mythique l'effrayait encore. Je lui ai raconté les habitudes de mes parents, d'Isabelle, notre rite du premier soir, je l'ai sentie rassurée.

– Tu crois que je vais aimer ? Je ne veux pas être mal, demain matin…

Je lui ai expliqué qu'il valait seulement mieux prendre la précaution de nous rapprocher de nos lits, car après avoir fumé, nous n'aurions plus envie de bouger, le retour aux chambres risquait de nous sembler une expédition. J'ai proposé qu'on émigre sur les transats de son balcon.

– D'accord.

J'étais à la fois sidéré d'avoir pu faire une telle suggestion sans prendre le risque d'un malentendu, et grisé qu'elle accepte avec autant de simplicité, qu'elle me fasse confiance à ce point-là. Il est vrai que les effets que je lui avais décrits étaient rassurants : l'opium est loin d'être un aphrodisiaque !

Elle a rassemblé dans une assiette les friandises qui restaient, elle a enfilé ses tennis sans les lacer, je l'ai suivie dans les escaliers, entre les deux rangées de chandeliers. Quelques mèches, de loin en loin, finissaient de rougeoyer. En haut, nous nous sommes retournés une dernière fois pour embrasser la mer et le ciel étoilés.

32

Elle a trouvé le trou de la serrure sans tâtonner, comme si elle n'avait bu que de l'eau fraîche. Le balcon de sa chambre, comme le mien, faisait face à Lombok.

J'ai enlevé les matelas des deux transats, je les ai posés par terre, séparés par son assiette de sucreries, elle s'est assise, je suis retourné plusieurs fois dans la chambre chercher de l'eau et des verres, un cendrier, des oreillers, elle me regardait faire en décortiquant un mangoustan – le meilleur fruit du monde, on était d'accord. J'ai tout installé, j'ai allumé des bougies, j'ai éteint les lumières, je me suis assis, j'ai sorti la pipe, la boulette, elle m'a offert la moitié du mangoustan, je l'ai avalée, elle m'a dit :

– Je ne sais pas dans quel état je serai tout à l'heure... Alors merci pour cette soirée. Tout était...

À la place du mot qu'elle ne trouvait pas, elle a fait sa mimique épatée que j'adorais. On s'est souri – pour la première fois, je peux dire : tendrement. Dans ce sourire, j'ai vu passer, en un éclair, non seulement l'affection qu'elle avait pour moi, mais aussi l'amour qu'elle aurait un jour. Elle a remarqué mon émotion.

– On la fume, cette pipe ?

– C'est prêt.

On s'est assis en tailleur, face à face. J'ai allumé

le briquet, elle a saisi ma main pour interrompre mon geste.

– Attends! Tu as oublié un truc essentiel. Ça m'étonne de toi...

Elle était si enjouée, j'ai cru qu'elle allait m'embrasser à pleine bouche.

– Qu'est-ce que j'ai oublié?

– La musique.

Je suis revenu sur terre en riant.

– Avec l'opium, c'est inutile.

– Je ne sais pas si ça va me plaire, alors!

Elle était irrésistible, j'avais envie de la prendre dans mes bras et de la couvrir de baisers, j'ai allumé le briquet, je l'ai approché de la noisette d'opium, elle a pris ma main pour m'arrêter, amusée de reporter encore le grand départ.

– On ne sait jamais... Si je m'endors, quand tu iras te coucher, tu me mets une couverture...

J'ai fait mon vexé.

– Tu fais bien de me le préciser. Je n'y aurais pas pensé tout seul.

– Excuse-moi!

Elle s'est marrée.

Je ne comptais pas m'imposer dans son lit, mais comme ça, c'était clair. Je me demandais seulement si son propos était sans malice, ou si, au contraire, ce «Quand tu iras te coucher» n'avait servi qu'à me faire savoir, aussi délicatement que possible, qu'elle ne souhaitait pas se réveiller près de moi. Quand j'ai allumé la pipe, je penchais plutôt pour la seconde solution.

J'ai aspiré la fumée, je l'ai avalée peu à peu en déglutissant, comme si c'étaient des morceaux de steak. J'ai recommencé, je lui ai tendu la pipe. La première fois, elle a toussé. Et puis elle a pris le coup. À la fin, elle aspirait de toutes ses forces, en creusant ses joues.

– Tu as dû tenir une fumerie d'opium dans une autre vie !

Elle a pouffé, la fumée à peine inhalée s'est échappée.

– Tu me fais gâcher !

On s'est allongés, face à la lune. Les bougies ne servaient qu'à faire joli. L'air de rien, on était couchés à cinquante centimètres l'un de l'autre.

Peu à peu, je l'ai vue pâlir, elle a fermé les yeux.

– Whah ! elle a soupiré. C'est fort, quand ça monte…

J'ai vu son sourire s'ouvrir, s'ouvrir, comme s'il allait pour de bon séparer son visage en deux parties qui ne se rejoindraient plus nulle part. Elle était lancée dans le grand toboggan. Ça me fait toujours cet effet : comme si je glissais au ralenti sur un toboggan moelleux, à peine incliné, et les pensées défilent, et avec elles, les sensations les plus subtiles, les émotions les plus ténues, soudain distinctes, reconnaissables, connues ou inconnues. Ce n'est pas pour rien que, malgré son effet très doux, l'opium est une vraie drogue dure : c'est trop bon.

L'intimité spirituelle et sensorielle que je partageais avec elle sur ce balcon, le plaisir de l'accompagner dans sa découverte de cet état si mystérieux, d'accomplir ce voyage intérieur en sentant sa respiration à mon côté, en regardant ce sourire bienheureux sur ses lèvres, toutes ces émotions me plongeaient dans un état de grâce aussi intense – quoique différent, tellement différent – que nos bains dans l'océan, nos balades à moto dans les collines de Lombok, ou nos étreintes ardentes dans la cour du *Stella*.

– Il en reste ? elle m'a demandé.

– Oui. Y'a juste de quoi s'en refaire une deuxième.

– Tu attends quoi ?

J'étais trop décalqué pour rire en ouvrant la

bouche et en faisant du bruit. Dans ma tête, j'étais plié, elle le savait.

On a fumé, elle a continué sa balade solitaire. Je gardais les yeux mi-clos, je la voyais, les yeux fermés, le visage serein, ni grave ni souriante, lisse. Peu à peu, j'ai distingué des larmes, qui coulaient sur ses joues, j'ai eu peur, elle a dû le sentir, sans ouvrir les yeux elle a pris ma main, elle murmurait, je l'entendais à peine.

– Ne t'en fais pas... tout va bien... j'adore...

Les larmes coulaient toujours, et elle souriait, en serrant ma main dans la sienne. Le temps s'était dilaté, je ne savais plus si nous étions là depuis cinq minutes ou huit heures.

Elle n'avait pas bougé, ni ouvert les yeux depuis un bon moment, mais elle était toujours avec moi, et ça, c'était inespéré. L'opium ne modifiait en rien la singularité de notre rapport, il l'intensifiait. Nos solitudes, en se mêlant, ne s'annulaient pas, nous étions encore davantage chacun dans notre bulle, à vivre notre trip perso, tout en demeurant encore plus fortement liés l'un à l'autre.

Avant de sombrer, j'ai rassemblé le peu de forces et de lucidité qui me restait, je me suis levé, la tête me tournait, j'ai avancé en m'appuyant aux murs, j'ai pris la couverture qui était sur son lit, et je suis revenu la poser sur elle, doucement. J'ai sursauté en l'entendant chuchoter.

– Merci. À tout à l'heure...

J'ai approché ma bouche de son oreille.

– Fais de beaux rêves.

– J'arrête pas...

Je suis reparti en titubant. Ça me tordait les boyaux de la quitter. En même temps, si j'en avais eu la force, j'aurais fait des claquettes en escaladant les murs comme Gene Kelly tant je venais de vivre des heures inoubliables.

Seul dans mon lit, j'ai retrouvé mon toboggan préféré. La tendresse dont Tina m'avait comblé continuait de me caresser le cœur. Elle était encore loin de m'aimer, elle ne m'aimerait peut-être jamais, mais si elle était toujours gentille, drôle et complice avec moi comme ce soir, ce ne serait pas grave. Ça me ferait une belle vie quand même.

33

Le téléphone m'a réveillé trop tôt. Bob tenait à me dire à quel point la beauté de Tina l'avait transporté.

– Le jour où tu auras fait l'amour avec cette femme, tu pourras mourir.

J'étais loin d'être d'accord, je détesterais mourir juste au moment où ma vie deviendrait magnifique !

Tina m'a appelé une heure plus tard, à son réveil. Elle m'a demandé s'il fallait libérer les chambres à midi – mon premier rire de la journée. Il était midi moins cinq. Je l'ai rassurée, elle pouvait se rendormir. Il y avait trois clients dans l'hôtel, on avait dépensé autant qu'une famille japonaise en une semaine, il aurait fait beau voir qu'ils me facturent notre grasse matinée !

On a quitté l'hôtel vers quatre heures. Comme on avait pris nos petits déjeuners dans nos chambres, on est montés sur les motos sans s'être dit plus de trois mots. Elle avait la gueule de bois cafardeuse, y'a toujours un prix à payer.

À la sortie de Manggis, nous sommes passés devant la pancarte qui indiquait la direction d'Ujung. Notre maison de vacances se trouvait à moins d'une heure de route, mais je me voyais mal lui proposer de passer ses deux derniers jours là-bas, seule avec moi. Il ne m'était jamais arrivé de venir à Bali sans y séjourner, j'avais l'impression de commettre une trahison familiale. Si mon père et ma mère me regardaient, sur leur nuage, j'espérais qu'ils ne m'en voulaient pas, qu'ils étaient heureux de me voir amoureux de cette femme.

Cette route, nous l'avions déjà faite ensemble, quand je l'avais ramenée de Candi Dasa en Chevrolet et qu'elle était en colère contre moi. On s'est arrêtés à Klungkung, sur la même place que l'autre fois. La première heure de moto l'avait déjà requinquée, elle regardait l'agitation qui régnait autour de nous avec son petit sourire curieux. Elle m'a reparlé de l'opium, elle se sentait encore imprégnée des émotions «incroyables» qui l'avaient transportée. Elle était si enthousiaste qu'elle excluait d'en parler à ses frères, pour ne pas leur faire trop envie.

Il ne nous restait qu'une heure de route. Notre dernière balade avant son retour en France. J'aurais dû en goûter pleinement chaque seconde, chaque sourire, chaque regard, je ne pensais qu'à notre séparation, imminente. Selon toute probabilité, je ne passerais pas avant longtemps cinq jours entiers seul avec elle. Ni même un, peut-être.

Nous sommes arrivés devant l'hôtel *Stella* vers cinq heures, elle allait pouvoir se faire son avant-dernier coucher de soleil sur son balcon. On a convenu de s'appeler le lendemain, on est restés sur nos motos pour se dire au revoir, j'ai senti ses lèvres chaudes sur mes joues, elle a gardé ses yeux plantés dans les miens pour me dire :

– Merci. Sans toi, je ne sais pas dans quel état je serais.

J'étais trop ému pour répondre, elle s'en est rendue compte, elle s'est éloignée au ralenti, en me faisant un signe de la main avant de tourner dans la cour.

J'ai roulé jusqu'à la plage de Kuta, je me suis assis sur le sable. Je ne parvenais pas à avoir des pensées suivies, structurées, les émotions positives se mêlaient aux négatives, je baignais encore dans le bonheur que je venais de vivre avec elle, alors que perçait déjà l'insupportable douleur qui allait devenir mon lot quotidien, à cause d'elle – à cause de l'absence d'elle plutôt.

La nuit est tombée, j'ai fait un tour en ville pour lui trouver un joli cadeau d'adieu, ça a pris du temps. Je suis rentré, Michel, Catherine et sa sœur riaient devant une vidéo qu'Annick leur avait rapportée de France, avec des acteurs que je ne connaissais pas. Je voulais monter me reposer, Catherine m'a retenu.

– Regarde la fin avec nous, il y en a pour dix minutes.

Je me suis assis, ils étaient pliés, moi ça me faisait le même effet qu'un documentaire sur les plates-formes pétrolières. Le film fini, Catherine, malgré ses questions, n'a eu droit qu'à un résumé du voyage, sans détails superflus.

Dans mon lit, j'ai ressenti le manque d'elle, physiquement. Elle n'était plus dans la chambre d'à côté. De nouveau, ma poitrine semblait compressée dans un étau. Je me suis levé, j'ai fouillé dans leur pharmacie, j'ai trouvé du Lexomil, j'en ai avalé la moitié d'un, et je me suis recouché. En quelques minutes, j'ai vu les choses autrement.

Je n'avais pas le droit de me lamenter, tout ce que j'avais vécu avec elle en si peu de temps était très au-delà de mes rêves les plus fous. Avec mon amour, elle avait construit une amitié. Je cherchais un mot plus adéquat, moins fort, je ne trouvais pas.

Nous avions évoqué ce sujet, l'amitié, à l'*Amankila*. Je savais que son cercle proche se limitait à sa famille, à ses hommes. Avec son mari, ils fréquentaient quelques couples d'amis, mais aucun qui soit son ami à elle, et ça ne lui manquait pas. J'avais aimé ce point commun supplémentaire entre nous. Les trois ou quatre jours par an que je passais avec Michel depuis vingt ans avaient toujours constitué la seule part de l'amitié dans ma vie.

Même si je n'en faisais pas mon but ultime, loin de là, j'étais fier de savoir que j'étais en train de devenir le premier, le seul ami de sa vie d'adulte. Pendant ces cinq jours, j'avais eu droit à une place que personne n'avait occupée avant moi, une place qu'elle avait inventée exprès pour moi. Quel miracle d'en être déjà là… Je repensais à toutes les fois où j'avais cru ma dernière heure venue, à ma déclaration du *Kupu Barong*, à notre retour mutique dans la Chevrolet, à sa tentative d'assassinat de Lombok. Oui, je pouvais remercier le ciel.

À trois heures, je n'avais pas fermé l'œil. J'ai avalé l'autre moitié du Lexo. Maintenant, c'était moi qui avais besoin de prendre des saloperies pour dormir !

Le lendemain matin, Catherine a téléphoné à Tina avant moi, pour l'inviter à dîner. Je l'ai appelée à cinq heures, elle rentrait de son dernier bain, je lui ai proposé de passer la prendre en voiture pour l'emmener chez Michel.

À sept heures, j'étais dans le hall du *Stella*. Elle est arrivée dans mon dos, par les escaliers, elle a posé sa main sur mon épaule, je me suis retourné, elle était souriante. Je ne l'avais jamais vue comme ça. Elle portait une jupe longue en coton noir et gris, un chemisier en soie grise, des ballerines noires. Elle était si belle, j'ai cru qu'elle était maquillée. J'ai pu vérifier ensuite qu'elle ne l'était pas.

– Tu es éblouissante !
– Seulement ?

Derrière ce sourire effronté, elle aurait collé ses lèvres sur les miennes, personne n'aurait été étonné. En marchant vers la jeep, elle m'a raconté qu'elle avait passé la matinée dans les boutiques de Kuta. Elle était rentrée avec un tas de paquets, pour elle, pour ses enfants, ses frères, ses parents. Cette poussée de carte bleue semblait l'avoir rassurée, comme un signe de bonne santé. Elle a cherché une cassette dans le bordel de la boîte à gants, elle m'a tendu un boîtier où Ikko et Dumbang, en robe rose à volants et smoking bleu canard, souriaient niaisement.

– J'ai acheté tous leurs CD !

J'ai roulé encore plus lentement que d'habitude. C'était la dernière fois qu'elle traversait Legian et Kuta à cette heure, quand l'agitation de la nuit s'emparait de la ville, la dernière fois qu'elle sentait ces parfums, qu'elle voyait ces visages, elle avait forcément envie que cette promenade ne file pas trop vite, et moi aussi. Je redoutais comme la peste cette odeur de dernier soir, je ne voulais pas craquer, la rebassiner avec mon amour. Dans ma tête, j'étais arc-bouté sur le frein.

Je lui ai dit que je venais d'avoir Bodharto au téléphone, il était prêt à accepter mon offre, sous réserve, le bâtard, qu'on reste d'accord quand on entrerait dans les détails. Ça laissait présager des négos au couteau, qu'importe, l'affaire était bien engagée, j'y retournais dans deux jours. Elle a réagi gaiement, comme si elle avait gagné, elle aussi. J'aurais aimé arrêter la voiture, l'embrasser et lui proposer de continuer à courir le monde avec moi, de remonter jusqu'aux Célèbes et aux Moluques, de lui faire découvrir Ceylan et les Maldives, New Delhi ou Tahiti, on verrait bien où le vent nous pousserait. Il fallait surtout que je me calme, je n'avais pas le droit de déraper.

À la maison, nous avons retrouvé Michel et la bande. Ils ont tous complimenté Tina pour sa mine éclatante. Jeannot et Made, qui venaient de se réconcilier après trois jours de furie, nous ont fait rire pendant tout le dîner en racontant leur embrouille par le menu, les insultes, la télé par la fenêtre, la poursuite dans la rue en pyjama, les têtes des flics alertés par les voisins à bout de nerfs, consternés de retomber sur leur couple maudit. Ils se moquaient d'eux-mêmes avec férocité, osaient les pires vacheries, ils étaient de nouveau en pleine lune de miel, rien ne pouvait les fâcher. Tina les aimait bien, ça se voyait.

Entre elle et moi, de nouveau, quelque chose avait changé. Face aux autres, elle était avec moi. J'étais devenu son compagnon de voyage, son cavalier. Je l'avais perçu à plusieurs reprises, quand elle avait ri en posant sa main sur mon bras, ou aux regards complices qu'elle m'avait lancés quand Jeannot ou Made sortaient un détail ahurissant.

Elle a donné le signal du départ plus tôt que je ne l'aurais prévu. Catherine et Annick devaient l'accompagner à l'aéroport avec moi le lendemain, la cérémonie des adieux ne s'est pas éternisée.

On n'a pas dit un mot pendant tout le trajet. Ikko chantait, Tina, comme d'habitude, jambes allongées, tête renversée, contemplait les étoiles. Malgré mes efforts, je suis arrivé trop vite au *Stella*. Il devait être à peine minuit. Comme si ça allait de soi, elle m'a demandé :

– On va boire un dernier verre sur la terrasse ?

J'ai grimacé, bougon.

– Oh non, pas ce soir, j'ai sommeil !

Elle a éclaté de rire, on est montés.

34

La nuit, sur cette terrasse, on se sentait suspen-
dus au-dessus du vide. La lune éclairait la ville, les
montagnes et l'océan. Au large, l'écume des vagues
raturait les ténèbres. Des milliers de petites lumières
rouges et blanches grouillaient dans les rues du
centre. Un couple d'ados se bécotait derrière nous,
on entendait le *Unplugged* de Clapton, elle a enlevé
ses ballerines, ses pieds nus, croisés sous sa chaise,
s'agitaient en cadence. Au loin, un avion venait de
décoller. On l'a regardé se mêler aux étoiles, jusqu'à ce qu'il disparaisse dans la voie lactée. Demain
à la même heure, elle serait là-haut, plus haut,
quelque part au-dessus de l'océan Indien. Elle y pensait aussi, forcément.

Un serveur a apporté nos Dragons verts. J'ai
tendu le mien pour trinquer.

— À toi. À ton retour.

On a cogné nos verres, elle a bu tout de suite derrière, comme l'exige la tradition.

— Et toi, tu rentres quand en France ?

Elle ne m'avait jamais posé la question. J'ai aimé.

— Dès que l'affaire Bodharto sera pliée. D'ici une
quinzaine, je suppose… D'ailleurs… il faudrait qu'on
échange nos numéros… C'est la coutume, à la fin
des vacances…

— Bien sûr.

J'ai appelé le serveur, il nous a apporté un stylo et
une feuille, je l'ai déchirée en deux, j'ai écrit *Franck*

et mon numéro, je lui ai donné le stylo, elle a écrit *Tina* et son numéro, elle m'a rendu sa demi-feuille, son numéro comportait trois 7, je l'ai su par cœur, instantanément.

— J'essaierai de ne pas t'appeler le jour même de mon retour. Mais le lendemain, c'est probable.

— Ça me fera plaisir.

Elle l'a dit gentiment, juste comme il fallait pour que je n'attribue pas à ses mots plus de sens qu'ils n'en avaient.

J'ai glissé le précieux manuscrit dans la poche arrière de mon jean. Je détenais enfin un objet qui témoignait de son existence. Et quel ! Son prénom, son numéro, de sa main, sur une feuille à l'en-tête du *Stella Hôtel*, *Legian*, *Bali* ! Quand on s'aimerait, on l'encadrerait dans notre chambre, au-dessus du lit !

Je ne savais plus quoi dire, cette putain d'odeur de dernier soir était obsédante, le silence se prolongeait. Imperceptiblement, son visage est devenu plus grave. J'ai eu envie de prendre un risque, de lui dire un truc qui était difficile à dire, qui risquait de nous plonger dans trop d'émotion, mais, si je ne me trompais pas, qui pouvait aussi rajouter un peu de bleu dans son ciel tourmenté.

— Tu sais, je crois que ton retour va mieux se passer que tu ne le crains…

Elle m'a regardé, étonnée, l'air de dire « Ah bon ? Et comment tu sais ça, toi ? »

— J'ai longuement réfléchi. J'ai une théorie à ton sujet.

— Une théorie ?

— La stratégie de la rupture, ça s'appelle.

— Je t'écoute.

J'ai essayé de rester léger, en pesant chaque mot.

— En partant loin de tes enfants… tu t'es placée… inconsciemment… dans une situation où ils te manquent autant que ton mari... Depuis six semaines, tu vis comme si tu les avais perdus tous les trois...

D'une phrase à l'autre, je l'ai vue virer de la curiosité à l'émotion, avec un début de reproche dans les yeux.

– ... À ton retour, cette rupture va porter ses fruits. Ta joie de retrouver tes enfants, de constater qu'ils sont vivants, que vous êtes tous les trois vivants, cette joie-là va être plus forte que le chagrin qui te mine depuis un an.

– C'est une théorie qui te ressemble.

– Ça ne tient pas debout ?

– Si. J'espère que tu auras raison.

Cette fois, c'est elle qui a tendu son verre pour trinquer.

Elle m'a dit qu'elle avait l'intention de revenir ici avec ses enfants, l'été prochain – ils avaient deux mois de vacances, ils auraient le temps de visiter d'autres pays.

– J'aurai besoin de toi. Tu me conseilleras.

J'aspirais à mieux qu'au rôle de conseiller, mais je ne le lui ai pas dit. Si j'avais laissé parler ma face noire, je l'aurais conseillée illico, je l'aurais prévenue qu'elle serait déçue en revenant ici en plein été, car ce paradis qu'elle avait aimé désert grouillerait de touristes à caméscope. Je ne lui ai pas dit non plus qu'un voyage avec ses enfants n'aurait pas le même parfum de liberté qu'avec moi.

Ce projet familial a balayé les nuages qui traînaient. Elle était si rayonnante que ma vexation stupide s'est envolée, me laissant face à ma honte de l'avoir éprouvée. Tant que je me rendrais coupable de pensées aussi mesquines, je n'avais aucune chance de me faire aimer d'elle.

Il lui tardait d'y être, elle me mitraillait de questions. Dans quels pays pouvait-on louer des motos aussi facilement qu'à Bali ? Quelles étaient les bonnes saisons pour la Thaïlande ? Et Java ? Et Sumatra ? À force, elle a réussi à me rendre presque joyeux.

Nos verres étaient vides, elle a voulu rentrer, pour rester sur cette bonne humeur. On a pris l'ascenseur, elle l'a arrêté au deuxième, elle m'a dit « À demain », elle est sortie. Elle l'avait joué rapide, j'étais refait.

Dans la cour, j'ai marché le plus lentement possible jusqu'à la jeep, pour lui laisser le temps de se raviser, de dévaler les deux étages, j'imaginais, je l'entendrais courir derrière moi, je m'arrêterais, elle me dirait : « Viens ». Cette fois, j'irais, sûr. Mais cette fois, elle ne l'a pas dit.

De retour dans ma chambrette, comme j'avais toujours autant de raisons d'être heureux que malheureux, je n'étais ni l'un ni l'autre, l'un empêchait l'autre, je pataugeais dans un état cotonneux, négatif. Malgré mes efforts pour me concentrer sur les bons côtés des choses, et il y en avait plein, le blues montait, épais.

Je savais que je ne pourrais ni lire, ni dormir, j'ai sorti mon agenda, et j'ai compté les jours. Je la connaissais depuis cinquante jours. Au total, même en comptant nos deux premières rencontres d'une minute, il n'y avait que seize jours où elle m'avait vu. J'étais stupéfait. Mon disque dur n'avait pas enregistré les jours sans elle. Ça me paraissait dément, à me passer la camisole, de ressentir ces seize jours avec elle comme s'ils étaient cinquante, et les trente-quatre sans elle comme s'ils n'avaient jamais existé. Alors que j'en avais bavé, pendant ces trente-quatre jours pourris, ça je m'en souvenais très bien.

Je me suis recouché, rien à faire, j'étais de plus en plus mal. Depuis notre retour de Lombok, j'étais miné par l'horrible intuition que j'avais commencé par le meilleur. Ce retour en France allait constituer pour moi une régression implacable. Ses enfants, sa famille, son chagrin peut-être, allaient revenir au centre de sa vie, j'allais devenir un second rôle, au mieux, si je réussissais un sans-faute.

Ces noires pensées prouvaient au moins que ma passion n'avait pas encore anéanti toute trace de lucidité. Les ambulanciers pouvaient plier leur camisole. Si j'avais rêvé à ce retour en France avec des étoiles plein la tête, en imaginant les dîners intimes, les nuits d'ivresse, les promenades fabuleuses qui nous attendaient maintenant qu'on rentrerait chez nous, maintenant que j'allais faire partie de sa vraie vie, là oui, ils seraient en train de m'attacher dans une cellule capitonnée et de préparer la seringue.

35

L'avion de Tina décollait à cinq heures de l'après-
midi, Catherine, Annick et moi sommes passés la
prendre en jeep au *Stella* à deux heures. J'aurais
préféré être seul avec elle pour vivre ce moment,
mais, après tout, la présence des deux sœurs était
légitime, et elle avait l'avantage de me mettre à
l'abri d'adieux trop pesants. Les mouchoirs, c'était
Catherine qui allait les tremper. Le départ de sa
meilleure copine depuis longtemps l'attristait sincè-
rement, et le projet de Tina de revenir dans deux
mois avec ses fils n'y changeait rien. Les voyageurs
promettent toujours de revenir, ils reviennent rarement, le monde est trop grand, ils ont trop d'autres
pays à découvrir.

On a accompagné Tina à l'enregistrement. Elle a
envoyé en soute le gros sac qu'elle avait acheté la
veille pour y entasser ses cadeaux et elle a gardé le
petit en toile grise, avec lequel elle était arrivée. Elle
l'avait sûrement acheté exprès pour venir ici – je ne
la voyais pas ranger ses affaires dans un bagage du
temps de son mari. Il en disait long sur elle, ce sac,
et déjà qu'elle était une voyageuse avant même de
partir, puisqu'elle l'avait choisi.

Quand on s'est retrouvés devant la porte de la
douane, Catherine avait les larmes aux yeux. On
était tous les trois en rang d'oignons comme si Tina
allait nous accrocher une médaille. Elle a embrassé
Catherine, puis Annick, elle est arrivée devant moi.

Ses yeux brillaient. Avant qu'elle se penche, j'ai sorti mon cadeau, une petite boîte dorée avec un ruban rouge.

– Tiens… Un porte-bonheur…

Elle a ouvert le paquet, c'était un petit oiseau en argent, les ailes déployées, qui ne servait à rien.

– Oh! il est joli… Merci… C'est gentil.

Elle avait l'air émue, je n'ai pas réussi à sourire. Elle m'a embrassé, pour me dire à la fois au revoir et merci, je l'ai serrée dans mes bras, pas trop fort, ses lèvres ont mouillé mes joues, mes lèvres se sont doucement enfoncées dans sa chair douce, comment était-il possible qu'un instant soit à la fois aussi délicieux et aussi triste, je lui ai dit «bon voyage», elle s'est éloignée, son sac à l'épaule.

Elle avait une silhouette divine, longue, fine, avec des hanches à peine plus larges. Elle marchait vite, comme si elle allait prendre le métro pour rentrer chez elle. Ses cheveux avaient poussé, et éclairci, elle était presque blonde.

Avant d'ouvrir la porte, elle s'est tournée vers nous, avec un signe de la main, elle a avancé, la porte s'est refermée, elle a disparu.

On est sortis de l'aéroport, le ciel était noir. Pendant qu'on traversait Denpasar, l'orage a éclaté. J'ai dit à Catherine que, sans elle, ma relation avec Tina n'aurait pas pu devenir ce qu'elle était devenue. Ça lui a fait plaisir.

Même si elle m'avait parfois énervé ces derniers temps, cette histoire nous avait rapprochés. Nous n'étions plus seulement, l'un pour l'autre, l'ami et la femme de Michel, nous étions devenus, moi l'amoureux de son amie, elle l'amie de mon amour.

Quand nous sommes arrivés à la maison, la pluie se calmait, le soleil allait revenir. J'ai bondi sur ma moto, j'ai foncé sur la plage de Kuta. Grâce à l'orage, elle était déserte. Je me suis assis sur le sable mouillé et j'ai attendu.

Dix minutes plus tard, j'ai reconnu le logo grenat de la Thaï, son avion s'est envolé au-dessus de la presqu'île, en face. Si Tina regardait cette plage, je n'étais plus qu'une minuscule miette humaine. Au moins, elle était trop loin pour voir que je pleurais.

36

Deux semaines plus tard, je buvais un Dragon vert dans le même avion pour Paris. Je fêtais mon second vol de la journée : le matin, j'avais déjà passé une demi-heure dans le ciel grâce à un Lombok-Bali. Mon troisième aller-retour chez Bodharto depuis le départ de Tina.

J'étais rarement angoissé dans un avion, mais là, je battais tous mes records de sérénité : la forêt du Rinjani était à nous et je volais vers mon adorée. À vrai dire, la forêt n'entrait que pour 1 % dans l'équation de mon insouciance, et même ce 1 %, je le devais à Tina. J'étais tellement pressé de conclure cette affaire pour revenir près d'elle, je craignais tant d'avoir à lui raconter un échec, que j'avais cédé à la plupart des exigences de Bodharto. Sans Tina dans ma tête, j'aurais négocié plus durement, et je me serais planté. Merci ma biche.

J'avais eu quatre heures de battement entre mes deux avions, Michel m'avait rejoint à l'aéroport pour déjeuner. Il allait être notre intermédiaire ici, le temps que la transaction Bodharto soit officialisée. Il connaissait mieux que moi les rouages administratifs locaux, il savait qui, comment et combien bakchicher. Je lui ai raconté les largesses que m'avait arraché le serpent, il s'est marré. J'avais lâché beaucoup. Il m'a donné des nouvelles de Tina, Catherine l'avait eue au téléphone. Tout allait bien, elle passait ses journées avec ses enfants, elle avait l'air en forme.

On s'est embrassés comme si on allait se revoir le lendemain.

Trois jours plus tard, je débarquais à la gare d'Arles.

Entre-temps, j'avais survolé la moitié de la planète, traîné une journée à Paris entre deux rendez-vous professionnels, puis traversé la France en TGV.

Pour rentrer chez moi à pied, deux chemins possibles en longeant le Rhône, le plus agréable, ou par le centre, le plus court. Avant Tina, je passais toujours par les quais. Là, j'ai choisi le centre, pour me donner une chance de tomber sur elle par hasard.

Début mai, les samedis après-midi sentaient déjà bon l'été. Les enfants mangeaient des glaces, les filles avaient le nombril à l'air, les terrasses des cafés étaient bondées. J'avais envie de boire un café en matant la foule des passants, des fois que Tina vienne à passer par là, ça aurait été énorme, mais il n'y avait jamais de place libre.

Pour la première fois depuis mon installation en Provence, j'y revenais en ayant quelqu'un d'ici à qui penser, quelqu'un à appeler. Maintenant, dans cette ville que j'avais choisie, il y avait une femme que j'aimais. Mon regard sur Arles s'en trouvait transformé, j'avais l'impression que c'était grâce à sa présence, à son odeur dans ces rues que j'avais été attiré, que j'avais eu envie de vivre ici.

En traversant la ville, je traversais sa vie. Ces rues l'avaient vue grandir, embellir, devenir une femme, une épouse, une mère. Ces maisons, ces vitrines, ces visages lui étaient familiers, ce coiffeur et ce libraire avaient peut-être été ses copains de lycée, elle avait déjà acheté des chaussures dans cette boutique, et des jeans dans celle-là, elle était entrée dans tous ces magasins plusieurs fois dans sa vie. Elle vivait ici depuis plus de vingt ans, sa beauté, dans une si petite ville, n'avait pas pu passer inaperçue, elle devait être connue comme le loup blanc.

Si je m'étais laissé aller, je serais entré chez un fleuriste, je lui aurais fait porter un bouquet de pivoines blanches pour l'avertir que j'étais là. Je me suis retenu. Mon mot d'ordre : rester léger. Pas question non plus d'accélérer le pas pour arriver le plus vite possible chez moi, et me jeter sur le téléphone. Je ne voulais pas l'appeler le jour de mon retour, comme un mort de faim. Bien sûr, j'aurais pu – j'y avais pensé, je le confesse – lui dire que j'étais arrivé depuis la veille, mais je ne voulais pas démarrer ce nouveau chapitre de notre histoire par un mensonge, même bénin. Je tenais à respecter «l'accord de Kute», à lui montrer que j'étais capable de me conduire en ami.

J'étais heureux de rentrer chez moi. Il n'y avait qu'ici que c'était chez moi. À La Garde et à Ujung, c'était chez nous. Chez les Vialat, je veux dire.

Dans la cour, mon pick-up et ma moto étaient toujours là. J'ai pris l'ascenseur. Troisième étage, le dernier. J'avais téléphoné de Bali à madame Crouzet, une voisine qui a mes clés, fait mon ménage et nourrit mes chattes en mon absence, l'appartement sentait le propre, le soleil entrait partout, les platanes frissonnaient derrière des vitres étincelantes, les parquets brillaient, le tigre en bronze sur la commode de l'entrée avait l'air d'être en or.

Lolo et Lola, mes deux chattes, l'une grise, l'autre noire et blanche, ont avancé vers moi, sans se presser, les yeux encore collés par la sieste que mon entrée avait interrompue. Je me suis accroupi pour les caresser, elles se sont frottées en ronronnant, comme à chaque fois que j'étais de retour *at home*.

Je les avais recueillies, bébés, dès mon installation, grâce à des annonces affichées dans la pharmacie de ma rue. On s'aimait bien, tous les trois.

Je suis sorti sur la terrasse. En bas, le curé de l'église d'à côté faisait son jardin. Dans les arbres, les oiseaux s'égosillaient à chanter leur joie de vivre. J'aimais retrouver ce sentiment de paix qui m'avait transporté, lors de ma première visite. Pourtant, cette fois, j'étais perturbé par des émotions inhabituelles, contradictoires. Le plaisir de revenir dans un si bel endroit, avec Tina dans ma tête, dans mon cœur, dans ma vie, était brouillé par un sentiment sinistre : rien, ici, n'évoquait son existence, pas de tennis noires abandonnées dans l'entrée, pas de tee-shirt blanc jeté sur le canapé, pas de Winston écrasée dans le cendrier, pas de lunettes oubliées sur la cheminée, rien. Tout d'un coup, ça manquait.

J'ai pensé à la fiche du *Stella Hôtel*, avec son numéro. Elle était dans mon sac, entre deux pages du *Lion*, que j'avais conservé aussi bien sûr. J'ai posé le livre sur ma table de chevet, la feuille près du téléphone. Ouf.

Finalement, je ne l'ai pas appelée le lendemain. Je voulais qu'elle décroche elle-même, et un dimanche, avec quatre garçons dans l'appartement, mes chances frôlaient le zéro. Je ne pouvais pas me raconter qu'elle bondissait à chaque sonnerie en espérant que ce soit moi ! Lundi, les enfants seraient au lycée, elle se retrouverait seule pour la première fois depuis Bali, là j'appellerais.

J'avais peur. Deux interminables semaines avaient passé depuis son départ. N'allait-elle pas être embarrassée de me voir resurgir dans sa vraie vie, comme un copain de vacances qui n'a pas compris que l'été était fini ? Hors de notre paradis du bout du monde, l'harmonie pouvait-elle se prolonger ? Je craignais que mon amour, auquel elle s'était habituée là-bas, lui soit insupportable ici.

Le lundi, à dix heures, pour la première fois de ma vie, j'ai composé son numéro de téléphone. Depuis mon réveil, intelligemment, j'avais bu quinze litres de café. À la deuxième sonnerie, un répondeur s'est mis en marche, une voix d'ado disait «nous», j'ai raccroché aussitôt.

J'ai détesté ce signe, qu'elle soit absente, la première fois où j'appelais.

J'ai recommencé à midi. Ça a sonné trois fois.

– Allô?

Ces deux syllabes m'ont suffi pour savoir que je ne tombais pas mal, qu'elle n'était pas en train de broyer du noir – et qu'elle appartenait à ma vie avec une évidence vertigineuse. Mon cœur cavalait, j'ai dû laisser un blanc.

– Bonjour, c'est Franck…

Je m'apprêtais à rajouter mon nom, des fois qu'elle connaisse dix-huit Franck, elle m'a coupé.

– Oh, bonjour!

Ce n'était pas un hurlement de bonheur comme si elle venait de sauter 8,01 mètres en finale des Jeux olympiques, qu'importe, c'était quand même une exclamation de joie. Un peu trop surprise, certes, comme si je m'extirpais du néant après vingt-cinq ans d'absence, mais sans ambiguïté sur l'essentiel : en entendant mon prénom, elle n'avait pas pensé «Zut! Joe la Glue!»

– Tu es rentré quand?

– Samedi.

– Ça s'est bien passé à Lombok?

– Oui, c'est signé. Et toi? Tu vas bien?

– Oui. Les garçons sont contents, je crois.

Cette phrase m'a filé le frisson : elle n'allait peut-être pas si bien que ça.

– Tu es libre pour déjeuner?

– Bien sûr.

– Tu veux venir à la maison?

J'avais le cœur en zone rouge. Je lui ai donné

l'adresse, j'allais lui expliquer comment venir, elle m'a interrompu.

– Je connais.

Ce n'était pas à proprement parler un bon signe, mais ça en aurait été un mauvais si elle n'avait pas connu.

37

Elle a sonné un seul coup, bref.

J'ai entendu sa voix, dans l'interphone.

– Tina.

Deux syllabes, j'étais déjà en transe. Si j'avais rencontré une autre Tina, je l'aurais traitée de voleuse.

J'ai appuyé sur le bouton pour ouvrir la porte d'en bas, je l'ai attendue sur le palier. L'ascenseur n'était pas une fusée, mon émotion montait plus vite que lui.

Quand il est arrivé à ma hauteur, je l'ai vue apparaître, de haut en bas, à travers la porte vitrée, ses yeux, son sourire en me découvrant, puis son buste, et tout son mètre soixante-dix-huit, lentement. Son bronzage avait un peu passé, elle portait son blouson délavé, un tee-shirt noir et son jean noir. J'étais content qu'elle s'habille ici comme là-bas, je m'étais posé la question. Elle a poussé la porte, j'ai retrouvé son regard timide et grave, j'avais envie de pleurer, il ne fallait pas, je me suis avancé, elle m'a souri comme j'aimais, l'air de dire « Me revoilà ! », on s'est embrassés, trois fois, à la mode locale. Une seule de ses bises a trouvé mes joues. Ça suffisait, j'y étais de nouveau. Au paradis. Dès qu'elle était là, c'était bon, c'était chaud, ça changeait tout.

J'ai avalé la demi-goutte de salive qu'il me restait.

– Tu es belle. Tu as l'air en forme.

– Ça va, oui…

Elle était plus gênée que moi. J'ai appuyé ma

main dans son dos pour l'inviter à entrer. J'avais le trac comme si j'habitais un gourbi pourri.

Dès l'entrée, en laissant les portes ouvertes, comme je les laissais toujours, on voyait les trois pièces principales, en enfilade, et la terrasse qui courait tout le long, avec les arbres qui composaient un fond uniformément vert.

– Je comprends que tu aies craqué. Tu me fais visiter ?

Après le salon, on a traversé le bureau, puis ma chambre, on est revenus par le couloir de derrière, les salles de bains, la chambre d'amis, la cuisine, et la salle à manger. C'était un appartement fin XVIIe, avec des plafonds de quatre mètres et des moulures partout, que j'avais fait repeindre en blanc et peu meublé, dans le genre contemporain sobre, canapés blancs, tables noires. J'avais presque tout acheté ici, en trois jours. Je n'avais pas envie de transporter mon Asie en Provence, j'avais rapatrié peu d'objets persos de La Garde : mon tigre en bronze, la maison des esprits, et mon trésor, un buste de femme khmer du XIVe, en loupe d'orme, que j'appelais « La rêveuse ». Ça m'a fait plaisir que Tina s'y arrête, la caresse, la contemple.

Malgré ce bibelot antique, malgré les murs, les plafonds et les cheminées, on ne pouvait pas s'attendre à voir surgir d'Artagnan. C'était un appartement du XXe siècle, clair et joyeux. J'y tenais. Notre maison de La Garde, toute en bois du sol au plafond, était trop sombre, j'avais envie de lumière, de couleurs. Sur le mur derrière mon lit, j'avais punaisé un grand avion jaune de bande dessinée en carton qui s'envolait dans le ciel. Les reproductions des marines de Hopper et des piscines de Hockney mettaient du bleu partout. Les coussins, les tapis, les étagères, les lampes, les dessus de lits étaient bleus, rouges, jaunes. Quand les rideaux de soie orange étaient tirés, soleil ou pas, tout l'appartement était orange.

On est sortis sur la terrasse, la table était mise. Même sans fleurs ni argenterie, juste une nappe blanche et un seul verre par assiette, dans cette verdure d'un autre siècle, j'étais gêné, ça faisait déjeuner d'amoureux. Je l'ai laissée seule rêvasser à son Roméo, et j'ai filé dans la cuisine chercher les glaçons pour le pastis.

Quand je suis revenu avec le plateau, elle a souri, attendrie. Je ne devais pas être très crédible en homme d'intérieur, ça devait se voir, que je n'avais pas l'habitude, je faisais trop attention à tout. Faut dire, non seulement je n'avais pas l'habitude, mais c'était carrément la première fois que j'allais déjeuner chez moi avec la femme de ma vie, la première fois qu'elle allait boire dans mes verres, la première fois que j'avais cuisiné pour elle, la première fois plein de trucs, j'avais des raisons d'être sur le coup.

On a trinqué, elle m'a interrogé sur ma négociation avec Bodharto. Le résumé de mon Yalta avec l'immonde rapiat l'a bien fait rigoler. Elle connaissait la charmante ambiance des lieux et la jovialité bidonnante du maître de maison, elle mesurait ce que j'avais enduré là-bas, à raison de dix heures de réunions quotidiennes avec l'ancêtre et sa clique. Et le pire restait à venir : tant que ma cabane ne serait pas construite, je serais obligé d'habiter dans son tombeau à chaque séjour, et j'en avais un paquet de prévus d'ici la fin de l'année. Je riais parce qu'elle riait, sans me forcer. Il n'y avait pas de quoi.

Pour le menu, j'avais fait simple, avec ce que j'avais. J'ai toujours beaucoup : je hais les frigos vides, ça me fout le bourdon. Quand j'ai posé la cocotte sur la table, elle m'a félicité avant même de goûter. Il est vrai que l'orange vif du curcuma était des plus engageants. C'était le seul élément fait maison du repas. Et encore, rien de compliqué. Un curry de poulet au lait de coco, basique, très piquant, comme elle aimait, avec du riz.

Avec elle, ici, tout prenait un sens. C'était pour elle, pour nous, pour abriter notre relation que j'avais choisi cet appartement, ces cendriers, ces rideaux, ces marines. Pas un bruit de voiture ne nous parvenait, on ne se sentait pas en ville. Je n'avais pas mis de musique, les oiseaux enchantaient les silences.

On a peu à peu retrouvé notre familiarité du bout du monde. J'avais eu tort de m'inquiéter, au téléphone : elle allait bien. Depuis son retour, elle avait pris deux décisions capitales qui en témoignaient. Deux projets qui, s'ils se réalisaient, changeraient sa vie.

D'abord, elle allait travailler. La voyant en si bonne forme à son retour, Roland lui avait proposé de prendre en charge la promotion du magasin. Il comptait sur elle pour monter des opérations spéciales, passer des accords avec les radios locales, organiser des concerts avec des nouveaux artistes. Elle avait promis de démarrer en septembre, à mi-temps. Elle était consciente qu'il avait inventé ce poste exprès pour elle, ça lui donnait envie de le surprendre, sans lui mettre trop de pression.

Nous abordions ce sujet pour la première fois. Je savais seulement par Catherine qu'elle n'avait jamais travaillé, mais comme je ne souhaitais ni lui avouer que sa copine m'avait livré ses confidences, ni faire semblant d'ignorer des choses que je n'ignorais pas, je m'étais toujours interdit de lui poser des questions à ce propos, me disant qu'elle y viendrait d'elle-même. Elle avait mis le temps. J'ai compris pourquoi.

Dans le concept « travail », tout la rebutait. Elle en parlait avec une véhémence surprenante, elle s'énervait toute seule. Elle n'avait jamais éprouvé le besoin de gagner de l'argent pour avoir l'impression d'exister, elle ne se sentait pas diminuée parce qu'elle ne savait pas se servir d'un ordinateur, elle aurait haï devoir se pomponner tous les matins pour plaire à quelqu'un d'autre que son mari, elle détestait depuis toujours l'idée d'avoir, ou d'être, un patron. Elle s'estimait chanceuse d'avoir échappé à ces galères jusqu'ici, et elle râlait contre les esprits obtus qui ne comprenaient pas que l'obligation de s'y mettre à son tour ne la fasse pas bondir de joie. Cette humeur teigneuse me ravissait.

– Je ne t'ai jamais vue t'emballer comme ça…

– C'est un sujet qui m'énerve ! Je me suis encore engueulée là-dessus avec ma mère, ce matin.

Elle a fini son verre de rouge.

– Et puis, je n'ai pas bu une goutte d'alcool depuis que je suis rentrée… Ton pastis, plus le vin, ça m'a chauffée !

Elle s'est encore déchaînée contre son banquier, qui lui avait conseillé d'acheter un commerce ! On s'est marrés en l'imaginant clouée dans un bar-tabac cent heures par semaine, ou attendant le client, en tailleur-pantalon, dans une boutique de décoration chicos.

– À ce propos, je ne t'ai pas dit mon autre projet…

J'ai souri en pensant à la vanne que j'aurais aimé oser lui répondre : « On se marie ? »

– Je vais habiter à la campagne.

Avant de se lancer dans sa nouvelle vie de travailleuse, elle voulait acheter une maison dans la verdure et quitter l'appartement en ville qu'elle partageait avec ses frères depuis la mort de son mari. Elle reculait encore devant le parcours du combattant qui l'attendait, les recherches, les formalités, les discussions financières, le déménagement, les cartons, mais elle était décidée, même si ce projet l'obligeait à annuler, la mort dans l'âme, celui de partir tout l'été en voyage avec ses enfants. Un été, pour trouver une maison et s'y installer, ce ne serait pas trop.

Je lui ai proposé mon aide, si elle le souhaitait. Je pouvais chercher avec elle, j'avais du temps. Un instant, je l'ai sentie choquée à l'idée de choisir sa future maison avec moi, après avoir choisi la précédente avec son mari. Elle a su chasser aussitôt cette pensée négative, ce serait en effet moins déprimant à deux.

– Tu m'aideras à les mécaniser ! elle a dit.

– Tu n'as pas besoin de moi pour ça.

Après le dessert, un gâteau au chocolat du pâtissier de ma rue, genre à mourir, on s'est allongés sur les lits de repos pour prendre le café à l'ombre, en fumant le joint qu'elle avait apporté. Elle m'a raconté la tête de Roland, qui fumait depuis toujours, quand elle lui avait demandé d'acheter de l'herbe pour elle. Elle n'osait pas fumer devant ses fils, elle a ri en me décrivant ses cachettes, ses précautions pour qu'ils ne se doutent de rien.

Elle est allée dans le salon pour regarder mes disques.

– Je peux mettre de la musique ?

– J'aime bien que tu sois polie ! j'ai rigolé.

Elle est revenue s'allonger près de moi, elle s'est resservie une tasse de café, elle a allumé une cigarette. J'ai reconnu la voix de la fille de Texas. Je n'écoutais jamais cet album. Là, je l'ai aimé. C'était beau sans être triste, et ça allait bien avec le décor, avec nous.

Soudain, elle s'est redressée, avec une banane de quatre kilomètres.

– Je ne t'ai pas dit le plus important !

Comment j'avais fait pour vivre sans elle ?

– J'ai décidé de m'acheter une moto !

Elle en parlait avec ses fils depuis son retour. À la fois ravis et inquiets, ils avaient tenté de la convaincre d'opter comme eux pour un scooter, lui avaient fait essayer les leurs, en vain. Elle n'aimait pas être assise comme sur une chaise, elle voulait enfourcher la bête, la serrer entre ses jambes. J'adorais sa façon de se moquer d'elle-même, comment elle faisait semblant de trouver lamentable que ce projet égoïste et frivole l'excite davantage que les deux projets «sérieux» qu'elle venait de m'annoncer.

– C'est normal, j'ai dit. C'est le seul qui ne promet que du plaisir.

Elle m'a regardé d'une drôle de façon. Comme si, en un dixième de seconde, elle s'était rappelée pourquoi elle m'aimait bien.

– Il doit être quatre heures et demie, non ?

Je savais depuis le début que ça finirait comme ça. Je suis allé dans le salon : à l'horloge du magnétoscope, il était cinq heures moins dix. Elle a bondi. Elle avait rendez-vous à la sortie du lycée de ses fils à cinq heures. C'était le seul jour de la semaine où les deux sortaient en même temps, ils avaient décidé d'aller au cinéma tous les lundis. En faisant vite, elle arriverait à l'heure. Elle ne m'a pas précisé quel film ils iraient voir, elle ne m'a pas proposé de venir, j'aurais refusé, de toute façon. Elle a filé en me remerciant gentiment, comme elle savait faire, sans oublier de m'embrasser. Je l'ai regardée descendre, elle enjambait une marche sur deux, son blouson à la main, avec une légèreté de libellule. J'aurais préféré qu'elle coure pour me rejoindre, plutôt que pour me quitter, qu'importe, c'était immense, de la voir dans mes escaliers, et de penser que ce ne serait pas la dernière fois.

J'étais d'autant plus troublé qu'en la voyant courir vers ses enfants, je venais de comprendre quel serait mon rôle dans sa vie, désormais : grâce à moi, elle aurait toujours une solution pour ne pas être seule quand elle n'en aurait pas envie, aucune solitude ne pourrait plus lui être imposée, comme depuis dix mois que le chagrin lui rongeait le cœur. À moi de me montrer disponible, pour qu'elle n'hésite jamais à m'appeler, malgré mon amour, malgré son non-amour. J'avais tellement redouté ce retour que ce rôle de brise-solitude, de bouche-trous, me comblait d'avance. Si je ne divaguais pas, j'allais passer beaucoup plus de temps avec elle que je ne l'avais espéré. Je ne me projetais pas dans dix ans, ou dans trois mois, quand elle travaillerait, je ne pensais qu'au lendemain, au surlendemain, aux quelques semaines qu'on avait devant nous avant que ses enfants soient de nouveau en vacances.

Jusqu'à ce déjeuner, nous nous étions toujours vus dans des lieux où nous ne faisions que passer. Cette fois, nous avions étrenné un endroit qu'on allait retrouver pendant des mois, voire des années : chez moi. Bientôt, peut-être, il y aurait aussi chez elle, et les restos, les cinés, les rues, les bars, tous les lieux où on prendrait l'habitude d'aller ensemble. Ensuite, si la vie continuait d'être gentille avec moi, il y aurait chez nous, un chez-nous qui ne voudrait plus dire chez les Vialat, mais chez elle et moi. D'ici là, il était vraisemblable, vu sa vie, vu nos vies, que cet appartement allait devenir notre antre le plus habituel.

En revenant sur la terrasse pour débarrasser la table, j'ai vu son briquet rose, oublié près du cendrier. J'ai poussé un cri de joie, suivi de quelques pas de claquettes.

Le soir même, vers dix heures, elle m'a téléphoné. Ça m'a fait chaud partout d'entendre pour la première fois son allô dans ce sens-là, le allô de celle qui appelle. Elle m'a proposé de l'accompagner, le lendemain matin, pour l'aider à choisir sa moto, elle voulait faire la surprise aux enfants.

– Tu es libre ?

J'étais comme un oiseau dans le ciel.

38

Elle a sonné, j'étais prêt.
– Tu montes ou je descends ?
– Je monte.
Elle avait un casque accroché au bras, et un sachet de boulangerie dans la main, comme un bouquet de fleurs. On a pris le petit déjeuner sur la terrasse, avec une sonate de Ludwig van.

Les « premières fois » ont recommencé à rythmer ma vie : quand on a quitté l'apparte ensemble, quand on a descendu l'escalier côte à côte, quand on a grimpé sur ma moto. Tout était nouveau, tout était enivrant. On a roulé vers le centre commercial, à la sortie de la ville, où elle avait acheté les scooters de ses fils, l'année précédente. Quelle embellie, de l'avoir derrière moi, dans cette ville, sur cette moto, dont elle était la toute première passagère. Même avec un casque, elle était magnifique. Ses cheveux étaient assez courts pour qu'elle puisse tous les enfouir dans le casque, l'ovale de son visage ainsi détouré était encore plus parfait. Elle était détendue, si je n'avais pas senti son corps contre mon dos quand je freinais, j'aurais pu croire qu'elle avait sauté en route. Dès mon arrivée ici, je m'étais payé cette 600 tout-terrain, qui pesait trois tonnes et faisait un bruit de tracteur. J'en aurais sûrement choisi une autre si Tina avait été dans ma vie à ce moment-là, et j'aurais eu tort. On était comme des rois sur cette bécane, haut perchés.

Hélas, Arles n'est pas Los Angeles. En trois tours de roues, on se garait devant la vitrine. Toutes les 125 étaient de couleurs criardes, surchargées de décalcomanies, façon Paris-Dakar. On est entrés dans le magasin, elle a dit au vendeur qu'elle voulait une 125 noire. Le mec a souri, en pensant « C'est bien, les femmes, ça ! » et il est allé chercher dans le garage la seule qu'il avait.

Il est revenu en poussant un Custom japonais, on aurait dit une petite Harley. Tina a fait la grimace, déçue. Elle s'était rêvée sur une trial haute comme la mienne ou celles qu'on avait louées à Bali, plus adaptées pour escalader des chemins de chèvres, mais les modèles qui nous entouraient étaient orange et vert gazon ou violettes avec des étoiles rouges, et le type lui certifia qu'elle n'en trouverait nulle part un noir. En désespoir de cause, elle a enfourché le Custom, pour voir. Avec une selle si basse et ses jambes interminables, elle avait les pieds à plat sur le sol, genoux pliés, comme dans un fauteuil club. Elle a souri, étonnée. Cette moto était pile pour elle. Le vendeur, un jeune au crâne rasé avec une gueule de hooligan anglais, la regardait comme le Petit Prince. Le temps de boire un café pendant qu'il la préparait, et elle pourrait partir avec. Elle n'en revenait pas, elle s'attendait à patienter trois semaines, elle s'amusait déjà de la réaction de ses fils, quand ils la découvriraient, à la sortie du lycée, assise sur sa moto toute neuve. Elle était sûre que, casquée, ils ne la reconnaîtraient pas. Je lui ai parié le contraire.

Je n'avais jamais vu cette joie enfantine dans ses yeux.

À midi, sous un soleil de fête, elle roulait devant moi, en pleine Camargue. Les taureaux, dans les marais, la regardaient passer. Je n'avais pas besoin de monter à sa hauteur pour savoir qu'elle avait le sourire.

Les Saintes étaient désertes, on a mangé un plateau de fruits de mer, tranquilles, sur une terrasse. Il faisait chaud, on se serait crus en août. Tina m'a raconté qu'elle n'était jamais allée aux Saintes aussi simplement, pour déjeuner, en pleine semaine. La balade faisait pourtant partie de leurs habitudes, mais, enfant ou parent, elle y était toujours venue avec la foule, le samedi ou le dimanche, en voiture et en famille, avec les serviettes de plage, les ballons, les cerfs-volants et les matelas pneumatiques. Malgré les trente kilomètres, ça tournait chaque fois à l'expédition. Là, ça nous avait pris vingt minutes.

C'était la première fois qu'elle me parlait de sa vie d'avant comme s'il s'agissait d'une autre vie, sans la voir plus belle que celle de maintenant. Elle était tout étonnée d'avoir retrouvé au milieu de ces marais familiers les sensations qu'elle avait découvertes à Bali et qu'elle croyait liées au dépaysement, à l'exotisme. Ici aussi elle pouvait se régaler à conduire une moto au soleil, ici aussi la nature était harmonieuse, ici aussi les bleus du ciel et de la mer l'apaisaient.

On est rentrés en faisant un détour par les salines. Je ne connaissais pas cette route, Tina bichait de jouer les guides à son tour. Le sel scintillait sous le soleil, les petits échassiers qui sautillaient sur la poudre rosée s'envolaient à notre approche. On s'est arrêtés dix minutes sur le bord du chemin pour pouvoir les regarder sans les effrayer. Ils sont revenus se poser près de nous, leurs pattes faisaient des étoiles dans le sel, qu'ils picoraient comme le plus délicieux des mets. J'en avais des palpitations, tant j'étais heureux, moi aussi, de retrouver à deux pas de chez elle notre complicité contemplative du bout du monde. Je m'étais affolé pour rien.

À quatre heures, on s'est séparés, sans s'arrêter, au carrefour avant le lycée des garçons. Elle m'a lancé «Je t'appelle», on s'est fait un signe de la main, elle a tourné.

Dix mètres plus loin, dans ma tête, un ciel bas et lourd pesait comme un couvercle. Combien de temps j'allais tenir à ce rythme? Combien de temps mon cœur, mon cerveau, mon corps supporteraient-ils ces montagnes russes? Je basculais d'un état extrême à l'autre, de l'extase à l'agonie, en un centième de seconde, le temps de passer de «elle est là» à «elle n'est pas là», ou l'inverse, comme si on actionnait un interrupteur.

Je suis passé par le magasin de Roland pour lui dire bonjour, je ne l'avais toujours pas vu depuis mon retour, on est allés boire un verre. Il a commencé par me vanner sur mon manque d'empressement à venir le saluer, il savait que j'étais rentré depuis quatre jours, que Tina avait déjeuné chez moi la veille, qu'elle m'avait demandé de l'accompagner pour acheter sa moto. Je lui ai décrit comment le Custom l'avait conquise, il s'est marré – il était presque aussi fou d'elle que moi. Il m'a remercié pour le voyage de Tina. Il semblait ne rien ignorer de tout ce qu'elle avait vécu là-bas, elle lui avait raconté Michel et Catherine, la vallée du *Kupu Kupu Barong*, les 230 marches de Gunung-Kawi, l'escalade du Rinjani – mais pas l'opium, il me l'aurait dit, sinon.

À sa façon de me parler d'elle, il me paraissait évident qu'il avait compris que je l'aimais. Il se confiait sans précautions, comme s'il savait que ce sujet me passionnait plus que tout au monde, il ne me traitait plus en simple pote, pas encore en beau-frère, mais presque.

Nous avons été aussi émus l'un que l'autre quand il m'a raconté comment elle avait été amenée à lui avouer qu'elle avait arrêté ses médicaments et refusait d'en reprendre : deux jours après son retour, il l'avait surprise, en pleine nuit, recroquevillée sur le canapé du salon, la tête enfouie sous un coussin, pour étouffer ses sanglots. Il avait mis longtemps à l'apaiser. Lui aussi l'avait encouragée à ne pas repiquer aux antidépresseurs. Malgré ses nuits douloureuses, elle parvenait à gérer les va-et-vient de sa déprime, elle passait beaucoup de temps avec ses enfants, les emmenait au cinéma, à la plage, au restaurant, rien à voir avec sa léthargie d'avant. Il lui tardait qu'elle commence à travailler, qu'elle sorte de son oisiveté rêveuse, si propice aux coups de bambou.

Il m'a demandé jusqu'à quand j'étais en France. J'ai répondu «fin juin», il a été rassuré : ça coïncidait avec le début des vacances des enfants. Je ne lui ai pas dit que ce n'était pas un hasard. Selon lui, ça faisait du bien à Tina d'avoir un ami qui n'appartenait en rien à sa vie d'avant. Ça m'a touché, forcément.

Tina m'a téléphoné vers onze heures du soir, quand je ne l'espérais plus, pour me raconter la tête de ses fils en la voyant sur la moto. J'avais gagné mon pari, ils l'avaient reconnue tout de suite. Ils s'étaient baladés jusqu'à l'heure du dîner, en lui empruntant le Custom à tour de rôle. Elle n'allait pas tarder à devoir retourner chez le skinhead pour remplacer leurs scooters !

Le lendemain, un soleil radieux brûlait le ciel blanc. C'était un temps idéal pour se balader à moto. Pourtant, elle n'a pas appelé. Même pas le soir. Je ne l'ai pas appelée non plus. Elle avait le droit de passer une journée sans entendre ma voix.

Le surlendemain, il pleuvait des cordes. Je lui ai téléphoné pour l'inviter à déjeuner à la maison.

– D'accord.

En l'attendant, je me demandais pourquoi elle n'avait pas appelé elle-même. Si elle était libre et si ça lui faisait plaisir de déjeuner avec moi, pourquoi attendait-elle que je le lui demande ? Parce qu'elle n'osait pas ? Parce qu'elle n'y pensait pas toute seule ? Parce qu'elle ne voulait pas avoir l'air de trop entrer dans mon jeu ?

Dès que je l'ai vue, j'ai compris. Ses yeux étaient irrités d'avoir trop pleuré, son sourire était triste.

– Je ne vais pas fort, je te préviens.

Je ne lui ai pas demandé ce qui n'allait pas, mais ce qu'elle voulait boire.

– Je ne sais pas… Toi, tu bois quoi ?

– Un pastis.

Je nous en ai servi deux grands, bien tassés, on s'est assis sur le tapis, devant la table basse. Je n'ai pas laissé le silence s'installer, j'ai fait comme si elle était en pleine forme, je lui ai dit que grâce à sa 125, on pouvait passer sans tarder à l'étape suivante : la recherche de sa maison. À moto, en cette saison, cette corvée deviendrait un plaisir – il n'allait pas pleuvoir jusqu'à fin août.

J'ai essayé de savoir où et comment elle la souhaitait, elle n'en avait aucune idée, ses désirs étaient seulement poétiques. Elle rêvait de sentir l'herbe fraîche et la terre humide sous ses pieds nus quand elle se lèverait le matin, de surprendre les lapins et les écureuils à l'aube, de voir ses fleurs et ses arbres pousser, d'entendre des oiseaux, des cigales et des criquets. Elle avait envie de ce qu'elle n'avait jamais eu : une maison en pleine campagne.

– Tu habitais où, avec ton mari ?

– Une grande maison, en ville, près des arènes.

Elle m'a raconté le coup de foudre qu'ils avaient

eu pour son jardin et ses arbres, à quel point elle
l'avait aimée pendant les dix années où elle y avait
vécu, à quel point elle était devenue invivable sans
lui.

Il y a eu un long silence, j'ai vu ses yeux se
mouiller, elle les a tout de suite essuyés, d'un doigt.

Elle m'a regardé, désolée :

– Je n'arrive pas à m'y faire, tu sais…

Moi non plus, je n'arrivais pas à m'y faire, qu'elle
souffre comme ça. À chaque fois que le chagrin la
submergeait, il me submergeait aussi, avec autant
de violence et d'intensité, je ne pouvais lui apporter
aucun réconfort.

Dehors, les platanes ployaient sous le déluge.
Avec cette lumière de sanctuaire, cet appartement
puait la mélancolie. Je me suis levé pour allumer les
lampes et tirer les rideaux orange, elle a mis un
disque. Elle a choisi le Marley le plus rythmé, pour
être sûre de pulvériser ce sentiment noirâtre qui
s'infiltrait. Peu à peu, sans que je l'interroge, elle
m'a confié ses angoisses face au parcours qui l'attendait, les enfants, le travail, la maison, les respon-
sabilités. Elle a même évoqué en quelques phrases
sa vie choyée d'avant. Jusqu'à la mort de son mari,
elle n'avait jamais cessé d'être une enfant adorée,
protégée – en tout cas, elle s'était vécue comme ça.
Elle avait su être une épouse et une mère, sans passer par la case adulte. Maintenant que tout reposait
sur ses épaules, que c'était à elle d'agir, de décider,
elle paniquait.

Elle a parlé longtemps, avec beaucoup de silences,
que mon émotion m'empêchait d'interrompre. J'étais
consterné de découvrir à quel point je m'étais trompé
sur la couleur de son ciel intérieur. Elle avançait
dans la vie, bien obligée, mais en aveugle, les bras
tendus devant elle, terrorisée. Si elle ne s'était cognée
à aucun obstacle depuis son retour, puisqu'elle

n'avait pas commencé à travailler, ni trouvé la maison qui l'aurait obligée à déménager, elle savait que ces épreuves approchaient, qu'il lui faudrait les affronter, elle s'en faisait une montagne.

Je nous ai servi un autre pastis. Elle était gênée de s'être confiée si longuement, elle était consciente que le mot «peur» était revenu sans cesse, elle n'était pas fière. Moi non plus. Car je n'avais pas trouvé le moindre mot pour la consoler. J'ai pris sa main, j'ai embrassé sa paume, elle s'est laissée faire. On est encore restés un moment sans rien dire.

La pluie s'est arrêtée, les oiseaux ont recommencé à chanter pour nous remonter le moral. Il était temps de songer à ce qu'on allait manger. Je l'ai entraînée devant le frigo, pour m'aider à choisir. Quand je l'ai ouvert, elle a éclaté de rire : il était plein à ras bord, de tout.

– Pourquoi tu ris ? J'ai fait les courses ce matin. C'est pas pareil, chez toi ?

– Si. Mais nous, on est six !

Je me suis promis que ce frigo serait toujours bourré, ça la ferait d'autant plus rire s'il l'était à chaque fois qu'elle l'ouvrait.

J'ai réagi à retardement, tout en préparant les melons.

– Pourquoi vous êtes six ?

– Je compte aussi Régine, la fiancée de Roland, elle habite avec nous, maintenant. Tu ne la connais pas ?

Roland m'en avait parlé, mais je ne la connaissais pas. Tina m'en a fait un portrait si flatteur, j'ai eu du mal à croire qu'elle pensait tout ce qu'elle disait. Je le lui ai avoué, elle n'a pas compris.

– Mais si ! Pourquoi ?

J'avais eu tort, elle avait été sincère. Chez elle, rien n'était noir.

À la fin du déjeuner, elle est descendue acheter

242

tous les journaux dans lesquels il pouvait y avoir des annonces de maisons à vendre dans la région – et un gâteau au chocolat. Elle a étalé les quatorze kilos de papier sur la table. On a feuilleté les pages grises, en se montrant des photos de «Villa-mon-rêve» pour rigoler. Elle n'avait plus le temps de se plonger dans cette littérature, je lui ai proposé de faire un premier tri pour elle. J'y ai passé la soirée.

Le lendemain, elle est arrivée vers dix heures, on a bu un café, et j'ai sorti la pile de journaux. J'avais trouvé une vingtaine d'annonces qui pouvaient mériter un coup de fil, je les lui ai lues. Quand un énoncé l'intéressait, elle faisait une mimique pour dire «pas mal», «alléchant» ou «on ne sait jamais», je lui donnais le numéro, et elle appelait tout de suite. J'adorais comment elle parlait au téléphone, sa façon d'être aimable sans jamais laisser l'ombre d'une place pour un bavardage inopportun.

À quatre heures, quand elle a dû partir, elle avait trois rendez-vous, pour visiter cinq maisons. Ni elle ni moi ne croyions que la bonne se cachait dans le lot. Il fallait bien commencer.

39

Ces dernières semaines de printemps sont passées comme un obus. Je voyais Tina presque tous les jours, ou on se téléphonait, le soir, quand ses gosses étaient couchés.

Elle était restée fidèle à ses horaires des premiers jours. Elle arrivait en fin de matinée, on se séparait en milieu d'après-midi, selon les horaires des garçons. La plupart du temps, il faisait beau, alors on avalait sans traîner une babiole que j'avais préparée, le *running-joke* du frigo plein marchait à chaque fois, et on filait à moto, pour visiter une maison, ou pour rien, pour rouler sous le soleil.

Une fois, parce qu'il pleuvait, nous étions allés au cinéma voir un film espagnol que Roland nous avait conseillé. Je n'étais pas parvenu à m'y intéresser, j'étais trop perturbé d'être assis à côté d'elle dans l'obscurité, toutes les deux minutes je regardais en douce son profil éclairé par la lumière de l'écran, aucune image, aucune histoire ne pouvaient lutter avec cette émotion.

Son omniprésence dans ma vie, qui me comblait, aurait dû m'inciter à laisser glisser le boulot, le démarrage de nos activités en Europe n'était pas urgent à un mois près, mais je voulais tellement éviter qu'elle me prenne pour un riche oisif que je m'obligeais à bosser comme si j'avais le couteau sous la gorge. Mon job l'intriguait, elle me posait des questions, je sentais qu'elle n'aurait pas aimé que je sois, comme il me tardait de le devenir pour elle, un paisible retraité, libre de lui consacrer tout mon temps.

Avant de la connaître, lors de mes premiers voyages professionnels à Paris, Milan et Barcelone, j'avais établi les contacts nécessaires avec les distributeurs qui m'intéressaient, il fallait dérouler la pelote, retéléphoner, faxer, discuter, refaxer, reprendre rendez-vous. L'essentiel de mon travail se faisait chez moi, je m'organisais en fonction d'elle, je passais mes coups de fil avant et après nos rencontres. Je ne branchais pas le répondeur quand elle était là, parfois ça sonnait, elle m'entendait parler anglais, thaï ou français, ainsi elle avait l'impression que je ne vivais pas que pour elle. Je m'étais même forcé à ne reporter aucun des voyages qui s'étaient présentés, sans jamais découcher, sauf une fois, à cause d'une réunion matinale à Milan. Pour mes rendez-vous à Paris et Barcelone, j'avais bouclé l'aller-retour dans la journée. J'avais expédié ces escapades sans plaisir, ça me faisait mal au cœur.

Quand j'avais décidé d'organiser ma vie et mon travail à partir de ce coin de France, sa situation géographique, à quasi équidistance des trois pôles entre lesquels j'aurais à naviguer, avait beaucoup compté, je me régalais d'avance à l'idée de séjourner régulièrement dans ces villes que j'aimais. Seulement, entre le projet et sa réalisation, Tina était arrivée, et ma vie avait explosé. Je n'aimais plus être seul dans une chambre d'hôtel, je n'aimais plus manger seul dans une pêcherie du port de Barcelone, je n'aimais plus me promener seul sur les ponts de Paris. Je n'aimais plus être seul, jamais. Sans elle, je n'aimais plus rien.

Ces absences, même éclair, me coûtaient d'autant plus qu'elles me privaient d'un plaisir dont je savais qu'il m'était compté. J'allais être coincé tout l'été à Lombok, chez Bodharto, et quand je reviendrais, Tina travaillerait. Ce printemps avec elle, je ne voulais pas en perdre une goutte. C'était peut-être la dernière fois avant longtemps qu'elle était aussi libre que moi.

La recherche de sa maison nous donnait l'occasion de sillonner la Provence dans tous les sens. Elle aimait tant ces balades ensoleillées qu'elle n'était même pas déçue quand, après avoir traversé des paysages qui nous avaient fait espérer les meilleures surprises, on tombait sur une baraque sinistre devant un pylône haute tension. Pour ne pas vexer, on visitait quand même, au bord du fou rire.

Elle avait beau agrandir son périmètre de recherches, elle ne trouvait rien de tentant. Il manquait toujours au moins un élément essentiel : l'espace, la beauté, la lumière, le vert. Quand on a fêté le premier mois de sa moto, dans un restaurant de Maussane-les-Alpilles, son compteur affichait deux mille kilomètres.

Ces promenades, cette complicité, ces éclats de rire, ces repas au soleil, nous ne les placions pas à la même hauteur sur l'échelle de nos vies. Nous étions pourtant si évidemment accordés, tous les gens que nous croisions nous prenaient pour un vrai couple qui s'aimait depuis longtemps. On en était loin, et elle pouvait se montrer familière, complice, parce qu'on en était loin. Elle se comportait avec moi simplement, sans égards particuliers ni politesses superflues, sans indélicatesses non plus, comme si j'étais un vrai « meilleur ami », ou plutôt un ex-amant de jeunesse, devenu, au fil des ans, son meilleur ami.

Je savais que je prenais le risque de m'enfermer à jamais dans cette relation amicale, mais je n'avais aucune raison ni aucune envie de m'y soustraire. Il y avait dans notre relation suffisamment de sincérité et d'ambiguïtés acceptées de part et d'autre pour que nous n'ayons jamais la sensation de tricher. L'essentiel, pour moi, c'était de maintenir cette subtile frontière qui nous séparait encore de l'amitié pure et simple : si, par malheur, elle tombait amoureuse d'un autre, il fallait qu'elle ne puisse jamais m'annoncer la nouvelle comme à un véritable ami, en étalant son bonheur radieux.

Sept jours avant mon départ pour Lombok, nous avions rendez-vous pour visiter notre vingt-et-unième maison. Le 7 ne m'a pas trahi : dès que Tina a aperçu les murs de pierre, entre les arbres, elle a eu le coup de foudre. Pendant qu'on la visitait en s'extasiant, j'ai pensé que ce serait sa dernière maison avant celle qu'on prendrait ensemble, la dernière de sa vie d'avant moi. En douce, tel le chacal perfide, j'ai croisé les doigts.

C'était un beau mas provençal aux volets verts, entre Maillane et Saint-Rémy-de-Provence, à vingt kilomètres d'Arles et d'Avignon, avec une jolie vue sur les Alpilles, une piscine idéalement planquée et un grand terrain entouré de platanes qui rendaient les lointains voisins invisibles. Le tout à un prix bradé pour cause d'urgence, signe que la chance était revenue dans son camp. Il n'y avait pas de travaux à faire, elle pouvait s'installer tout de suite. Les cigales ne l'avaient pas attendue, c'était déjà Woodstock.

Si la perspective de trouver une maison et de s'y reconstruire une vie lui avait parfois inspiré une peur panique, dès qu'elle a su que ce serait dans cette maison-là, son angoisse s'est envolée. Il lui tardait de s'y réveiller à l'aube, de nager dans sa piscine avant d'attaquer ses journées, de bichonner les arbres et les fleurs, qui en avaient bien besoin, d'y dîner en famille, sous les étoiles.

248

Comme le mas était grand, avec une aile bien séparée, elle comptait proposer à son petit frère, Lucien, de s'y installer. Outre que sa présence dans cet endroit relativement isolé était rassurante, j'ai pensé, finaud, qu'avec un homme à la maison, il serait peut-être plus facile à Tina de laisser les enfants de temps en temps pour me rejoindre. Encore fallait-il qu'elle en ait envie, bien sûr. Quand elle habiterait ici, aimerait-elle encore déjeuner avec moi dans mon HLM ?

Pour fêter cette trouvaille historique, au retour, nous nous sommes arrêtés à Saint-Rémy, boire un verre au *Café des Arènes*, à l'ombre des platanes. Les Parisiens n'arriveraient qu'en juillet, c'était encore un gros village tranquille en pleine sieste. Les voitures passaient devant nous à une allure de promenade, une pie voletait sous les tables pour picorer. Tina était heureuse à l'idée de vivre ici, c'était visible à l'œil nu, elle arborait son sourire des grands jours. Elle n'y avait aucun souvenir, elle n'avait jamais acheté son pain chez ce boulanger, elle n'avait jamais bu le pastis sur cette terrasse, aucun visage, aucun lieu ne lui étaient familiers, alors qu'elle était à un quart d'heure de la ville où elle avait vécu pendant vingt-cinq ans.

Le soir même, elle a emmené ses enfants et ses frères visiter le palais. Elle m'a téléphoné à minuit, joyeuse, pour me raconter leurs réactions.

– Ils ont été encore plus emballés que nous !

J'aimais l'entendre dire « nous » à propos d'elle et moi, et « ils » à propos de ses fils et ses frères.

Selon toute vraisemblance, ses enfants ignoraient la place que j'occupais dans son emploi du temps. Elle cloisonnait parfaitement ses deux vies, elle allait de l'une à l'autre, eux et moi ne nous croisions jamais. Ma seule rencontre avec eux avait été provoquée par Roland, sans que je puisse savoir si son initiative était sans malice, ou s'il avait voulu faire pour Tina le pas qu'elle n'osait pas faire. Il m'avait appelé un samedi, pour m'inviter au cinéma avec tout leur clan. Après, on avait dîné au resto. Les moines avaient été sympas avec moi, je m'étais quand même tenu à carreau, je sentais qu'à la première familiarité avec leur mère, je passais en liste noire. À chaque fois que je m'adressais à Tina, Lucien laissait échapper des regards méfiants que je n'aimais pas du tout.

Roland et sa fiancée, une jolie blonde avec des gros doigts griffus, à part ça charmante, se démenaient pour me mettre à l'aise et me faire parler du vaste monde, rien à faire, j'étais tendu comme un arc. Seule Tina me connaissait assez pour s'en rendre compte. Elle était elle-même aux aguets, intimidée, elle n'osait pas m'adresser la parole.

J'étais troublé de la surprendre en mère de famille, je me sentais aussi indiscret que si j'avais feuilleté son journal intime. Elle n'était pas une mère copine comme je l'imaginais, plutôt une mère Madone, que les mâles adoraient et protégeaient. Fallait-il que je sois nigaud pour l'avoir si mal devinée. Quel malaise d'être là, assis en face d'elle, de la voir encadrée par ses deux petits hommes, sûrement les clones de son mari, j'étais aussi gêné que si j'avais pris sa place, et ils y pensaient forcément aussi.

J'aurais voulu leur dire que je n'en voulais pas, de sa place, elle était usée, râpée jusqu'à la corde, j'en voulais une autre, qui n'avait rien à voir. Mais même celle-là, ils ne pouvaient pas avoir envie que je la prenne. Ma position était d'autant plus embarrassante qu'ils me collaient l'aura du héros lointain qui avait aidé leur mère à retrouver le sourire, qui l'avait emmenée au fond de la jungle et au sommet des volcans, et l'avait transformée en *biker* éprise de liberté et d'aventure. Ils m'étaient reconnaissants, ils auraient seulement préféré que je reste là-bas, ma tâche accomplie, à quinze mille kilomètres d'elle. Normal.

In fine, je n'avais guère de raisons de souhaiter dîner avec eux tous les trois jours, sauf si ça devenait la seule façon de rencontrer ma belle – le ciel m'en préserve ! Tina avait dû penser la même chose puisque je n'avais plus revu ses fils jusqu'à mon départ.

Comme je m'interdisais de la fatiguer avec mon amour, je ne lui avais pas reparlé de cette soirée, et elle non plus. J'aurais pourtant aimé lui dire combien elle m'avait troublé et séduit en mammadone, et pourquoi je n'avais pas pu jouer mon rôle d'ami devant ses fils. Seul avec elle, c'était possible, parce qu'elle connaissait la réalité de mes sentiments. Avec eux qui l'ignoraient et n'avaient aucune envie de la deviner, j'avais l'impression d'être un menteur.

40

J'étais heureux, et soulagé, que Tina ait enfin trouvé sa maison. J'aurais détesté qu'elle n'y parvienne qu'après mon départ, comme si j'avais été le porte-poisse qui l'avait empêchée d'aboutir plus tôt, comme s'il avait été écrit dans le ciel que je ne devais pas être lié à sa nouvelle vie. Alléluia, je n'avais pas raté ce moment crucial, j'avais partagé son coup de cœur. C'était important, d'avoir vécu ça ensemble.

J'enrageais de devoir la quitter si vite, de ne pas être là pour la faire sourire pendant les moments de déprime qu'allait susciter cet emménagement, quand il lui faudrait ouvrir les cartons, affronter les remontées de souvenirs. Hélas, mon départ ne pouvait se différer : mon séjour à La Garde était obligatoire, et à Lombok, tout était prêt, il fallait commencer à bosser, analyser leurs méthodes de travail et les changer. J'allais être coincé chez Bodharto tout l'été, ça me déprimait d'avance. Deux mois à plein temps dans sa bicoque sinistre, ça allait être mon Golgotha.

Je me consolais en pensant que si j'avais pu rester en France, j'aurais peu vu Tina, de toute façon. Quatre jours après mon départ, ses enfants seraient en vacances, ils ne la quitteraient plus jusqu'à la rentrée, ses parents et ceux de son mari allaient s'installer chez elle pour l'aider à emménager, je n'avais aucune raison d'être invité à partager ces retrouvailles émues.

Elle m'a accompagné à l'aéroport de Nîmes sur sa moto, mon sac était accroché sur le réservoir – plus que jamais, je me bénissais de voyager léger. Pour la première fois, j'étais assis derrière elle. Le nez à dix centimètres de sa nuque, mes mains sur ses hanches, les plus légères possibles. Mon euphorie était telle, j'ai failli lui dire de faire demi-tour, que je partirais un autre jour, que ma liberté devait servir justement à ça, à me permettre de retarder mes affaires pour rester près d'elle, j'aurais tellement aimé qu'elle soit heureuse de me voir tout chambouler pour elle. Mais nous n'étions pas dans ce cas de figure.

À l'enregistrement, la file d'attente était décourageante.

– On va boire un café ? J'embarque toujours au dernier moment. Je déteste faire la queue.

Elle m'a regardé bizarrement.

– Qu'est-ce qui t'étonne ?

– Rien. Mon mari aussi détestait ça.

Elle ne semblait pas émue, je devais être blanc comme un linge, j'ai commandé nos cafés, je ne savais pas comment enchaîner, j'étais bouleversé qu'elle ait eu la franchise, et la simplicité, de me répondre la vérité, de ne pas la garder pour elle.

Pourquoi je partais loin d'elle ? Deux mois ! Pour la première fois, nous étions dans un aéroport seuls tous les deux, et elle ne s'en allait pas avec moi.

– Tu as de la chance, de partir là-bas…

Elle m'a avoué qu'elle avait un moment espéré ne pas avoir trouvé de maison avant l'été, pour pouvoir voyager avec ses fils, et reporter les recherches à la rentrée. Même si, au bout du compte, elle ne regrettait pas d'avoir dû différer ses rêves d'escapades, en se retrouvant dans un aéroport, l'envie de s'envoler, forcément, lui était revenue.

Pour la taquiner, je lui ai dit que ça n'avait pas d'importance, qu'elle voyagerait plus tard, avec moi, quand elle serait lassée de passer ses étés dans sa campagne à jouer aux cartes avec ses parents et ses beaux-parents, quand ses enfants seraient assez grands pour ne plus avoir envie de rester près de leur vieille mère pendant les vacances, ce qui ne saurait plus tarder. De surcroît, elle oubliait que ce qu'elle avait aimé dans son voyage, aussi, c'était la solitude, et la liberté, nouvelle pour elle, de faire à chaque instant ce qui lui plaisait. À Bali, ses garçons auraient sûrement préféré passer leurs journées à la plage pour surfer et mater les filles que se promener dans des temples déserts ou grimper au sommet du Rinjani ! Elle se marrait.

À présent, je pouvais lui tenir ce genre de propos sans avoir l'air de lui faire la cour. Certes, j'étais fou d'elle, et elle le savait, elle le voyait, mais je ne disais rien que n'aurait pu dire un vieil ami, ni même un ex-amant devenu un vieil ami.

Devant le guichet, la file d'attente avait encore allongé. On dégustait un silence. Derrière les vitres, un avion décollait. Elle l'a suivi jusque dans le ciel, j'ai profité qu'elle ne me regardait pas pour lui dire :

– Tu vas me manquer.

Ses yeux sont revenus sur moi, elle m'a souri.

– Toi aussi.

Ça m'a fracassé. Pour la première fois depuis la nuit des *magic mushrooms*, j'ai eu l'impression que si je l'avais embrassée, elle n'aurait pas refusé. Je me suis contenté de sourire bêtement, j'ai fini mon café qui était déjà fini, j'ai eu envie de lui dire « je t'aime » – sans dire « je t'aime ».

– Tu es la plus belle personne qui ait jamais existé sur la Terre.

Elle a vu que je le pensais vraiment – cette fois, c'est elle qui m'a fait un sourire gêné.

Quand il n'y a plus eu un chat à l'enregistrement, il a bien fallu que j'y aille. En m'accompagnant, elle m'a dit que ça lui ferait plaisir si je lui écrivais une carte de temps en temps. Je me suis arrêté, j'ai sorti mon carnet et mon stylo de la poche intérieure de mon blouson, comme si j'allais écrire quelque chose.

– Je risque d'oublier. Je vais le noter.

Elle a compris la vanne tout de suite, elle a éclaté de rire, j'ai remis le carnet dans ma poche, on s'est embrassés, elle m'a dit « Bon voyage », je lui ai dit « Porte-toi bien », et on est partis chacun de notre côté.

Au dernier moment, avant de disparaître dans la salle d'embarquement, je me suis retourné, j'ai vu ses fesses rondes, ses clés de moto qui balançaient au bout de ses doigts, la porte vitrée s'est ouverte toute seule, elle est sortie sans se retourner. J'aurais donné beaucoup pour savoir ce qu'elle pensait.

41

Je lui ai envoyé ma première carte le lendemain de mon arrivée à La Garde. Une vue aérienne du Mekong serpentant au milieu des forêts.

« Il pleut tout le temps, c'est la saison, les arbres sont contents. Donc moi aussi. Enfin, autant que je peux l'être quand tu n'es pas là ! J'espère que tu vas bien, ainsi que tous ceux que tu aimes. Fidèlement. Baisers. »

Ce n'était pas du Victor Hugo, alors je l'ai vite postée, avant de la refaire pour la soixante-troisième fois. J'avais longuement hésité entre « Baisers » et « Je t'embrasse ». « Baisers » l'avait emporté car la formule me semblait plus ambiguë, un simple ami ne l'aurait peut-être pas utilisée.

Après cinq journées de réunionite effrénée, j'ai pris ma sœur Isabelle sous le bras et on a filé chez Bodharto. J'étais impatient de lui montrer la perle que j'avais dénichée. L'équipe de choc de la V.W.I. ne nous rejoindrait que la semaine suivante, on ne voulait pas arriver en force, façon envahisseurs. Pour le voyage, à ma grande stupeur, Isabelle portait le tailleur bleu marine acheté pour le mariage de Sophie, il y a dix ans, et qu'elle ne ressortait que pour les grandes occasions. J'étais gêné de la voir habillée en dame, ça ne lui allait pas du tout. Je lui ai dit le contraire.

L'aîné des fils Bodharto est venu nous chercher

à l'aéroport d'Ampenan, on a traversé l'île d'est en ouest, sans jamais voir la mer, trois heures de route, frigorifiés par l'air conditionné. Isabelle n'a desserré les dents qu'au pied du Rinjani, quand on a commencé à grimper dans notre forêt. À chaque nouvelle variété d'arbres, elle me félicitait comme si je les avais plantés moi-même.

Quand je l'ai présentée à Bodharto, il a cru qu'elle allait s'incliner, à la thaï, mais elle lui a tendu la main. J'ai compris qu'elle s'était déguisée en Européenne élégante pour l'impressionner. Bodharto l'a accueillie comme la reine d'Angleterre.

Après le dîner, j'ai rejoint Isabelle dans sa chambre. Bodharto l'avait installée dans sa suite pour *guest-stars*, surchargée de dorures jusqu'à l'écœurement, avec un immense lit à baldaquin en satin fuchsia particulièrement gratiné. Elle était drôle, avec son grand tee-shirt Snoopy, dans ce décor de bordel philippin. Elle a fouillé dans sa valise et a sorti, ravie, sa boîte à opium. J'ai joué mon rôle de grand frère, je lui ai dit qu'elle déconnait de prendre l'avion et de passer les douanes avec ça.

– T'en prendras quand même ?

Isabelle appréhendait ces quelques nuits loin de son nid. J'ai attendu qu'elle s'assoupisse pour aller me coucher.

Ma chambre était lugubre, j'ai laissé les lumières éteintes. J'étais cloué là pour deux mois ! Ma cabane ne serait pas terminée avant la fin de l'année, j'allais tout juste avoir le temps de démarrer les travaux. Je ne pouvais même pas espérer m'échapper une ou deux fois à Bali : entre les heures de route et d'avion, j'avais besoin de trois ou quatre jours pour que ça vaille la peine. Tant pis. Plus je bosserais, plus vite je pourrais rejoindre ma belle.

Dans le noir, sous les draps, les yeux clos, je me suis imaginé que Tina était à côté de moi, dans le lit.

Grâce à l'opium, je me suis endormi en la tenant dans mes bras, je sentais ses seins et son ventre contre les miens, son genou sur ma cuisse, son souffle dans mon cou. Merci sœurette.

Le lendemain, j'ai écrit ma deuxième carte. Le Rinjani au coucher du soleil. Avec un peu de chance, Tina l'aurait dans deux semaines. Elle était à peine plus longue que la première, et pas plus originale. Au dernier moment, j'ai rajouté mon adresse, au dos de l'enveloppe, au cas où. Deux minutes après l'avoir confiée à l'employé qui était parti la poster à Pringgabaya, j'ai regretté, c'était une façon lourde, et faux-cul, de lui dire « Écris-moi ».

Je lui ai envoyé une carte par semaine, sans plus jamais noter mon adresse. Une fois, j'en ai tellement bavé pour, finalement, ne pas trouver trois lignes convenables, que j'ai seulement écrit : « *Pensées. Baisers.* »

Un après-midi de la sixième semaine, la secrétaire de Bodharto m'a remis une lettre avec un timbre français, j'ai tout de suite reconnu sa grosse écriture ronde – je l'avais déjà vue sur des feuillets déchirés, dans sa poubelle, au *Stella*. J'ai retourné l'enveloppe, et j'ai lu, pour la première fois, ça m'a fait un choc : *Tina Gérin, Mas des Bruyères, 13910 Maillane, France*. Je l'ai glissée dans la poche de mon jean sans la lire. C'était une lettre épaisse, plusieurs pages.

Un moment historique m'attendait, j'étais content de pouvoir penser longtemps à cette lettre avant de l'ouvrir. Je voulais profiter à fond du plaisir de savoir qu'elle m'avait écrit, avant de le remplacer par celui, encore plus fort, de lire les mots qu'elle avait choisis pour moi.

Le soir, je suis monté dans ma chambre, j'ai allumé des bougies, je me suis enfoui sous les draps, et j'ai ouvert l'enveloppe. J'avais le trac comme si j'attendais qu'elle sorte de la salle de bains pour notre nuit de noces.

Tout de suite, j'ai adoré sa belle écriture de fille. Avec cinq mots elle faisait une ligne, avec dix lignes une page. J'ai déplié les feuillets grand format, j'ai regardé la date, j'ai calculé. Elle l'avait écrite depuis seize jours, un mois après mon départ. Je l'ai lue d'une traite, en apnée.

Ces trois pages, je les connais encore par cœur. Je n'ai jamais lu la correspondance de Victor Hugo, je devrais peut-être, mais ça m'étonnerait qu'il ait jamais écrit une lettre aussi sublime. Je me sentais honteux, avec mes cartes postales pauvrettes.

« *Il est deux heures du matin. Il fait très chaud.*

Déjà deux semaines, dans cette nouvelle maison. Je ne suis pas encore habituée, ça va venir, je suis une lente.

Tes cartes m'ont fait plaisir. Rien que de voir les timbres, ça donne envie de voyager. Les photos et les mots aussi étaient jolis. Celle de Lombok a mis près de trois semaines pour me parvenir ! À ce train-là, tu seras peut-être déjà en France quand la mienne arrivera là-bas.

Un petit chat roux dort à mes pieds. Il traînait autour de la maison, on lui a donné à manger, il nous a adoptés. Les garçons l'ont appelé Boum-Boum (tu devines pourquoi ?). Hélas pour toi, il n'y a sûrement pas de chat, chez Mr B. Ce serait trop dangereux pour les oiseaux !

L'été s'écoule paisiblement, entre les séances de piscine, les courses à Saint-Rémy, les déjeuners au soleil, les parties de gin-rummy, les arrivées du Tour de France et les balades à moto. J'ai découvert des chemins magnifiques à travers les Alpilles, interdits aux voitures. Thomas et Rémi râlent parce qu'ils ont du mal à me suivre, sur leurs scooters. Je t'emmène-rai, tu seras étonné.

J'espère que le temps ne te paraît pas trop long, que tout se passe comme tu le souhaites. Si tu vois Catherine, Michel et la bande, salue-les pour moi.

Je t'embrasse.

t. »

J'ai adoré le petit t, souligné, pour signer. J'ai relu la lettre quatorze fois, et j'ai soufflé les bougies. J'entendais Victor Hugo qui sanglotait dans sa tombe.

J'ai quitté Lombok trois semaines plus tard, sans avoir reçu d'autre lettre, et sans m'en être inquiété : je relisais ses trois pages tous les soirs – comme anxiolytique, c'était souverain. On avait bien tra-vaillé : la nouvelle structure était en place, les tra-vaux du chalet avaient démarré, même Bodharto avait l'air enchanté de ce nouveau souffle. Mais ces neuf semaines avaient duré un siècle.

Avant de rentrer en France, j'ai fait mon détour rituel par La Garde. J'y suis resté plus longtemps que d'habitude, pour ne pas débarquer en Arles avant la rentrée des classes. Je leur ai laissé trois jours pour acheter les livres, les cahiers, les crayons, et j'ai repris l'avion.

42

J'ai retrouvé ma Provence comme un prisonnier la liberté. Cette fois, j'ai appelé Tina une seconde et demie après avoir ouvert la porte de chez moi.

Ça a décroché à la quatrième sonnerie, c'était elle.

– Allô ?

– Bonjour ! C'est...

– Oui ! Tu vas bien ?

Dans ce «oui» dont elle avait, l'exquise, brièvement prolongé le i, j'ai cru deviner, tapi dans l'ombre, une sorte d'«Enfin !» qui m'a fait décoller direct.

Qu'aurait-elle fait de plus, si elle m'avait aimé ? Elle ne m'aurait pas reconnu plus vite, elle ne se serait pas exclamée plus joyeusement, elle ne m'aurait pas susurré «Tu vas bien, mon amour ? » – non, pas à moi, jamais.

On ne s'est dit que le nécessaire, pour prendre rendez-vous. Elle était seule chez elle, elle travaillait depuis trois jours, seulement l'après-midi, est-ce que je voulais venir tout de suite, comme ça je verrais la maison, on déjeunerait dans le jardin. Je n'ai pas fait semblant d'hésiter.

Sur la route, j'étais plus exalté qu'un témoin de Jehovah. Je la connaissais depuis six mois, et pourtant, une nouvelle série de «premières fois» s'annonçait encore : j'allais chez elle, j'allais voir ses meubles, déjeuner à sa table, boire dans ses verres, manger ce qu'elle aurait cuisiné pour moi. Je l'imaginais, affairée, inspectant sa maison, pour vérifier que les lits étaient faits, tapoter les oreillers, repérer des fringues à ranger, des rideaux à tirer... Elle n'avait pas besoin de m'aimer pour être excitée par cette première visite inopinée. Comment pensait-elle à moi, après ces deux mois d'absence, et les cartes qui les avaient jalonnés ? Est-ce que j'étais, d'abord, un homme qu'elle aimait bien ou un homme qui l'aimait ? Peut-être que mon amour avait moins d'importance à ses yeux que j'avais envie de l'espérer. Peut-être même qu'elle le regrettait, qu'elle le ressentait comme un frein à notre amitié. J'attendais son premier regard avec anxiété.

J'étais en train de ranger ma moto à côté de la sienne, sous le figuier, quand elle est apparue sur le pas de la porte, à trente mètres. Elle portait un jean délavé, presque blanc, et un tee-shirt blanc. J'ai tout de suite vu qu'elle était pieds nus. Elle a avancé dans l'herbe verte à ma rencontre, son sourire en étendard. Son premier regard n'a répondu à aucune des questions que je m'étais posées, sinon qu'elle avait l'air contente de me voir.

Dieu sait que je n'avais pas oublié comme elle était belle, mais elle l'était davantage encore. Peut-être avait-elle embelli, tout simplement. Ses cheveux avaient poussé, ils n'allaient plus tarder à passer dans la catégorie mi-longs, elle était de nouveau bronzée. Après quelques pas, j'ai fini par voir ce qui avait changé : elle avait pris trois kilos, un peu partout, sur les hanches, les épaules, les bras. Là, elle était à son poids idéal.

– C'est beau, non ?

J'ai mis une seconde à comprendre qu'elle parlait du décor, j'ai fait une mimique ridicule pour dire oui, en fait je n'avais rien vu, j'aurais pu me trouver dans Beyrouth en ruines, ça aurait été pareil. Nous

nous sommes embrassés, je lui ai donné le bouquet de roses roses que j'avais acheté en passant à Saint-Rémy, son adorable «merci, c'est gentil» m'a comblé. Son visage semblait reposé – peut-être qu'enfin, elle ne pleurait plus tous les jours.

– Je ne t'ai jamais vue aussi en forme...

– Moi non plus. Sauf quand j'étais enceinte! J'ai l'air d'une grosse vache!

J'ai ri de bon cœur. On est rentrés dans la maison par le salon, je me suis tout de suite senti chez moi tellement ça lui ressemblait. Chaud et simple, avec le minimum de meubles, sans bibelots ni fanfreluches. Un canapé de cuir rouge, deux fauteuils en rotin, une table basse, une chaîne, des CD empilés. Elle m'a avoué qu'elle avait laissé la plupart de ses affaires au garde-meuble pour ne pas voir resurgir trop de souvenirs. J'avais oublié qu'on était proches à ce point-là, qu'elle pouvait me dire ce genre de choses sans être émue.

On a grimpé à l'étage, elle m'a montré les chambres des garçons, on a rigolé ensemble du bordel qu'ils avaient laissé. Je m'étais mis le doigt dans l'œil jusqu'au coude, elle était beaucoup plus bohème que je l'avais imaginé. Les lits n'étaient pas faits, les draps et les oreillers traînaient par terre, au milieu des chaussures, des cassettes et des pots de yaourt pleins de noyaux de pêche.

Dans la chambre de Thomas, l'aîné, j'ai remarqué une photo de Tina que j'avais prise à Lombok, ce jour où les singes l'avaient regardée comme leur Vierge Marie. Je me suis approché, plusieurs clichés du père disparu l'entouraient. Ses yeux clairs et sa carrure de lutteur lui donnaient un faux air de Spencer Tracy, mais il faisait une tête de moins qu'elle, le pauvre garçon. J'exagère à peine, en tout cas cinq centimètres, à l'aise. Il affichait partout le sourire d'un homme sûr de vivre cent ans aux côtés de la plus belle femme du monde.

Je ne me suis pas éternisé, elle attendait sur le pas de la porte, je l'ai suivie dans sa chambre. En nous voyant entrer, Boum-Boum, le chat roux, a sauté du lit et s'est enfui entre nos jambes. J'étais troublé de pénétrer dans ce lieu si intime, je n'osais rien regarder. Le soleil qui inondait la pièce réchauffait à peine son austérité. À part un joli secrétaire, devant la fenêtre, face aux Alpilles, tout était blanc : les murs, les poutres, les rideaux, la lampe de chevet, le dessus-de-lit, l'étagère où étaient rangés quelques livres, ses disques et sa mini-chaîne. Le lit était nu, juste un matelas sur un sommier posé par terre.

– Tu ne remarques rien ?

Je me suis retourné, j'ai vu le long cadre bleu, sur le mur. Les photos que j'avais prises sur le sommet du Rinjani, collées bout à bout, en faisaient une seule, comme une frise de deux mètres sur quinze centimètres. Les volcans de Bali et Sumbawa semblaient plantés dans l'océan.

C'était l'unique image de la pièce. Il n'y avait aucune photo de son mari. La vision de ce visage restait sûrement trop douloureuse, elle ne voulait plus s'endormir et se réveiller en pleurant.

Nous sommes redescendus par la cuisine. Je m'en souvenais bien, c'était la pièce qui avait scellé son coup de cœur. Au milieu de cette grande salle à l'ancienne, elle avait posé une table ronde, avec une nappe provençale et des chaises cannées. Toute la vaisselle était apparente, sur des étagères de pin naturel. On avait envie de s'asseoir, de déboucher une bouteille et d'attaquer un saucisson.

– Tu veux un pastis ?

Pendant qu'elle sortait la bouteille et les verres, elle m'a demandé de prendre des glaçons dans le frigo. Je l'ai ouvert, elle a éclaté de rire : il était vide. Enfin, ce que moi j'appelais vide, en d'autres circonstances, j'en aurais sangloté : un bout de beurre, un yaourt 0 % que je devinais périmé, une bouteille d'eau, deux boîtes de Coca light, rien, un frigo de chômeur longue durée. On s'est bidonnés comme si c'était la meilleure blague du siècle.

Depuis vingt minutes qu'elle était revenue dans ma vie, j'avais ressenti plus de plaisirs et d'émotions que pendant les dix années qui avaient précédé notre rencontre.

Nous sommes allés à Saint-Rémy dans sa vieille R5. Je ne l'avais jamais vue conduire une voiture, j'étais ébloui comme si elle réalisait un exploit hors du commun. Elle a mis en marche le lecteur de cassettes, une chanson a démarré, en français. Le chanteur avait un accent du Midi que je ne connaissais pas, ça parlait des gens qui se rencontrent le samedi soir, c'était triste à mourir.

– Il s'appelle Francis Cabrel, elle m'a dit. Je n'écoute que ça, en ce moment.

Il fallait qu'elle ait un moral d'acier pour écouter un truc pareil toute la journée.

On a fait les courses comme des amoureux, dans les ruelles du village. Elle avait déjà ses habitudes, tous les commerçants la connaissaient, demandaient des nouvelles de ses parents, de ses enfants. J'ai d'abord cru qu'elle devait ces égards à son charme décidément universel, mais il y avait une autre raison : partout, elle n'achetait que des quantités de colonies de vacances, dix steaks, vingt tranches de jambon, quatre kilos de pêches, trente yaourts. On est retournés à la voiture chargés comme des bourricots. Surtout moi.

Avant de rentrer, on est passés boire un pastis au *Café des Arènes*. Le patron était devenu son copain, il lui faisait la bise et l'appelait Tina. Elle a vu ma surprise.

– N'aie pas peur ! Je ne viens pas siffler mes dix pastis tous les midis ! Ses filles sont copines avec

Thomas et Rémi, elles ont passé l'été dans notre piscine.

J'étais déconcerté, et heureux, de la découvrir enfin telle qu'elle devait être «avant», telle qu'elle était vraiment : rieuse, légère, charmeuse. Jusqu'alors, je ne l'avais connue qu'en état de dépression plus ou moins avancé. Là, elle avait l'air guérie pour de bon. J'avais envie de chanter.

Quatre pastis plus tard, en remontant dans sa voiture, je l'ai vannée :

– Si tu as trop bu, je peux conduire...

– Tu as pris des cours de rire par correspondance, chez Bodharto ?

Elle a démarré en se bidonnant, de voir ma tête.

J'étais un tracteur, elle une fusée. Il allait falloir que je me décoince si je voulais continuer de prétendre à mieux que porter ses sacs de fruits et légumes.

On est rentrés en réécoutant le dépressif, on a rempli le frigo en se marrant, on aurait dit le mien, on a déjeuné au soleil, en se racontant les mille et un détails de la vie qui était passée pendant notre séparation.

À deux heures et demie, il fallait qu'elle parte au boulot, on a pris nos motos, on s'est suivis jusqu'au centre d'Arles. Sur le boulevard Clemenceau, nos chemins bifurquaient, elle a tourné, sans mettre son clignotant.

La douleur de la quitter s'est réveillée, plus aiguë que jamais. Certes, depuis le début, c'était l'inexorable mécanique de ma relation avec elle, mais jusqu'où pouvait-on grimper comme ça sans atteindre la case amour ?

Le pire, le plus exaltant aussi, était de savoir que ce mouvement de balancier démoniaque s'arrêterait seulement une fois atteint le sommet du nirvana, c'est-à-dire quand je dormirais toutes les nuits contre elle, quand je ne la quitterais plus jamais. À ce moment-là enfin, il n'y aurait plus de facture à payer pour chaque bonheur vécu avec elle. D'ici là, je ferais mieux de passer à la pharmacie acheter une caisse de Lexomil.

43

Un matin, elle a débarqué chez moi en jupe noire, jambes nues. Elle ne m'a pas laissé le temps d'ouvrir la bouche.

– Je sais, ça ne me va pas !

J'ai ri. Ça lui allait à merveille, bien sûr. C'était une jupe ample, sous le genou, avec plein de petits plis. Si elle avait virevolté, tout le tissu se serait soulevé en corolle.

Roland lui avait glissé qu'elle aurait plus de poids auprès de certaines relations de travail si elle abandonnait de temps en temps ses jeans et ses tee-shirts. Elle avait donc commencé à se constituer ce qu'elle appelait «une garde-robe de dame». Elle avait depuis longtemps jeté toutes ses affaires d'avant, elle repartait de zéro. Pendant ce mois de septembre, dès que nous avions deux heures devant nous, je l'accompagnais à Nîmes, Arles ou Avignon pour faire les magasins. J'adorais.

Elle entrait dans une boutique, elle fouillait parmi les alignements de cintres, à toute vitesse, en regardant les tailles, elle choisissait un article ou deux, disparaissait dans une cabine, en sortait différente, à la fois timide et éclatante. Je me prenais pour Richard Gere dans *Pretty Woman*, sauf que je n'avais pas le droit de payer. J'avais tenté, une fois, je m'étais fait jeter comme si je lui avais pincé les fesses. Les serveuses nous prenaient pour des amoureux, me soutenaient quand je l'incitais à craquer pour une jupe au-dessus du genou – rien à faire, elle n'aimait pas ses jambes, ses genoux et ses mollets étaient trop forts, paraît-il. J'avais beau lui répéter que ses jambes étaient parfaites, elle me répondait que je n'y connaissais rien, et me montrait dans la rue des filles aux cannes de serins, avec des genoux pointus et des cuisses grosses comme mes poignets, en prétendant que c'était ça, des belles jambes. Mes avis sur son physique n'avaient aucune valeur à ses yeux puisqu'elle pensait que je l'idéalisais. La vieille histoire de l'amour aveugle. Or je ne l'idéalisais pas, il suffisait de voir la tête des vendeuses dans les boutiques, quand elle entrait.

Au fil des jours, notre relation a trouvé son rythme de croisière. Son mi-temps était souple, elle donnait ses coups de fils professionnels le matin chez elle, et ne rejoignait son bureau qu'en fin de matinée ou en début d'après-midi, en fonction de ses rendez-vous et des disponibilités de Roland, son interlocuteur principal. Même en ne dérogeant jamais à la règle qu'elle s'était fixée d'être toujours chez elle quand ses enfants rentraient du lycée, il lui restait du temps libre, et elle en passait bien la moitié avec moi, sans que j'aie à faire de forcing. Nous déjeunions ensemble deux ou trois fois par semaine, chez moi si elle travaillait le matin, chez elle si c'était l'après-midi, ou au chinois de ma rue si on avait envie de manger chinois.

Quand elle avait le blues, ce qui n'arrivait plus souvent, je le devinais dès son premier regard, je ne m'affolais pas, on parlait comme si de rien n'était, et je finissais toujours par trouver une bêtise qui parvenait à éclaircir son humeur. Quand elle me trouvait un peu ramollo, elle savait me piquer au vif, pour que je retrouve mon énergie et mon esprit positif dont elle aimait tant se moquer. On riait beaucoup ensemble, parce qu'on se chambrait tout le temps, et que les mêmes petites choses de la vie nous amusaient, une grimace d'enfant dans la rue, une fille qui dégageait en douce sa culotte coincée entre ses fesses, un frimeur qui se recoiffait dans le rétro, un pétard mal roulé, des ongles comme je détestais. J'avais fini par acheter le disque de Cabrel, et elle m'avait fait connaître d'autres chanteurs français, que j'appréciais aussi, maintenant : Julien Clerc, Bashung, MC Solaar. Elle aimait bien jouer les initiatrices avec moi, je me régalais.

Parfois, nous parlions du passé, ou de l'avenir, et je la sentais ébranlée de découvrir qu'une nouvelle vie se mettait en place, une vraie vie, avec ses nouveaux plaisirs, ses nouveaux objectifs, ses nouveaux soucis, une vie qui, même à jamais lestée du chagrin de l'amour perdu, n'en vaudrait pas moins la peine d'être vécue.

J'étais son complice, son confident, son seul ami. L'affection, la familiarité s'étaient installées, comme j'en avais rêvé. Elle n'aurait sûrement pas été très différente si elle m'avait aimé pour de bon. N'empêche, ses gestes amoureux, ses baisers, son désir me manquaient. Fallait-il qu'elle m'aime avant d'en arriver là ? Je préférais penser qu'elle pourrait me désirer avant de m'aimer, l'objectif me paraissait moins lointain, moins inaccessible. En était-elle capable ? Ou plutôt, étais-je capable de provoquer un tel bouleversement ?

Plus les jours et les semaines passaient, plus l'ambiguïté s'absentait de nos rencontres. Nous ne cessions de nous rapprocher l'un de l'autre, en restant toujours aussi éloignés de la fameuse case qui aurait signifié l'aboutissement de notre relation. Comme on ne se voyait qu'aux heures de grande clarté, si peu propices aux premiers abandons, et qu'elle n'ouvrait jamais la porte à la moindre échappée hors des sentiers balisés de l'amitié, il m'était impossible d'imaginer la forcer, à moins d'être plus lourd qu'une enclume. Lui prendre la main, me pencher pour l'embrasser, aurait constitué autant de gaffes pharaoniques, comme au premier jour. Je ne la croyais pas plus inaccessible qu'elle l'était, elle l'était vraiment, pour n'importe quel homme.

Même les soirs de gris, seul dans mon lit, quand je ne comprenais plus pourquoi elle n'était pas dans mes bras, je ne pouvais jamais lui reprocher de m'avoir souri à double sens, d'avoir laissé son chemisier trop ouvert, de s'être laissée aller à une vanne limite, de m'avoir allumé, puis éteint. Jamais. Elle restait toujours à mille lieues de ce terrain-là, et je voyais bien que c'était sans effort, qu'elle ne se retenait pas. Du coup, mon désir se faisait tout petit, pour ne pas gêner. S'il avait été obsédant, j'aurais craqué, ou au moins dérapé, mais à cause de son attitude, ou grâce à, il ne l'était pas.

Un dimanche d'octobre, enfin, j'ai vu plus clair. J'aurais préféré me crever un œil.

La veille, on avait fêté l'anniversaire de Régine, la fiancée de Roland, dans leur nouvel appartement. Nous étions une quinzaine à dîner, dont la moitié avait vingt ans de moins que moi, j'étais l'ancêtre de la soirée. On m'avait placé en bout de table, face à Tina et ses boys, que je n'avais pas revus depuis notre dîner au restaurant, quatre mois plus tôt. Tina semblait mal à l'aise, donc je l'étais aussi, nous ne nous adressions jamais la parole directement, tout passait par les mômes.

D'entrée, ils m'avaient raconté qu'ils venaient de toucher leurs nouvelles motos, deux trials 50 cm³ – je leur avais caché que je le savais déjà, Tina avait baissé les yeux. Ils comptaient faire le lendemain leur première sortie tous les trois, en Camargue. On avait parlé bécanes comme des vieux *bikers*, ils m'avaient posé un tas de questions mécaniques sur ma bête auxquelles j'avais été bien incapable de répondre.

À un moment, Rémi s'était tourné vers sa mère.

– Il peut venir avec nous, demain ?

« Il », c'était moi. Elle avait répondu en riant :

– S'il a envie !

J'avais vérifié qu'elle ne m'adressait aucun signe discrètement dissuasif, et j'avais dit oui. Elle n'était pas tombée à la renverse de stupeur.

Arles était sur leur trajet, je les avais retrouvés le dimanche matin sur la terrasse de l'hôtel *Nord-Pinus* pour boire un café avant de tailler la route. Ces dix minutes m'avaient suffi pour voir que, décidément, Tina ne parvenait pas, devant ses garçons, à rester naturelle avec moi. Bêtement, cette fois, ça m'avait presque fait plaisir : sa gêne n'était-elle pas la preuve que nous n'étions pas de simples amis ?

On avait roulé toute la journée sous le ciel bleu, les quatre motos en file indienne, elle en tête, eux derrière, et moi en queue. Je ne faisais qu'entrevoir Tina de temps en temps, dans les virages, cent mètres devant moi. On avait déjeuné à Boduc, après un petit bain derrière les salines. Malgré l'eau glacée, j'avais mis un point d'honneur à y entrer plus vite que les mômes. Tina détestait l'eau froide, elle nous regardait, assise sur le sable, avec un sourire que j'estimais tristounet. J'avais pensé que la vision de ses deux garçons se baignant avec un homme provoquait peut-être des montées de souvenirs douloureuses, j'étais sorti de l'eau illico. Les gosses aussi. Ils nous marquaient à la culotte comme des frères siciliens.

La plage était déserte, l'eau aussi transparente que dans un lagon des Maldives, la femme de mes rêves, allongée près de moi, souriait au soleil, j'aurais dû planer, et pourtant, j'étais enlisé dans le sable comme un sumo sonné. Entre elle et moi, sur les serviettes qui nous séparaient, il y avait ses deux fils. Et ça changeait tout. Tina n'était pas plus familière qu'au début de notre relation, sept mois auparavant. J'éprouvais une telle sensation de régression, il me tardait que cette balade se termine. Je restais le plus discret possible, pour ne pas perturber leur plaisir d'être ensemble.

Même pendant le seul quart d'heure où les gosses nous avaient lâchés pour quelques parties de jeux vidéo à l'intérieur du bar des Saintes où nous avions fait une halte, je n'avais pas retrouvé ma Tina. Elle n'avait pas profité de ce moment d'intimité pour me rassurer, puisqu'elle n'avait pas perçu mon malaise, non, elle m'avait parlé de ses garçons : ils devenaient des hommes, et en même temps ils demeuraient ses bébés, elle avait l'impression qu'ils lui échappaient, etc. J'aurais aimé interpréter ces propos trop anodins comme une tentative maladroite de m'expliquer sa retenue, mais je ne pouvais plus faire l'erreur de surestimer mon importance, la réalité me sautait aux yeux depuis le matin : la place que nous occupions l'un et l'autre dans nos cerveaux respectifs n'avait absolument rien de comparable. Dans le mien, elle prenait tout l'espace. Dans le sien, c'étaient ses fils. Ils formaient un trio indissociable, dont il était normal que je sois exclu. Pour transformer le trio en quatuor, il aurait fallu, un : que j'en aie envie, deux : que je devienne aussi proche des deux mômes, et eux de moi, que je l'étais de leur mère. Mission impossible. Cette place-là, seul un père pouvait l'occuper.

Avant cette balade en Camargue, inconsciemment, j'avais vécu toutes mes heures avec elle comme si ses enfants n'existaient pas, je n'avais jamais redouté qu'ils puissent constituer une sorte de frein à main bloqué qui empêcherait mon histoire avec elle d'avancer. Maintenant que je les avais eus tous les trois en face de moi pendant huit heures d'affilée, j'avais enfin pris conscience de la démence de mes chimères, de nouvelles évidences avaient surgi, balayant mes rêves de fusion – à court et moyen terme au moins. Mon problème était sans solution : elle avait deux enfants de quatorze et seize ans, pas moyen de faire autrement, ils n'iraient pas vivre sans elle au Pérou l'année prochaine. Le mieux que je pouvais espérer, c'était qu'elle lâche le trio de temps en temps pour venir jouer des petits duos avec moi. Au fil de la journée, j'avais compris que même si, par bonheur, je devenais un jour son amour ou son amant, il lui serait impossible de l'assumer face à ses enfants, en tout cas pas tant qu'ils resteraient blottis au creux du nid maternel.

Dans combien de temps pouvais-je raisonnablement penser qu'ils ne vivraient plus avec elle ? J'avais calculé, j'étais tombé sur une fourchette de cinq à dix ans. Oui, il me faudrait sûrement patienter tout ce temps avant que nous puissions nous aimer pleinement, en toute liberté, aller au ciné le soir seuls tous les deux, nous embrasser dans la rue, nous endormir, nous réveiller ensemble, et toutes ces choses que je n'avais jamais vécues de ma vie, et qu'il me tardait de vivre avec elle, alors qu'elle les avait déjà vécues avec son mari, et qu'elle s'interdisait de les revivre avec un autre.

Cinq ans, dix ans, ça faisait long, très long, mais après tout, il fallait bien ça pour qu'elle devienne accro à mon amour. Et quand elle serait accro à mon amour, elle ne serait plus très loin d'être accro à moi, même si le a de son verbe aimer n'était pas encore devenu grand. Car, à l'évidence, notre romance ne pouvait se dérouler que dans ce sens-là. Je n'avais pas le droit de m'en étonner, encore moins de m'en plaindre, je savais depuis le début que ce serait long, compliqué et douloureux de parvenir à être aimé de la plus belle personne qui ait jamais existé sur la Terre. À partir de là, tout me paraissait normal, logique, inéluctable. Que je la rencontre, que je l'aime, qu'elle ne m'aime pas, qu'elle ait des enfants, que je n'en aie pas, qu'elle ait perdu son mari, tout.

Je me souvenais, quand j'avais raconté à Isabelle ma rencontre avec Tina, elle m'avait fait remarquer qu'il ne lui restait plus beaucoup de temps pour faire des enfants avec moi. Je lui avais répondu que même si la vie était souvent surprenante, là, aucun doute, ça n'arriverait pas. La case enfants, elle l'avait faite. Et moi aussi, à ma façon. Nous deux, ce serait l'amour pour l'amour, l'amour pour être deux, ensemble, tout le temps. Ce serait une histoire d'amour pour grands adultes égoïstes qui ne veulent penser qu'à leur amour jusqu'à la fin de leurs jours – un amour tout neuf, un amour qui n'aurait pas l'air d'en remplacer un autre, un amour exprès pour la deuxième moitié de nos vies, celle où on sait ce qui est bon, ce qui est important, ce qu'on aime vraiment.

Après ce dimanche éclairant, notre relation a continué comme avant. Avec l'hiver qui approchait, les motos restaient de plus en plus souvent au garage, la plupart de nos rencontres avaient lieu chez moi.

À notre grande surprise, son travail devenait de plus en plus important dans sa vie, dans nos vies. Comme on se voyait presque tous les jours, on se racontait tout, j'étais au courant de ses rendez-vous, de ses objectifs.

Elle avait proposé à Roland un projet en trois étapes, à réaliser en un an. Il lui avait évidemment donné carte blanche, en remerciant le Seigneur. La première étape serait un système sophistiqué de cartes de fidélité, à monter en accord avec une kyrielle de partenaires régionaux. Elle y avait passé tout son premier trimestre, en bon petit soldat. Elle était dans les temps pour démarrer en janvier – on croisait les doigts à chaque fois. Cet emploi, ses enjeux l'excitaient, elle avait envie de réussir son coup, en même temps elle gardait du recul, elle n'était pas une gamine grisée par son premier job, prête à s'y laisser engloutir.

Les subtils rapports de force et de séduction qui constituaient le cœur de son business et du mien, l'intéressaient, l'amusaient. Le mot « mécaniser » revenait souvent dans nos discussions, et plus pour faire une blague. Quand je rentrais de voyage, elle me demandait des nouvelles.

– Alors, il a signé, ton Garibaldi ?

Avant un rendez-vous qui l'intimidait, elle me questionnait, me demandait des conseils, comme si mon expérience du travail me rendait plus compétent qu'elle pour tous les jobs du monde, y compris le sien !

Une seule fois, j'avais cédé à la tentation de ce rôle trop flatteur. Pour la convaincre qu'en affaires, il ne fallait jamais renoncer à demander ce qu'on souhaitait, je lui avais rapporté une phrase de Michel :

– Le non, tu l'as déjà. Le seul risque que tu prends, c'est d'avoir le oui.

Elle avait adoré, elle le ressortait à chaque occasion.

Oui, ça pouvait durer dix ans comme ça. Et même plus.

44

Un après-midi de décembre, en sortant de chez moi vers cinq heures, nous avons découvert la ville illuminée par les guirlandes de Noël. Pour tous les survivants de familles amputées, l'approche de cette fête redoutable n'est jamais une bonne nouvelle. Tina s'apprêtait à vivre son deuxième Noël depuis la mort de son mari et j'imaginais sans peine dans quelle émotion elle allait patauger. Moi, j'en étais au vingt-cinquième sans mes parents, et cette soirée demeurait celle où leur absence était la plus douloureuse. Afin d'achever de me coller un bourdon taille patron, s'ajoutait la riante perspective de me séparer de Tina pendant dix jours, car je n'avais bien sûr pas ma place auprès d'elle en une circonstance aussi spécifiquement familiale.

Heureusement, au bout de ce tunnel annoncé, il y avait une lumière, et pas n'importe laquelle : Roland m'avait invité à son réveillon du nouvel an. En précisant : « Tenue de soirée souhaitée ». Depuis, je comptais les jours.

Dans l'avion qui me ramenait vers mes forêts, je pensais à Tina, à Isabelle, Sophie et Martin, à leurs enfants, à mes chers parents dans le ciel, et j'avais honte de ne pas pouvoir faire autrement que de rêver au jour où, pour la première fois, je n'irais pas à La Garde pour Noël. Parce que je serais avec elle. Ça nous ficherait un coup, à tous.

Une seule condition était nécessaire pour que je sois près d'elle lors d'un tel réveillon : qu'elle en ait envie. Ce serait le test suprême, d'ailleurs. Il faudrait qu'elle ne puisse vraiment plus se passer de moi pour en arriver à souhaiter ma présence ce soir-là, sur lequel planerait à jamais l'ombre de son mari, ma pire ennemie.

Mon Noël s'est déroulé comme tous les autres depuis la mort de mes parents. Pour Isabelle et moi, la joie des enfants ne parvenait toujours pas à terrasser notre mélancolie. Avant de partir pour Lombok, je lui ai parlé de mon souhait de me concentrer progressivement sur nos activités en Europe. Elle s'y attendait.

– On fera comme tu voudras. Tu as fait ta part.

Chère Isabelle.

Ça me déchirait le cœur de me rendre compte que Tina y avait pris toute la place. Isabelle et tous les miens, qui avaient tant compté pendant quarante ans, ne tenaient plus qu'un rôle secondaire dans ma vie. Je me sentais lamentable.

À Lombok, même si les mauvaises habitudes de la gestion bodhartienne étaient difficiles à éradiquer, nous étions sur la bonne voie. Ma cabane au Rinjani n'était pas finie, seuls le toit et les parois étaient posés. De la terrasse en surplomb sur la forêt, la vue sur la mer était aussi colossale que je l'avais rêvée. J'étais ému : ce serait celle-là ma première vraie maison. Dans l'appartement d'Arles, cinquante générations s'étaient succédé entre mes murs. Ici, j'avais tout choisi, tout décidé, cette maison n'aurait pas existé sans moi. Ce serait fantastique de se réveiller, de s'endormir, de vivre ici. Surtout avec Tina.

Au retour, j'ai dîné et dormi chez Michel et Catherine. Nous n'avons pratiquement parlé que de Tina, de ma relation avec elle – à se demander de quoi étaient faites nos conversations avant qu'elle entre dans ma vie.

J'ai débarqué en Arles le 31 décembre en fin de matinée, le mistral glaçait la ville, les passants rasaient les murs. Avant de rentrer chez moi, j'ai fait un détour pour prendre livraison du smoking que j'avais acheté avant de partir. Mon premier smoking. Je me sentais déguisé, mais je m'en foutais, je n'allais pas passer la soirée à me regarder dans une glace, j'allais passer la soirée à la regarder, elle. J'étais raide d'impatience de la voir en tenue de soirée. Depuis le temps que je fantasmais là-dessus ! Que porterait-elle ? Un pantalon ? Une robe ? Une jupe ? Je changeais de pari toutes les deux minutes.

Je suis arrivé chez Roland et Régine l'un des premiers. Au terme de longues hésitations, j'avais décidé de ne pas appeler Tina avant la soirée, et je tenais à être sur place avant elle, ne serait-ce que pour assister à son entrée. J'ai donné son bouquet de roses à Régine, son magnum de champagne à Roland, on s'est embrassés. J'étais content de les retrouver, et pas seulement à cause de leur lien avec Tina : je continuais à voir Roland régulièrement, nos rapports étaient devenus vraiment chaleureux. Tina constituait toujours notre sujet de conversation préféré. Depuis qu'elle travaillait avec lui, il me vantait sans arrêt ses innombrables qualités comme si c'était moi qui hésitais à la juger digne de partager ma vie !

Je me doutais qu'elle arriverait tôt, je suis allé siroter ma vodka près du mur entièrement recouvert de disques, pile en face de la porte, à l'autre bout du salon. Je feignais de m'intéresser à l'impressionnante collection, il ne s'écoulait jamais trois secondes sans que je jette un œil vers l'entrée.

J'ai entendu un coup de sonnette, Roland a ouvert la porte, Tina est apparue. Tous les invités ont tourné la tête vers elle, il y a eu un long silence d'une ou deux secondes, elle était gênée. Elle a laissé ses garçons entrer les premiers.

J'étais terrassé comme la toute première fois, une émotion démesurée me compressait la poitrine.

Elle portait une robe de soie bleu marine, sous le genou, boutonnée à la chinoise, sur le côté, avec un col montant. Elle sortait de chez le coiffeur, son carré était impeccable, façon Cléopâtre. Elle était somptueuse.

En embrassant Roland, elle m'a souri, avant d'avancer droit sur moi. J'ai remarqué ses escarpins noirs, très fins, presque plats. On s'est embrassés, ses trois bises ont touché mes joues. Stupeur : elle avait du rouge à lèvres. Il n'était pas rouge, mais c'en était.

– Ça te va bien le smoking, dis donc !

Je n'ai eu le temps ni de m'évanouir, ni de lui retourner le compliment, un couple est venu nous déranger, pour lui dire bonjour. Tina m'a présenté. Ils se parlaient comme de vieux amis qui ne s'étaient pas vus depuis longtemps.

En effet, elle était maquillée. Oh, pas grand-chose, un rose à lèvres très léger, quasiment invisible, un minuscule trait autour des yeux, un peu de machin sur les cils, ça suffisait pour qu'elle étincelle comme un arbre de Noël. Même un soir de réveillon, ces atours constituaient un retour à la norme plus qu'encourageant. Porté par mon allégresse, j'allais penser qu'elle avait retrouvé l'envie de plaire, voire de me plaire, mais j'ai senti sa main se poser sur la mienne, mon cerveau s'est bloqué. Elle s'adressait au couple, gênée.

– Excusez-moi… Franck allait me dire quelque chose d'important… Bonne soirée.

Elle n'était pas douée pour le mensonge, elle leur aurait dit « Dégagez, vous nous faites chier ! », c'était pareil. Avant de s'effacer, vexé, le couple m'a regardé avec dans l'œil un « Ah c'est lui le nouveau » qui m'a grisé.

Elle m'a pris par le bras et m'a entraîné de l'autre côté du salon, comme si on allait se dire des secrets d'État.

– J'ai été impolie, hein ? Je les aime bien, on les voyait souvent, à une époque. Là, je ne peux plus… Parle-moi ! C'est toi qui es censé me raconter quelque chose…

Elle paniquait, amusée, comme si le couple allait surgir dans son dos et la démasquer. Les deux bourges ne me lâchaient pas des yeux. Elle a insisté.

– Dis n'importe quoi !

– Un deux trois quatre cinq, un deux trois quatre cinq…

– Arrête !

– L'essentiel, c'est que mes lèvres bougent. Comme dans les vieux films italiens, où tout était doublé. Les acteurs, sur le tournage, ne s'embêtaient pas à apprendre le texte, ils disaient juste : *uno due tre quatro, uno due tre quatro*… Là-dessus, après, tu peux mettre n'importe quel dialogue.

– Je ne te crois pas !

– Tu as tort, c'est vrai. Et ça marche aussi avec *one two three four five*… Évidemment, si tes amis savent lire sur les lèvres, on est mal.

Elle riait, j'étais heureux.

Pourquoi on n'était pas ensemble ? Qu'est-ce qui manquait encore ? On s'entendait tellement bien, tellement mieux que tous les couples qui étaient là… Dans de tels moments de grâce, ça devenait dur à encaisser.

À minuit, elle bavardait loin de moi, près de ses enfants. J'ai embrassé vingt personnes que je ne connaissais pas avant de pouvoir serrer ma chérie dans mes bras. S'il y avait un moment où j'en avais le droit, c'était celui-là.

Pour les embrassades générales, Roland avait coupé les lumières, les bougies suffisaient. Quand elle est arrivée devant moi, ses yeux brillaient. Nous étions aussi émus l'un que l'autre, pour des raisons différentes.

Je l'ai prise dans mes bras, elle m'a serré, brièvement. Et puis je l'ai sentie hoqueter. J'ai relâché mon étreinte, mais elle est restée dans mes bras, sa bouche collée sur mon épaule pour ne pas faire de bruit. Alors je l'ai serrée plus fort, j'ai caressé ses cheveux, en essayant de ne pas oublier que les lumières allaient se rallumer, et qu'il fallait que je reste maître de mon émotion. Je savais bien que je n'étais pour rien dans ce chagrin, j'étais simplement celui avec lequel elle avait enfin pu craquer, j'avais envie de la garder contre moi jusqu'à la fin des temps.

Après quelques secondes, elle s'est dégagée pour me faire face, le visage ruisselant.

– Tu parles d'une façon de commencer l'année !
– Bonne année.

J'y avais mis toute mon adoration pour elle, elle m'a souri, elle a essuyé ses joues avant de m'embrasser.

– Bonne année.

On s'est fait la bise, deux fois, j'ai gardé mes bras autour de son cou, je lui ai dit :

– Je te promets que, désormais, chaque année sera toujours meilleure que la précédente.
– Tu crois ?
– C'est ma raison de vivre.

Elle a pris ma main, l'a serrée, presque rougissante.

Je ne l'avais jamais vue embarrassée de cette façon sans être mécontente de l'être.

Après ce réveillon, je suis encore resté deux mois sans lui reparler de mon amour. Mais là, ce n'était plus pareil.

45

Il était onze heures, je l'attendais depuis vingt minutes au *Golden*, le bar en face du magasin. J'étais rentré de voyage tôt le matin, et je ne l'avais pas prévenue de mon retour. Je buvais un café sans quitter la rue des yeux, mon cœur cognait plus vite que d'habitude. Sûrement parce que j'étais resté sans la voir plus longtemps que d'habitude. Dix-sept jours.

Les vacances scolaires d'hiver venaient de s'achever, je rentrais de mon périple rituel : Paris, Milan, La Garde, Lombok. Enfin, j'avais pu dormir dans ma cabane. L'eau et l'électricité n'étaient pas encore installées, j'avais juste posé un lit dans le salon, face au ciel, à la mer, à la forêt qui s'ouvrait. Chaque matin, même la splendeur de ces bleus, de ces verts, était impuissante à égayer mes réveils. Si loin de mon aimée, dès que j'ouvrais un œil, le manque me sautait à la gorge.

Je l'ai vue arriver, elle a garé sa moto où elle la garait toujours, devant la parfumerie. Elle portait un blouson en daim noir que je ne connaissais pas. Ça m'a agacé une demi-seconde qu'elle l'ait acheté sans moi, et puis, comme j'étais d'humeur radieuse, ça m'a amusé que ça m'agace.

J'ai giclé du *Golden*, je suis arrivé dans son dos.
– Bonjour !
Elle s'est tournée, d'une oreille à l'autre il y avait

son sourire. En l'embrassant, j'ai tout de suite senti que quelque chose avait changé. Elle ne me faisait pas le même effet que les autres fois. Elle m'a attaqué d'entrée :

– Je ne t'attendais plus !

– Je suis parti deux semaines, comme j'avais dit. Je suis ravi que toi aussi, ça t'ait paru long.

– Tu es rentré quand ?

– Ce matin. Tu as le temps de boire un verre ?

On a avancé vers l'hôtel *Nord-Pinus*. Leur bar était cosy, on y avait nos habitudes, ils savaient doser nos Dragons verts, et j'aimais penser que si, soudain, le désir la prenait, nous n'aurions qu'un étage à monter.

Je l'ai regardée, elle marchait à côté de moi, ses cheveux frôlaient ses épaules, je n'avais pas besoin d'accélérer ou de ralentir pour la suivre, nous marchions à la même allure, naturellement, sans nous presser. Là, elle faisait semblant de bouder et je savais pourquoi. Nous étions la veille du premier anniversaire du magasin de Roland, et elle avait organisé pour l'occasion son premier concert. Ne me voyant pas réapparaître, elle avait dû craindre je ne sais quoi, comme s'il était possible que je rate un événement pareil, pour lequel je l'avais vue se démener depuis des mois ! J'aurais aimé la rassurer, la taquiner, mais le changement qui m'avait intrigué dès notre première bise ne cessait de s'amplifier, j'étais préoccupé, je ne disais rien, ça l'agaçait. Elle n'a pas pu se retenir longtemps :

– Au cas où ça t'intéresserait… le concert a toujours lieu demain soir.

– Tu as cru que j'avais oublié ?

– Je n'ai rien cru. Je me demandais, c'est tout.

– Tu sais que c'est aussi l'anniversaire de notre rencontre ?

– Tu as préparé un gâteau, j'espère !

J'ai failli l'embrasser à pleine bouche pour châtier son insolence, je me suis retenu *in extremis* – si je me mettais à considérer mes baisers comme un châtiment, j'étais mal barré. Elle a enchaîné en me racontant les dernières nouvelles : Roland et Régine allaient se marier en juin, Thomas avait eu un accident de moto, sans gravité, elle avait eu peur, la bécane était morte...

Elle me parlait et je me surprenais à ne l'écouter que distraitement. J'avais toujours la tête ailleurs, à cet effet qu'elle me faisait, de plus en plus perturbant : mon désir refusait désormais de se faire tout petit, il se faisait même le plus gros qu'il pouvait, obstinément, sans se gêner, sourd à mes injonctions. Ça m'était déjà arrivé, bien sûr, surtout au début, mais après un an de fréquentation platonique, le phénomène était devenu rarissime, ou alors, je n'y faisais pas attention – puisqu'elle ne m'envoyait jamais aucune onde de désir, sûrement que mon cerveau, par instinct de survie, ne m'en envoyait pas non plus.

Cette époque appartenait au passé, définitivement, et ce n'était pas une bonne nouvelle. Car depuis cinq minutes que nos corps se frôlaient en marchant, j'éprouvais un sentiment désagréable, invivable même, qui m'avait été épargné jusqu'alors : la frustration. Il n'y avait plus seulement le plaisir grisant d'être près d'elle, il y avait aussi cette douleur particulière, odieuse, cet appétit irrépressible, cette fringale, qui ne pouvait être assouvie.

Nous avions pu construire notre relation parce que mon désir était sous-entendu, jamais au premier plan. Si elle voyait la différence dans mon regard, dans mon comportement, la magie serait rompue. Je détestais ce désir obsédant, inopportun, qui transformait ma passion, la rendait nouvelle, autre.

Nous nous sommes assis à notre table habituelle. Elle était renversante de force et de légèreté. Elle m'a demandé comment s'était passé mon voyage, je me suis contenté d'un résumé laconique.

– Tu as vu Michel et Catherine ?

– Oui. Ils t'embrassent. Catherine est enceinte.

– Je sais.

– Oui, il paraît que vous vous écrivez. Comme tu ne me l'avais pas dit, ça m'a un peu agacé, pour tout te dire.

– Il y a des milliards de choses que je ne te dis pas !

– Je m'en doute.

J'adorais la voir de cette humeur titilleuse avec moi.

Le serveur est arrivé avec nos thés, je ne sais pas ce qui m'a pris, j'ai enchaîné sur un sujet scabreux – sûrement le premier effet de ce maudit changement.

– Devine quel a été notre grand sujet de conversation...

– J'en sais rien.

– Nous.

– Comment ça, « nous » ?

– Toi et moi. Tu es lente, parfois ! Ils voulaient savoir où on en était, comment ça évoluait...

– Captivant ! Et tu leur as dit quoi ?

– La vérité. Qu'on se voyait tout le temps, qu'on était de plus en plus... proches, mais qu'il ne s'était toujours rien passé. Michel n'en revenait pas.

– On se demande pourquoi !

J'ai fait une mimique pour lui dire qu'elle était gonflée, elle a joué l'innocente. On parlait de « nous », et elle le prenait mieux que je ne l'aurais craint. Alors j'ai insisté.

– Catherine, elle, pense que c'est trop tard. Son grand argument, c'est : « Pourquoi elle dirait oui maintenant ? »

– Très juste.

– Non, faux. Tu ne peux pas me dire «oui» avant que je te demande quoi que ce soit. Or, je ne t'ai jamais rien demandé, je te rappelle… Tu as déjà eu à tourner la tête pour éviter que je t'embrasse ? Tu as déjà eu à repousser ma main sur ton genou au cinéma ? Est-ce qu'une fois, une seule fois depuis Bali, je t'ai harcelée avec mon amour ?

– Tu ferais mieux de continuer.

– Peut-être que je suis resté trop longtemps sans te voir, mais j'ai l'impression que je vais avoir du mal.

Cette fois, elle n'a pas souri, et je préférais, de loin, quand elle souriait. Je lui ai dit que je comptais lui faire une petite visite dans sa campagne en fin d'après-midi.

– Ne me demande pas pourquoi. C'est une surprise.

46

Quand je suis arrivé chez elle, le soleil n'avait pas encore disparu derrière les Alpilles. J'ai garé ma camionnette de location à côté de sa R5, j'ai fait le tour de la maison, Rémi regardait la télé dans le salon, Tina était dans sa chambre. Il l'a appelée, du canapé.

– Maman ! C'est pour toi !

Je l'ai entendue descendre. Rien qu'au bruit de ses pas, j'ai su qu'elle portait ses ballerines à semelles de cuir qui cliquetaient de façon si caractéristique sur le carrelage. J'aimais encore plus sa démarche avec ces chaussures, elle semblait en suspension.

– Viens. Ma surprise est dehors.

Elle m'a suivi, intriguée. En voyant la camion-nette, elle a haussé les sourcils.

– Ça ne rentrait pas dans un camion plus petit ?

– Non.

J'ai ouvert les deux portes arrière d'un coup. Elle a crié.

Un taureau lui faisait face. Elle n'a pas vu tout de suite qu'il était en bois. C'était la copie conforme de celui qui nous avait barré la route, à Lombok. Je l'avais fait fabriquer par l'ébéniste dont elle avait admiré le bœuf de bois peint, à Ubud. C'était un beau travail, tous les détails étaient traités avec minutie, les sabots, les oreilles, les yeux, le pelage.

Elle a regardé longuement la bête immobile avant de se tourner vers moi, radieuse.

– Il est splendide !

On a grimpé dans le camion. Le taureau occupait la moitié de l'espace.

– Merci. Je l'adore.

Elle s'est rapprochée pour me faire la bise.

– Attends d'avoir tout vu. Le reste aussi est pour toi.

Dans le fond du camion, sur les côtés, trois caisses et un grand tableau sous un plastique attendaient leur tour.

– T'es pas bien, hein ?

Je lui ai expliqué que j'avais fait venir par bateau ces quelques cadeaux trop encombrants trouvés pour elle au hasard de mes périples asiatiques. On a ouvert les caisses avant de les descendre du camion. Il y avait deux guéridons jumeaux birmans, une grande toile de Sonya, un paysage de rizières naïf et flamboyant de verts et de jaunes, et surtout, un Bouddha tibétain du XIXe en bronze, de soixante centimètres, au sourire bouleversant.

Quand elle m'a embrassé pour me remercier, j'ai senti que mon désir était toujours là, plus encombrant que jamais.

Les garçons nous ont aidés à décharger la camionnette. Ils ont tout trouvé « cool ». Les endroits qu'elle a choisis pour poser mes cadeaux, même s'ils n'étaient pas définitifs, m'ont confirmé qu'elle les appréciait vraiment. Elle a enlevé sans hésiter ses deux tables suédoises de chaque côté de son canapé pour les remplacer par les guéridons, et elle nous a fait monter le tableau et le Bouddha dans sa chambre. Elle n'était pas plus meublée que six mois plus tôt, quand j'avais visité la maison après son emménagement. On a placé le Bouddha par terre, en face de son lit, et le tableau contre le mur, près de la fenêtre. Elle a dit que c'était «en attendant», mais j'ai senti qu'elle ne les déplacerait pas de sitôt. Rien ne pouvait me faire plus plaisir.

On a peiné pour transporter le bœuf au fond du jardin, entre les oliviers. De loin, on aurait cru un vrai. Pendant qu'on buvait le pastis au soleil, elle ne parvenait pas à en détacher son regard.

Lucien est rentré à huit heures. Son introversion m'intimidait toujours, pourtant il me regardait sans méfiance, maintenant. Ni lui ni les mômes n'avaient besoin de ces cadeaux pour deviner que j'aimais Tina plus qu'un ami. Du moment qu'elle ne m'aimait que comme un ami, ils n'avaient rien contre moi. J'étais parvenu à me glisser dans sa vie sans les priver d'elle, et sans m'imposer à tout bout de champ, ça allait.

On a dîné tous les cinq, pour la première fois. C'était beau de la voir au milieu de ses quatre mecs, tous fous d'elle. N'empêche, ma place n'était pas dans ce cercle-là, je n'avais aucune envie de m'y incruster peu à peu, je préférais la place qu'elle m'avait faite, à l'écart de son noyau central. Après le repas, on a regardé une *Arme fatale* à la télé. Quand le clan des Siciliens est monté se coucher, je me suis levé aussi. Tina m'a raccompagné jusqu'à la camionnette.

Sur le pas de la porte, on a regardé la lune, le ciel était plein d'étoiles. On s'est éloignés de la maison, sans rien dire. Ça sentait bon toutes les plantes du coin. Dans cette débauche de parfums, je reconnaissais ceux qui m'étaient familiers, les pins, le romarin, les roses, qui se mêlaient à ceux qui ne l'étaient pas, le thym, la lavande, les oliviers.

Je me suis rendu compte que j'avais vécu la plupart de mes grands moments avec elle dans ces mêmes conditions : quand nous étions seuls, la nuit, dehors. Le Cancer est sous l'influence de la Lune, c'est la nuit que je passe la cinquième. Et dans notre vie provençale, nous n'étions jamais seuls la nuit. Ni dehors ni dedans. Là, nous l'étions.

J'ai foncé, poitrail au vent, prêt à affronter la mitraille, tout sourire, comme si je démarrais une histoire drôle.

– Est-ce qu'il t'arrive de te demander si j'ai une vie en dehors de toi ?

– Comment ça ?

– Une vie sexuelle, par exemple.

La tête qu'elle m'a faite ! Genre : « Pourquoi il me reparle de ça pour la millième fois ? » Alors que nous n'avions jamais évoqué le sujet, ni de près ni de loin !

– Tu fais ce que tu veux. Ça ne me regarde pas.

– C'est fou, ça... On se voit tous les jours, je suis au courant de toutes tes affaires, et toi des miennes, tu m'appelles à une heure du matin pour me faire écouter une chanson...

– C'est arrivé une fois !

– Je ne m'en plains pas !... Et tu ne te demandes jamais quelle est ma vie, si je vois d'autres femmes que toi ?

– Franchement, non.

– Parce que tu es sûre que je n'en vois pas.

– Pas du tout.

– Remarque, c'est vrai, j'ai peut-être une double vie... une maîtresse qui me fait des scènes à cause de toi. Elle ne veut pas croire qu'on est juste amis, elle me dit : « Pourquoi tu ne me la présentes pas, alors ? »

– C'est vrai, tu pourrais.

– Je pourrais, mais je n'ai pas de double vie. C'est simple, depuis que je te connais, je n'ai pas fait l'amour.

– Tu veux une médaille ?

– Non. Je te le dis pour que tu saches que je suis comme toi : ça me manque.

Elle m'a lancé un regard sidéré. Je ne savais plus où me mettre. J'en étais arrivé là en trente secondes, sans l'avoir voulu, d'une réplique à l'autre. Mon aveu, je m'en rendais compte trop tard, était déplacé, vulgaire. J'attendais la réplique assassine, elle a répondu d'un ton tranquille :

– Désolée, je ne peux rien pour toi.

J'ai arrêté de marcher, je l'ai regardée, j'avais envie de la manger. J'ai sorti mes cigarettes, elle en a pris une. J'étais ému, fébrile, j'ai essayé de retrouver un ton souriant, comme si rien de tout cela n'était grave, j'ai eu du mal, l'exaltation perçait. Je parlais vite, elle ne pouvait pas m'interrompre.

– Plus je te connais et plus je t'aime. Tous les matins, quand je me réveille, ma première pensée, toujours, c'est toi. Si c'est une journée où je vais te voir, je le sais avant même d'ouvrir un œil : dans ma tête, il y a des oiseaux qui chantent. Je pense au bonheur qui m'attend, tu vas me parler, me faire rire, me faire la gueule, je vais te voir marcher, grimper sur ta moto, sourire, remonter ton jean… et je suis comme un gosse le matin de Noël… Alors que si c'est un jour où je ne vais pas te voir, j'ai envie de prendre huit somnifères, et de me recoucher…

Je ne tenais pas en place. Rien dans son attitude ne me commandait d'arrêter de lui parler de mon amour. Ni ne m'y encourageait. Depuis que je la connaissais, c'était un sujet interdit entre nous, et ça ne l'était plus. Ce soir, en tout cas. J'ai continué, en tentant de me calmer.

– Tu sais, je n'aime plus la solitude. Je préfère tellement être avec toi… Ça devient de plus en plus dur, de te quitter, le soir. Tout d'un coup, tu fais tout sans moi… Je ne t'ai jamais vue te démaquiller, te glisser dans ton lit, dormir… je ne me suis jamais réveillé près de toi... C'est le seul domaine où je ne sais rien de toi, où je ne peux rien deviner...

Il fallait que j'arrête, que je parte, j'allais franchir la ligne rouge. Elle avait l'air chagrin, maintenant. Avant de grimper dans la camionnette, je me suis tourné vers elle.

– Parfois, je me dis que tu ne pourrais pas être malheureuse avec quelqu'un que tu rends aussi heureux... mais ça n'est pas aussi simple... je sais.

Elle m'a fait un sourire qui essayait de ne pas être triste.

J'ai pris sa main, je me suis penché, j'ai embrassé sa paume. Je suis monté dans le camion. Elle m'a regardé m'éloigner. Au dernier moment, elle m'a souri tendrement, avec un petit signe d'au revoir. Pour la première fois, elle semblait triste qu'on se sépare.

47

Elle m'a téléphoné le lendemain matin, elle m'a encore remercié pour les cadeaux, on a mis au point notre rendez-vous du soir, pour le concert. Elle avait le trac comme si c'était elle qui allait chanter. Son jour J était arrivé.

Elle avait eu du mal à trouver le groupe à la fois excellent et inconnu dont elle avait besoin, mais elle avait fini par dénicher la perle rare : les Fax, des Gallois pêchus – c'était pour me les faire écouter qu'elle m'avait appelé à une heure du matin. Leur premier album remportait un joli succès en Angleterre, la sortie française était prévue quelques jours après le concert. Grâce aux radios locales avec lesquelles Tina avait passé des accords, les billets étaient partis comme des petits pains. Le *Cargo de nuit*, le cabaret-rock que Tina avait choisi, serait plein à craquer. Il est vrai qu'il ne pouvait pas contenir plus de trois cents personnes.

Elle m'a proposé de nous retrouver là-bas une heure avant l'ouverture pour qu'on boive un verre dans la salle vide, et que je l'empêche de se ronger les ongles.

Qu'est-ce que j'aurais pu avoir de mieux à faire ?

Je suis arrivé avec dix minutes de retard – j'étais venu en voiture, à sa demande, et j'avais eu du mal à me garer. Elle était au bar, devant un café, belle à se cogner la tête à coups de pieds. Elle n'avait pourtant pas fait de folies, juste sa tenue sociale basique, jean noir, ballerines noires, tee-shirt noir, avec une veste en cashmere que nous avions achetée ensemble, bleue comme ses yeux.

Je me suis arrêté à un mètre d'elle, je l'ai regardée ostensiblement de pied en cap et je lui ai dit, pas gêné :

– La beauté du monde, c'est toi.

– Au moins ! elle a rigolé.

Ça paraissait trop, mais c'était vrai. Elle incarnait toute la beauté du monde. Au sens propre : elle lui donnait chair. Elle dégageait la même perfection, le même mystère, le même mélange d'harmonie et de chaos que les splendeurs que nous avions contemplées, au sommet du Rinjani. On n'aurait pas pu dire, au jeu du portrait chinois, si elle était une plaine ou un volcan, un lac ou une rivière, le ciel ou la mer, un oiseau ou un éléphant, elle était comme un paysage entier, idéal, de plaines et de volcans, parsemé de lacs et de rivières, encadré par le ciel et la mer, que survolaient les oiseaux, où gambadaient les éléphants.

Elle m'a fait visiter la boîte. La déco imitait l'intérieur d'un cargo, on s'y croyait. Sur la scène, les instruments étaient installés, un projecteur traçait une lune blanche sur le fond noir. Elle est passée derrière le bar, elle a regardé les bouteilles pour choisir ce qu'on allait boire.

– Qu'est-ce qui est bon, sans glaçons ?

– Téquila.

– Bien sûr !

Elle a pris la bouteille, deux petits verres, les a remplis, j'ai cogné mon verre contre le sien.

– À ton succès.

Les Fax ont fait un tabac, le *Cargo* était bondé du sol au plafond de mômes en furie, une soirée mémorable. Ils jouaient du rock archihard, leurs

302

morceaux rapides nous roulaient dessus comme des TGV, mais quand ils balançaient un slow, le chanteur, un teigneux à grosse bouche, murmurait ses rêves d'amour dans un silence de cathédrale, et toutes les filles prenaient la main de leur fiancé. Régine, dans le dos de Roland, l'embrassait dans le cou. Même Lucien tenait sa copine par l'épaule. Moi, je regardais Tina. Ce succès me rendait d'autant plus heureux qu'il confirmait que la chance était revenue aux commandes de son destin.

Dix fois, cent fois, j'ai dû me retenir de lui prendre la main, de lui caresser le bras, le cou. Même serrés comme des sardines, avec sa smala autour elle restait intouchable. C'était à se gifler. Ce concert nous avait emportés si haut, nous l'avions vécu si proches, si intensément, que si nous avions été seuls, cela aurait été tout naturel de se tenir la main, de se câliner. Enfin, peut-être pas.

Tina était sur un nuage. C'était à coup sûr la plus belle soirée de sa nouvelle vie. Parce que le concert était magnifique et qu'il n'aurait pas eu lieu sans elle. Parce que ses enfants dansaient devant elle en hurlant, parce que ses frères étaient fiers d'elle. Parce que j'étais près d'elle et que je l'aimais ? Je devais bien admettre que si je n'avais pas existé, cela n'aurait rien ôté à son bonheur.

Après deux heures de triomphe, les Fax, épuisés, se sont éclipsés, malgré les cris de la foule en délire. Tina, Roland, Régine et moi devions dîner avec le groupe dans un restaurant du centre où elle avait réservé, Lucien rentrant directement avec sa copine et les gosses. Tina voulait arriver en avance au resto pour être sûre que tout roulait. Les Fax n'étaient pas encore du genre à faire un scandale si une salière était vide, mais elle s'inquiétait comme si elle recevait Barbra Streisand. Le doyen des Fax devait avoir vingt-deux ans et ses cheveux étaient rouges.

Nous sommes donc partis tous les deux, en éclaireurs. Pour traverser la rue, elle m'a pris le bras, très naturellement – alors que c'était la première fois. Par bonheur, j'étais garé au diable. Je l'ai félicitée :

– Je n'ai pas vu beaucoup de concerts dans ma vie, mais je crois que c'était historique. Bravo. Il fallait les trouver... Il était en état de grâce, ton mec.

– Ce n'est pas « mon mec » !

– Pardon... Quand je reste longtemps sans te voir, j'oublie toujours ton côté bourge...

– Tu sais ce qu'il te dit, mon côté bourge ?

On a ri de ce qu'elle considérait comme le maximum de grossièreté qu'elle pouvait s'autoriser.

C'était ma femme, elle était pour moi. Je le savais depuis la première seconde, mais là, sur ce trottoir, l'évidence était aveuglante. L'instant béni où cette intuition apparemment insensée allait devenir réalité ne pouvait plus être très loin, il était imminent, obligé. Qu'il survienne le jour anniversaire de notre rencontre ne serait qu'une preuve de plus que, parfois, la vie était bien fichue.

Dès qu'elle s'est assise dans la voiture, elle a sorti de son sac l'album des Fax, encore inédit en France pour quelques jours, et elle a glissé le disque dans le lecteur. Ça démarrait costaud, par un blues qu'on avait adoré, tout à l'heure. À un feu rouge, j'ai pris sa main, j'ai frôlé ses doigts d'un baiser, le feu est devenu vert, un impatient a klaxonné, j'ai passé la première, je n'ai pas repris sa main. Ce n'était pas parce qu'elle s'était laissée faire cinq secondes que j'allais rester scotché à sa mimine, comme un ado hébété. Le blues était poignant, l'ambiance du concert se prolongeait dans la cabine du pick-up, Tina planait toujours.

Je me suis garé loin du resto. Je n'aimais pas rentrer dans ces ruelles avec mon corbillard, il suffisait d'une voiture garée à cheval sur le trottoir pour que je ne passe plus. On n'était pas pressés, les Fax et Roland ne seraient pas là avant une bonne demi-heure : il allait y avoir du monde, à la sortie, pour les autographes.

Nous marchions lentement, et j'avais envie d'elle. Une envie terrible, obsédante, indigne des circonstances.

– C'est rare que tu ne dises rien comme ça...

– Je pensais à quelque chose... qui te concerne...

Elle m'a regardé, en attendant la suite, confiante.

– Depuis que je suis rentré, hier... il y a un élément nouveau, qui change tout... entre nous...

Je l'ai sentie qui passait sur ses gardes, d'un coup. Pour la rassurer, je lui ai souri, j'ai arrêté de marcher, j'ai pris ses mains dans les miennes, elle était face à moi, toute proche, j'allais m'approcher pour l'embrasser, elle s'est tournée, elle a repris sa marche, je l'ai suivie comme un toutou, j'étais mal, elle non, j'ai vu revenir son sourire.

– Alors ? C'est quoi, la nouveauté qui change tout ?

– Le désir, Tina. Le désir !

Elle ne s'y attendait pas, elle en est restée interloquée, je ne lui ai pas laissé le temps de réagir.

– Tu te souviens, à Bali, je t'avais dit que je ne pouvais pas être rongé par le désir si toi tu n'y pensais même pas. Eh bien, c'est fini, ça. Pendant le concert, dans la voiture, là, tout le temps, j'ai eu envie de t'embrasser, de te toucher, de te serrer...

J'ai pris son bras, je me suis rapproché d'elle, elle a reculé en se forçant à sourire.

– Calme-toi...

– Et tu sais pourquoi j'ai envie comme ça ?

– Je ne suis pas voyante!

Malgré la blague, elle était crispée. Cette fois, sa légèreté s'était enfuie pour de bon.

– Parce que toi aussi, tu as envie. Tu refuses l'idée, mais...

Elle m'a coupé net. Dès sa première syllabe, j'ai retrouvé son ton guillotine, j'ai su que j'étais mort.

– J'en ai marre que tu penses à ma place. Toi, tu vas savoir ce qu'il y a dans ma tête?! Tu ne sais rien. Tu ne comprends rien.

Il m'a fallu quelques secondes pour, finalement, ne pas encaisser.

– J'avais oublié ce ton-là.

Et j'ai fait demi-tour.

48

Je me suis éloigné à grands pas, le souffle coupé, elle n'a pas crié «Reviens!», j'ai tourné dans la première rue qui se présentait, puis dans une autre, sans me retourner, elle n'a pas couru derrière moi, j'étais comme un poisson hors de l'eau, je cherchais l'air, la bouche grande ouverte.

J'ignorais si j'avais eu raison ou tort, j'avais probablement été maladroit, voire nul, mon cerveau était trop embrouillé pour que je démêle les fils tout de suite. J'avais fait demi-tour parce que je ne pouvais pas faire autrement. C'était trop douloureux de rester en sa présence. Comment on enchaîne, dans ce cas-là?

Elle m'avait déjà parlé sur ce ton – à chaque fois elle avait failli avoir ma peau – mais nous étions au bout du monde, quasiment obligés de nous revoir le lendemain. Ici, dans sa ville, dans sa vie, elle pouvait continuer sans moi, ne plus jamais m'appeler, ne plus jamais me revoir.

Je suis rentré chez moi à pied, presque en courant. Arrivé devant ma porte, j'ai été déçu qu'elle ne soit pas là, en train de m'attendre, alors que je ne l'avais pas espéré. Je me suis rué dans le bureau pour regarder le répondeur. Zéro appel. Je me suis allongé sur le canapé, dans le noir, fenêtres ouvertes. Deux oiseaux insomniaques piapiataient encore. Sur l'horloge du magnétoscope, les chiffres verts indiquaient 00.09. Rideau, l'happy birthday.

Contre toute raison, j'attendais que le téléphone sonne. Qu'est-ce que je ferais s'il ne sonnait jamais ? Je l'appellerais ? Je la guetterais pour l'aborder dans la rue ? Je lui écrirais ? Je lui enverrais des fleurs ?

Au fil des minutes, la panique gagnait, s'étendait, débordait, comme un fleuve en crue qui envahit les terres, la raison fuyait à toutes jambes. Au lieu d'avoir partagé avec elle le premier plus beau soir de sa nouvelle vie, cette nouvelle vie dont j'avais eu l'insoutenable prétention de vouloir devenir un pilier, je l'avais gâché, saccagé. Son premier succès, notre premier anniversaire, le dernier soir que j'avais le droit de lui pourrir. Je m'étais comporté comme un goret, j'avais atteint le sommet de l'odieux en lui mettant ma queue sous le nez, même au figuré, elle avait été une sainte de ne pas m'avoir balancé la gifle que je méritais, comment oserais-je reparaître un jour devant elle ? Des pensées noirâtres, de plus en plus pathétiquement nulles, se succédaient, j'avais honte de mon cerveau, les paranos s'enchaînaient, s'additionnaient, engloutissaient tout : moi j'étais disloqué, carbonisé, mais elle, elle devait péter le feu, je ne lui pourrissais rien du tout, je me prenais pour Dieu le Père de croire qu'une soirée pareille puisse se retrouver ne serait-ce que ternie par le misérable vermiceau que j'étais – les Fax, Roland et le vin rouge lui feraient vite oublier cette légère contrariété. Je me demandais si un Fax aurait le culot de lui lancer des œillades, de lui faire du pied sous la table, comment elle réagirait.

Bref, j'étais une loque.

Une heure plus tard, le téléphone n'avait toujours pas sonné. Il fallait que je bouge, je ne pouvais plus attendre comme ça. J'ai remis le répondeur et je suis sorti. Je préférais prendre le risque qu'elle appelle en mon absence plutôt que d'attendre comme un chien, toute la nuit, pour rien.

J'ai pris la moto et j'ai roulé le long du Rhône. Il n'y avait plus un chat, sauf dans le ciel, où les étoiles brillaient comme autant d'yeux accusateurs. Ce n'était plus «merci» que j'avais envie de crier au ciel et à l'univers, c'était «pardon». Si je voulais échapper aux pensées qui me dévastaient, une seule solution: rouler à fond, au taquet, pour m'obliger à me concentrer sur les virages, les carrefours, les freinages, pour contraindre mon instinct de survie à rester sur le coup.

En dix minutes, je me suis retrouvé aux Saintes. J'ai regardé la mer un moment, assis sur le sable, j'ai bu deux vodkas dans un bar qui sentait le poisson et je suis rentré. Encore plus vite. Je me suis fait peur plus d'une fois.

Quand j'ai déboulé de nouveau devant chez moi, il devait être autour de trois heures du matin. Elle n'attendait pas sur mon paillasson, et il n'y aurait pas de message sur le répondeur, je le sentais d'avance. Arrivé devant ma porte, je n'ai pas eu le courage de vérifier, je suis redescendu et j'ai repris la moto. L'idéal, s'il y en avait un dans ma situation, c'était de rentrer ivre-mort, malade à crever, même pas en état d'écouter le répondeur, et que je dorme jusqu'à ce qu'elle appelle, ou que je ne me réveille jamais si elle n'appelait jamais.

Je me suis faufilé dans les ruelles, à la recherche d'une boîte. Le *Mosquito* était la plus proche de chez moi, je n'ai pas cherché plus loin: je pourrais rentrer à pied si, comme j'en avais l'intention, j'en sortais hors d'état de tenir sur une moto. De l'extérieur, l'endroit était aussi engageant qu'une vitrine de pompes funèbres, je m'en foutais, j'y trouverais les deux ingrédients indispensables pour injecter dans mon cerveau l'inconscience dont j'avais besoin avant de retourner plonger dans mon tonneau de purin : de la vodka et du Get.

Il y avait les deux. La cave surchauffée grouillait d'ados défoncés à un truc que je ne connaissais pas, la musique était techno tendance *nervous breakdown*, ça tombait bien.

Les Dragons verts se sont accumulés, je n'ai parlé à personne, sauf pour mes commandes au serveur, je n'ai fait que boire, fumer et tapoter du pied. Et penser, bien sûr. Je n'avais jamais autant pensé de ma vie. Plus je picolais et plus je pensais – et moins j'avais envie de rentrer.

Comment j'avais pu me tromper à ce point ? Depuis toujours, je savais que je n'avais que le droit de l'attendre, qu'est-ce qui m'avait pris de partir en vrille comme ça ?

En même temps, sur le fond, j'avais raison, j'en restais convaincu : j'avais changé parce qu'elle avait changé. Mon désir était né du sien. En se réveillant, son désir avait fait sortir le mien de la grotte profonde où il se terrait. C'était de l'ordre animal, certes, mais c'était. L'erreur avait été de le lui dire. En ajoutant « Tu refuses l'idée » ! Ah le fin psychologue ! Ma honte me semblait ineffaçable.

Au sixième verre, j'avais fait le tour de la situation, et cerné les deux seules hypothèses qui méritaient d'être prises au sérieux : la plus vraisemblable, et la pire. Encore heureux que ça n'ait pas été la même. De toutes façons, l'une ou l'autre, j'étais parti pour en chier.

La plus vraisemblable : que je l'appelle pour m'excuser, faire mon gentil, implorer son pardon si besoin. J'en tremblais à l'avance.

La pire : qu'elle ne veuille plus me revoir, qu'elle considère définitivement que mon désir rendait impossible notre histoire d'amitié et que son non-désir rendait impossible notre histoire d'amour.

Et le pire était que ce pire pouvait très bien arriver. J'imaginais les mots qu'elle emploierait au téléphone, ou dans sa lettre, ou face à moi, lors de notre ultime rendez-vous avant que je m'immole par le feu. Même si je n'attribuais à cette éventualité que 20 % de probabilités, ça faisait beaucoup pour une catastrophe qui me réduirait à néant plus sûrement qu'une bombe atomique sur le coin de la gueule.

Les heures ont passé, la boîte s'est vidée sans que je m'en rende compte. J'étais le dernier ivrogne collé au bar, quatre gamines gigotaient encore sur la piste, le morceau de techno, qui avait débuté à mon arrivée n'était toujours pas fini, j'ai commandé une autre vodka-Get et j'ai tendu ma carte bleue. Le temps que la machine crache son ticket, mon verre était vide. J'ai eu l'impression de mettre une heure vingt pour remonter les deux mille marches qui me séparaient de l'air pur.

49

J'ai débarqué sur le trottoir comme un naufragé qui touche enfin la terre ferme. Sauf que la terre tanguait. Les cadences techno cognaient toujours sous mon crâne. La douceur de l'air m'a à peine rebecqueté, j'étais cuit.

J'ai mis un pied devant l'autre, lentement, trois ou quatre fois, histoire de ne pas m'affaler pile devant la porte, et je me suis assis par terre, sur le bord du trottoir. La nuit était en train de s'éclipser, une lumière grise commençait à éclairer la rue. J'ai calé mes coudes sur mes genoux, mon menton dans mes mains, et j'ai fermé les yeux. Pour que ça fasse moins mal, j'ai pensé à tout ce que j'aimais chez Tina. Son visage, ses mains, son sourire, ses pieds, ses cheveux, sa voix, son insolence. Ça a marché. Dans ma tête, le typhon, peu à peu, s'est éloigné.

Un bruit de pas m'a ramené à la réalité.

C'était un pas qui était parti du bout de la rue, et qui s'approchait de moi depuis quelques secondes. Un pas que je connaissais. Pauvre garçon. J'avais trop bu, je me suis interdit d'ouvrir les yeux pour vérifier que ce n'était pas elle, ça ne pouvait pas être elle. J'ai essayé de repenser à son visage, à ses mains, le pas a continué d'approcher. Alors j'ai entrouvert un œil.

C'était elle.

Elle était plus loin de moi que je ne l'aurais cru, mais c'était bien elle, je ne rêvais pas. Quand elle a vu que je la voyais, elle m'a envoyé son sourire, comme une bouée à un noyé. Je me suis relevé, éperdu d'amour, tétanisé de surprise et d'émotion.

Elle est arrivée en face de moi, elle m'a regardé, mi-réprobatrice, mi-amusée, l'air de dire «Regarde-moi ça dans quel état tu t'es mis», j'étais trop bouleversé pour l'enlacer ou l'embrasser, j'avais honte, j'avais peur, de moi, de mon ivresse, de mon désir, j'ai planté mes yeux rouges de lapin alcoolique dans les siens tout bleus, je me suis entendu demander – dans l'état où j'étais, fallait pas s'attendre à du Musset :

– Comment tu as fait pour me retrouver ?

– Je t'ai cherché. J'aime pas quand t'es pas là.

J'ai pris son visage adoré entre mes mains, elle me souriait toujours, attendrie de me voir dans cet état, à cause d'elle. Je n'osais pas bouger, j'ai gardé longtemps mes mains à plat sur ses joues, en la caressant du regard, halluciné, tremblant. Je me suis approché, lentement, mes lèvres ont touché les siennes. On s'est embrassés comme des fous d'amour qui se retrouvent, un baiser de légende, meilleur encore que dans la cour du *Stella*, j'ai senti sa main sur ma nuque, dans mes cheveux, je l'ai serrée contre moi, sa bouche était humide et fraîche, elle m'a enlacé, je ne touchais plus le sol, je m'envolais, elle s'est collée un peu plus, on s'embrassait toujours, sans furie ni avidité, en jouissant pleinement de la volupté que nos langues alanguies se transmettaient en s'entrelaçant dans la grotte enchantée que formaient nos deux bouches assemblées.

J'aurais pu l'embrasser huit heures. C'est elle qui a interrompu l'extase, en douceur. Elle m'a tendu sa main.

– Viens.

Cette fois, je suis venu.

On a fait quelques pas, sa main dans ma main, je caressais le bout de ses doigts, j'ai vu sa moto, puis la mienne, sur le trottoir d'en face – j'ai compris

314

comment elle m'avait retrouvé. Je l'ai suivie devant sa 125, elle m'a dit :

– Monte, on va se promener. Ça te fera du bien…

Elle était gaie. Je n'ai pas posé de question, j'ai grimpé à l'arrière du Custom. Elle a sorti du topcase son discman et deux paires d'écouteurs, elle a grimpé devant moi, on a mis nos écouteurs, elle a démarré.

Trois secondes après, Ikko s'est mise à chanter.

Elle est sortie de la ville en passant par la gare, comme si on allait chez elle. Il faisait bon, j'essayais de ne pas la serrer trop fort. Plus loin, elle a tourné vers Fontvieille et Maussane au lieu de Saint-Rémy, donc on n'allait pas chez elle. Elle pouvait aller où elle voulait, j'étais sur un tapis volant. J'avais juste peur de rêver et de me réveiller sur le trottoir devant le *Mosquito*, mais non, je ne rêvais pas, elle était assise devant moi, je respirais son odeur, le nez au ras de sa nuque, je tenais sa taille, je sentais son ventre sous ma main, Ikko chantait à tue-tête son mélo flamboyant, histoire de me donner encore plus envie de pleurer.

Le paysage défilait, embrumé. «J'aime pas quand t'es pas là.» Cette phrase résonnait dans ma vieille tête noyée par la vodka-Get. Elle ne pouvait rien me dire de plus beau, j'avais de quoi nourrir mon euphorie pour l'éternité.

Je ne me demandais pas si elle allait m'aimer, si on allait faire l'amour dans un quart d'heure ou dans cinq ans, je ne me demandais rien, je me laissais emporter, béat, je caressais son ventre d'un pouce discret, je déposais un baiser sur sa nuque de temps en temps, et tout ça, pour la première fois, j'en avais le droit, mieux : ça lui plaisait. La qualité, la durée du baiser que nous venions d'échanger me permettaient de ne pas en douter.

Je voyais son visage tant aimé dans le rétroviseur, elle m'y souriait parfois, une montée d'émotion me submergeait. Ce n'était que du bonheur. Et pas du petit bonheur, vite enfui, non, du bonheur épais, dense, du bonheur qui compte, du bonheur après lequel on court, du bonheur comme on croit que ça n'existe que dans les films. Et ça allait durer jusqu'à ma mort.

On a traversé Fontvieille, le boulanger ouvrait ses portes. À l'horloge de l'église, il était six heures quarante. Elle a continué jusqu'à Maussane, là elle a pris la petite route du Destet qui s'enfonçait dans les Alpilles, l'une des plus jolies de la région, je m'en souvenais, nous l'avions découverte ensemble, en cherchant sa maison. Le soleil n'allait plus tarder à montrer le bout de ses cheveux.

On a roulé au milieu des oliviers, on a grimpé entre les collines. Plus on s'élevait, plus on voyait, en bas, la plaine, les champs d'oliviers, la garrigue, presque noire encore, à perte de vue. En haut d'un petit col, elle a tourné à gauche, sur un chemin de pierres. Plus loin, une barrière empêchait les voitures de passer, mais en visant juste, il y avait la place pour une moto, sur les côtés. Elle s'est arrêtée, elle a baissé la musique, elle s'est tournée vers moi, en posant sa main sur la mienne, sur son ventre.

– À partir d'ici, c'est un peu sportif pour moi. Je préférerais que tu conduises. Tu es en état?

J'allais pas dire non! De toute façon, le bonheur m'avait remis d'aplomb. Je me félicitais d'être un alcoolo d'airain, j'aurais eu l'air malin si j'avais été aussi détruit que je l'avais souhaité! Elle est allée m'attendre de l'autre côté de la barrière, j'ai glissé tout doucement la bécane le long du rocher, je me suis arrêté pour qu'elle monte, elle s'est penchée sur moi, elle m'a embrassé. Pendant quatre ou cinq secondes, sa langue a plongé dans ma bouche, j'en suis resté asphyxié, c'était le premier baiser qui venait d'elle, le meilleur de tous.

Elle s'est assise derrière moi, en enlaçant ma taille.

On était ensemble, j'étais à elle, elle était à moi, et c'était naturel, pour tous les deux. C'était la même Tina que j'avais toujours connue et aimée, elle n'avait pas eu besoin de changer de sentiments à mon égard pour franchir ce pas, c'était un problème entre elle et elle, qu'elle avait enfin résolu. En tout cas, ce matin-là, elle l'avait résolu.

J'ai démarré. Ikko a recommencé à chanter. Le chemin montait droit devant nous, au milieu des collines de garrigue – d'un côté, le vide et le paysage, de l'autre, le rocher. Plus on grimpait, plus le panorama était fracassant. La nuit était au bout de son rouleau, les phares ne servaient presque plus à rien. Sur notre gauche, la vallée de la Crau bleuissait, des volutes de brume frôlaient la cime d'une allée de peupliers, au loin. Je sentais ses seins contre mon dos, ses doigts croisés sur mon ventre.

On a roulé, tranquilles, pendant une bonne demi-heure. Les chemins suivaient les crêtes des collines, d'où qu'on soit on embrassait toutes les Alpilles. Jamais je n'aurais cru qu'on puisse trouver, dans une région aussi fréquentée que le midi de la France, des coins aussi parfaitement désertiques, comme si l'homme n'existait pas encore. Sur des kilomètres, à perte de vue, il n'y avait aucune maison, même pas une cabane de chasseur, pas un poteau électrique, rien, que la nature, sauvage, inviolée, la garrigue, les pins et les fleurs, les roches blanches que la lumière de l'aube faisait étinceler, les lapins et les perdreaux qui couraient devant nous. On était presque étonnés de ne pas croiser de dinosaures.

Quand le chemin n'était pas cahoteux, je lâchais le guidon d'une main, je posais ma main sur les siennes, elle les décroisait, me caressait à son tour, doucement. Malgré les heures, les semaines, les mois où j'avais fantasmé sur elle, je n'avais jamais imaginé comment se passerait ce déclic décisif,

cet instant où, enfin, l'évidence que je lui apparte-
nais s'imposerait à elle aussi. Ce jour de grâce était
arrivé, et j'avais l'impression que j'allais étouffer de
trop de bonheur. L'être humain n'est pas fait pour
le bonheur à ce point-là. Depuis la nuit des temps,
les hasards et les nécessités de la dure vie terrestre
lui ont appris à vivre sans, il s'est habitué à le
confondre avec le plaisir. Là, ça n'avait rien à voir
avec du plaisir, j'avais trop le trac, j'étais trop ému,
c'était trop fort, trop oppressant. C'était du bonheur.

À la sortie d'un bois, on a grimpé un raidillon, on
a débouché sur un plateau d'où on voyait toutes les
Alpilles, à l'infini. J'ai su qu'on était arrivés.

Elle a éteint la musique, on a enlevé les écouteurs,
on est descendus de la moto, un faucon survolait la
vallée, le soleil dépassait la crête des collines. Au
loin, on devinait la mer, qui troublait l'horizon.

Elle s'est tournée vers moi, on s'est pris par la
taille, on s'est embrassés. Doucement d'abord, puis
de plus en passionnément, jusqu'à s'embraser. J'étais
débordé, elle irradiait de désir, j'étais suffoqué
d'émotion, d'amour et d'excitation, j'ai interrompu
le baiser, pour la regarder encore, et graver dans
ma mémoire le visage, le regard, le sourire qu'elle
avait à cet instant précis, où nos vies basculaient.

Composition réalisée par INTERLIGNE

IMPRIMÉ EN ALLEMAGNE PAR ELSNERDRUCK
Dépôt légal Édit. : 12581-06/2001
LIBRAIRIE GÉNÉRALE FRANÇAISE - 43, quai de Grenelle - 75015 Paris
ISBN : 2-253-15091-6

IMPRIMÉ EN FRANCE PAR BRODARD ET TAUPIN
La Flèche (Sarthe), 1992.
Dépôt légal : Nouveau tirage de couverture : 1992. Num.
ISBN : 2-253-15091-4